Sylvia Treudl (Hrsg.)

SCHNITTMUSTER

TEXTE ZUM THEMA TRENNUNG

Wiener Frauenverlag

Die Deutsche Bibliothek – CIP-Einheitsaufnahme
Schnittmuster : Texte zum Thema Trennung / Sylvia Treudl
(Hrsg.). – Wien : Wiener Frauenverl., 1992
(Allgemeine literarische Reihe)
ISBN 3-900399-60-3
NE: Treudl, Sylvia [Hrsg.]

Gedruckt mit Förderung des BMfUK
Umschlaggestaltung und Illustrationen: Mikela Hill-Willmann
Lektorat und Gestaltung: Sylvia Treudl
Datenkonvertierung: PCG, Wien; technische Beratung: Gustav Freudmann
Druck: Wiener Verlag, Himberg; technische Beratung: Rudolf Leonardelli

ISBN 3-900399-60-3

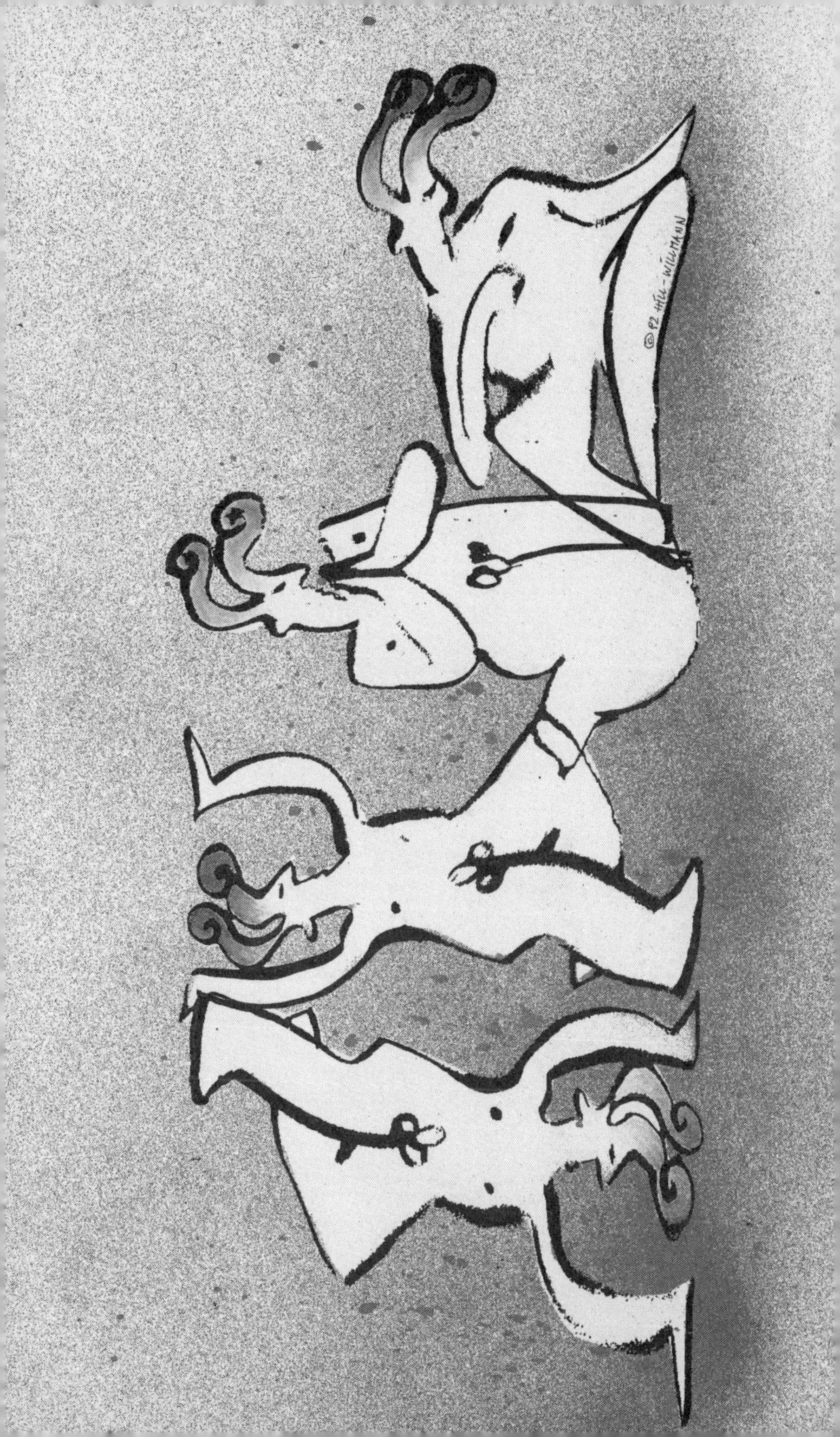

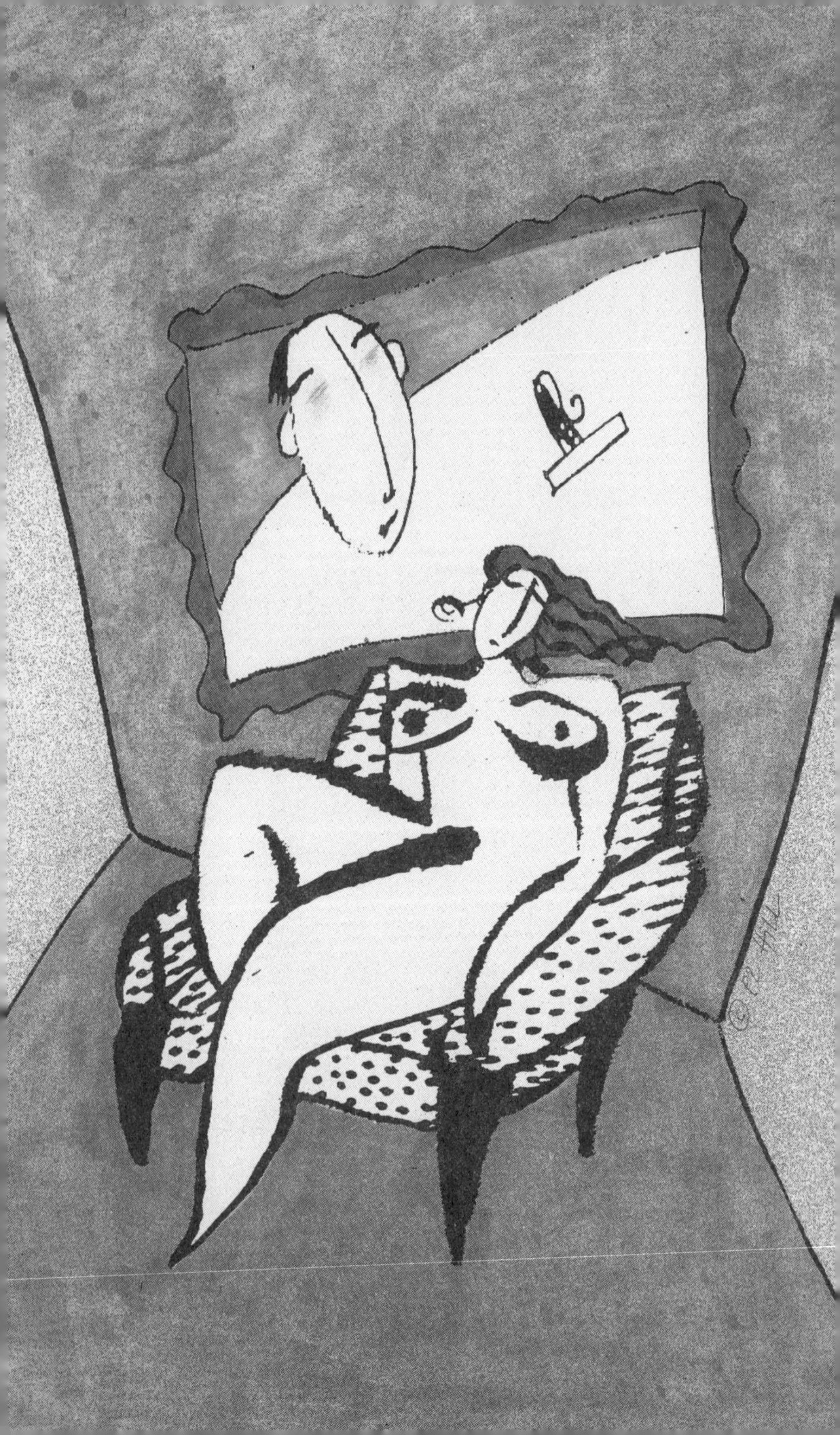

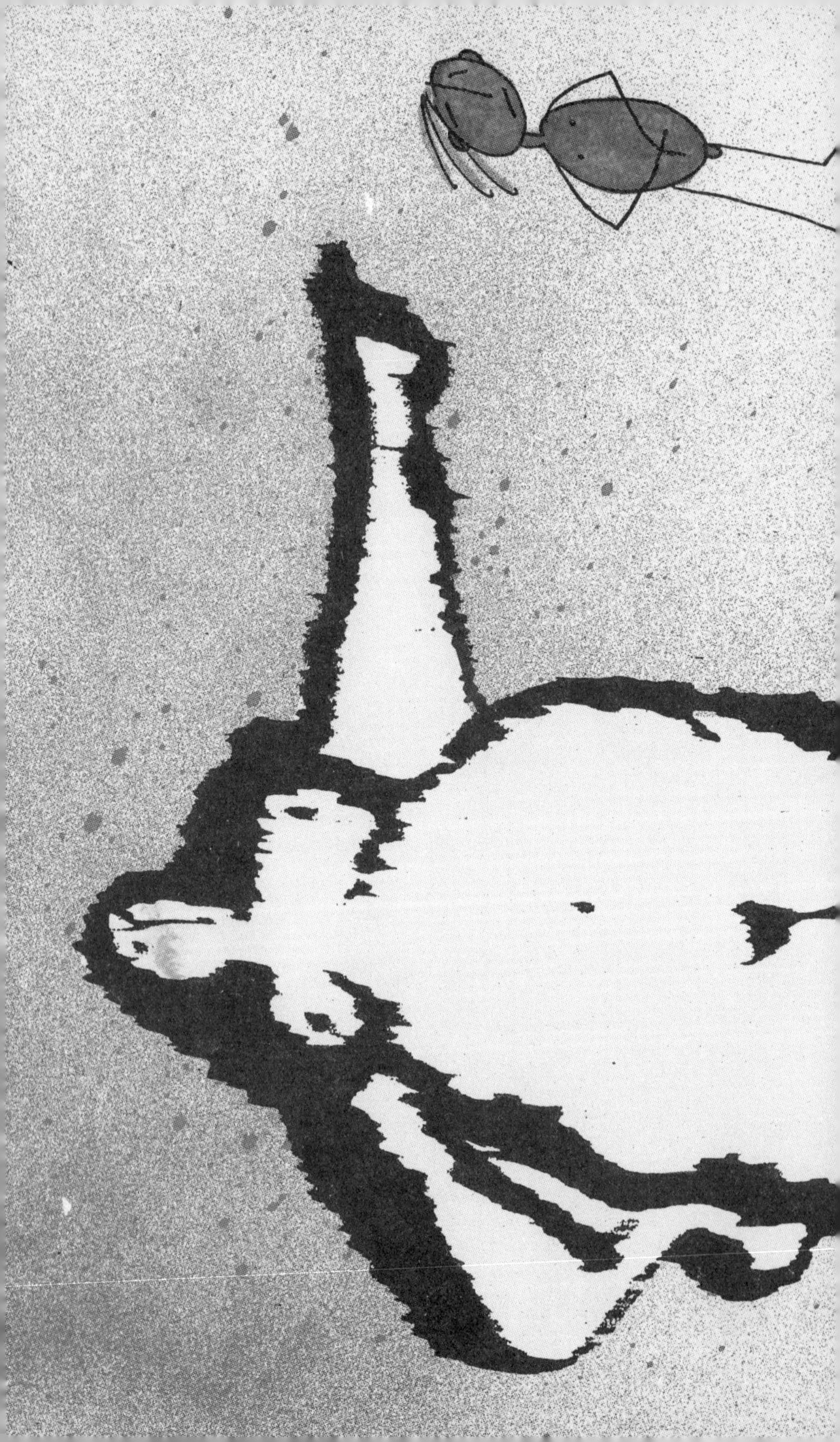

INHALT

VINZENZ SALA, RUE JACOB

Barbara Bongartz

Es war an einem Tag mitten in der Woche, als Laura Sala sich entschloß, ihr Leben als Paarfüßler aufzugeben und sich in die Masse zu stürzen.
Der Entscheidung gingen einige Wochen stillen nächtlichen Wachens neben Vinzenz Sala voraus, dessen leises Nasenpfeifen sie nicht mehr schlafen ließ. Laura bedauerte diesen Zustand sehr, sah jedoch nach längerer Überlegung ein, daß dieses Bedauern weder Vinzenz Sala davon abhielt, weiter zu pfeifen, noch sie selber in den tiefen Schlaf versetzte, den sie sich so sehnlich wünschte.

Laura Sala nahm einen Koffer, packte das Nötigste zusammen und verließ die Wohnung und mit ihr Vinzenz. Ihr Bedauern und eine gewisse Traurigkeit nahm sie mit.
Paris an einem heißen Sonnentag ist keine Freude.
Der Asphalt weicht wie anderswo, die Leute in den vollen Etagen der Kaufhäuser stinken, in den Eckbistros und Straßencafés ist keine ruhige Minute zu finden, geschweige denn ein Plätzchen zum Sitzen.
Lauras Füße in den viel zu hohen Schuhen brannten. Sie trug keine Strümpfe, und die Fersen der schwarzwildledernen Stöckel rammten sich bis in den Nachmittag tief in ihre Haken.
Einen Moment lang, wie ein Flamingo auf einem Bein, zwischen dem Boulevard de Montparnasse und der rue de Rennes, überlegte sie eine Umkehr.
Vinzenz würde inzwischen zu Hause angekommen sein. Er würde ihr nach einem ausführlichen Gespräch verzeihen. Immerhin bestand die Möglichkeit, rasch noch etwas zum Abendessen zu kaufen: Fleisch, Tomaten, Pastete.
Sie könnte duschen, vielleicht würde Vinzenz sie sogar zu einem Glas einladen bei George.
Sie war müde. Laura Sala war entsetzlich müde und ihre Füße brannten. Mehr und mehr in diese nun verlockend sich aufbau-

schenden Gedanken vertieft, wäre sie beinahe umgefallen, als ein rotfusseliger Hund sie anrempelte. Das brachte sie zu ihrem morgendlichen Entschluß zurück, denn auch Vinzenz Sala hatte rote Haare.

Sie zählte ihre Geldscheine, nahm die Metro und beschloß, die Menge anderswo zu suchen.

St. Paul stieg sie aus. Die Sonne setzte sich langsam am unteren Rand des Himmels ab, alle Läden waren aber noch geöffnet. Laura betrachtete die rue de Rivoli in Richtung Bastille, die Einkäufe und Spätnachmittagsgeschäfte der Hausfrauen und früh heimkehrenden Männer. Manche mit Tüten und Kindern bepackt schleppten sich übers Trottoir, die Frauen den Männern, dem Abend, der Küche entgegen, die Männer in die Arme ihrer Weiber, in die Hoffnung der Nacht.

Ein Tropfen preßte sich unglücklicherweise durch Laura Salas Augen, aus dem Tränenkanal die Nasenrampe hinunter und machte sie für Sekunden blind.

Das Schwerste beim Verlassen eines gewohnten Lebenszustandes, so stellte sie fest, ist der plötzlich einsetzende Sog der Teilnahme am offensichtlich glücklichen Leben anderer, die in Gewohnheit verharren.

Sie führen sich dem Verlassenden vor Augen und erwecken den Anschein, genau jenes zu sein, was der Verlassende gerade verließ. Laura konnte sich knapp davon zurückhalten, einem wildfremden Mann, der drei Artischocken, zwei Kilo Tomaten, einen Kopfsalat und zwei Bund Radieschen bei einem Gemüsehändler erstand, um den Hals zu fallen.

Grund dieser beinah getätigten Geste war die Ähnlichkeit seines Hemdes mit dem, das Laura für Vinzenz erst kürzlich aus einem der Kaufhäuser der grands Boulevards heimgebracht hatte.

Es gelang ihr, die Beinahumarmung zu einer schroffen Rempelei zu verkürzen, was ihr den Schimpf des Mannes und den Hakenstoß einer schwergewichtigen Frau eintrug. Wieder war Laura für ein paar hundert Meter geheilt. Die rue de Rivoli ging in die rue St. Antoine über, als ihr der Koffer schwer wurde.

Es dämmerte. Einige Modegeschäfte räumten ihre Kleiderständer in die Läden. Laura fiel auf, daß ihr ein Schlafplatz fehlte. Laura fiel

auf, daß ihr auch anderes nun fehlen würde: ein Beruf, eine Wohnung, eine Idee, was sie morgen anfangen sollte; ihr fehlte eine Krankenversicherung, das monatliche Gehalt und Ginny, die gelbgestreifte Katze. Genau um diese Zeit pflegte sie auf einen Besuch zu kommen. Maunzend, dann schnurrend wenn sie erhört wurde, nahm sie, was ihr geboten, leckte sich danach die Pfoten und gab Laura ein Gefühl von... Ein Auto hielt mit quietschenden Bremsen vor ihr. Sie hatte träumend die Straße betreten. Das Gefühl, dem sie nachsann, hatte sich veflüchtigt, als ihr Herz stockte. Das Leben draußen war gefährlich. Die Läden waren versperrt und damit der Ausweg, spät nach Hause zu eilen mit einer Ausrede, die freilich vor Dürftigkeit ihren Hals hätte schwellen lassen.
Doch über den geschwollenen Hals hinweg hätte sie wiedergehabt, was sie nun unweigerlich verließ: ein Bett für die Nacht, eine Idee, was sie morgen tun würde, eine Wohnung, ein Leben, Ginny die Katze, eine Lebensversicherung, auszahlbar im Alter.
Auf den Balkon in der rue Jacob schien nun die Abendsonne. Der Hibiskus hatte Blüten angesetzt. Er war von der winterfesten Sorte. Der falsche Jasmin würde bald duften.
Die Luft war so lau, daß man bis Mitternacht hätte draußen verweilen können, jenen Geruch in der Nase, der schläfrig stimmte und Menschen zu Katzen machte: räkelnd, raunzend, Fabelwesen mit Antennenhaaren und doppelsichtigen Augen. Jetzt schon, wurde Laura gewahr, begann die Erinnerung!
Rolladen verrammelten die Geschäfte. Einzelne Blätter vermatschten Salates machten das Trottoir an einigen Stellen zum glitschigen Mahnmal eines vormals saftigen Gemüsestandes. Laura wurde schwer ums Herz. Es war erst sieben Uhr. Sie bog in die rue des Ecouffes, um die nun öde werdende rue St. Antoine zu meiden. Hier öffneten gerade die Restaurants. In der Dämmerung sah sie Paare und Gruppen über die engen Bürgersteige kommen. Eine junge Frau stob aus einem muffig feuchten Hauseingang. Ein kurzer Rock, gelbe Sandalen, rot geschminkte Lippen und die Haare hochgebunden. Sie lachte einem Jungen von gegenüber zu, schrie etwas von Eile und war so offensichtlich verabredet, daß Laura ein Brennen zwischen den Lungenflügeln fühlte. Sie hatte Zeit.
Vinzenz Sala, rue Jacob, schoß es ihr durch den Kopf.
Mit der Dämmerung, die langsam, in den engen Gassen scheinbar

schneller als auf den Boulevards, in der Nacht verschwand, schwanden auch Lauras Chancen bei Vinzenz.
Sie ging noch nicht lange genug auf zwei Beinen allein, um einen eigenen Tisch auf einer der Straßenterrassen für sich und ihren Hunger zu reklamieren. Immerhin reichte der Trotz und die Mischung wütiger Blasiertheit, um den Teil eines Tisches mit einem Stuhl und einer Weinbestellung zu organisieren.
In Erwartung des Weins und im Genuß des erkämpften Stuhles überlegte Laura, welche Chancen zu welcher Zeit mit welchem Tag und welcher Stunde verblaßten.
Die einfache Ausrede der Verspätung durch eine hängengebliebene Metro war kaum je aktuell gewesen. Hätte Helene ihren Weg gekreuzt, vielleicht in der rue de Seine, das hätte eine halbe Stunde gebracht, denn Helene sprach gern, viel und in langen Sätzen, die mehrmals in ihrem Gefüge sowohl das Grundthema wechselten, als sich auch gleichzeitig verändernd assoziierend verhielten, was zur Folge hatte, daß Helene meistens alles zweimal erzählen mußte, bevor ihr Gegenüber sie verstand. Also Helene, mindestens eine halbe Stunde, vielleicht sogar mehr. Unten am Eingang in die rue Jacob hätte Mme. Cleregue ihr begegnen und erzählen können, daß sie ein Paket für sie angenommen hätte, per Nachnahme, oder irgendetwas, dessen Abwicklung ebenso lange dauerte: alles in allem ein Verzug von einer fast ganzen Stunde.
Doch war all dies seit dem frühen Abend längst vorbei. Blieb die Möglichkeit des vorbereiteten und dabei angebrannten Essens. Alle Wege mußten aus diesem Grunde wiederholt werden, ein neu zu tätigender Weg in die rue de Buci, um die Sachen zu kaufen, die verdorben waren. Nicht ehrenhaft, nicht gerade sparsam und auch nicht geeignet für ein harmonisches Abendklima, aber immer noch tauglich zur Aufrechterhaltung von Ehe und Ehre.
Auch vorbei.
Eine alte Dame hätte auf der Kreuzung Boulevard St. Germain/rue de Rennes einen Hitzschlag erleiden können. Laura hätte sie ins Krankenhaus gebracht. Bis acht hätte diese Ausrede Geltung gehabt. Am anderen Morgen wäre Laura zu einem Krankenhaus gegangen, hätte sich eine Dame mit Kreislaufstörungen gesucht und sie drei Wochen lang regelmäßig besucht. Auf diese Weise wäre die schreckliche Lüge glaubhaft geworden und Vinzenz in die Lage

gekommen, seine Frau ob des Anfalls von Barmherzigkeit zu bewundern, anstatt sie wegen der Fluchtgedanken zu tadeln.
Mit dem zunehmenden Bewußtsein verwirkter Möglichkeiten kroch in Laura ein saures Gefühl hoch. In ihrem Schwanken und Zaudern erwuchs sie zu einer mittelständischen Jeanne d'Arc, die Offenbarung wurde ihr zuteil durch die Verlockungen der Straße, ihr Gott hieß Liberté, hatte einen modernen Geist und benutzte die Zahnbürste: Widerstand gegen das Schicksal, Umwertung der geliebten Zähigkeit barmherzigen Lebens hieß die Losung. Sie war eine tapfere kleine Besessene mit loderndem Geist.
Zehn Uhr schlug die Chapelle St. Antoine, als Laura auf die Idee kam, sie könnte Vinzenz bis Mitternacht noch erzählen, sie sei einem offensichtlich kranken dreibeinigen Hund hinterhergelaufen in der Annahme, er sei herrenlos. In dem Konflikt, nicht wirklich zu wissen, ob er herrenlos sei, sei sie ihm gefolgt, um endlich kurz vor Mitternacht festzustellen, daß er einen ausgedehnten Spaziergang an den Quais des rechten Ufers gemacht habe und dann in die rue de Turenne 25 eingebogen sei, wo von oben ein badebemantelter unrasierter Herr schrie: „George, mon fou, tu es en retard." So sei das Leben. Auch davon wäre Vinzenz nicht begeistert gewesen. Jedoch hätte diese Geschichte den Vorteil, die Bedenkzeit zwei Stunden noch hinauszuzögern. Zum ersten Mal an diesem Tag war sie ihrer Zeit voraus. Sie könnte in Ruhe ihren Wein trinken, dem Nachttreiben ein wenig zuschauen, all das in der überaus erhebenden Stimmung, ein Zuhause zu besitzen, ein Bett mit einem rot-gelb-grün geblümten Überwurf auf weißem Grund, in einem Zimmer mit gebauschten Fenstervorhängen, die im Zwielicht – vor Einbruch der endgültigen Nacht – immer den Eindruck erweckten, sie seien die irdischen stofflichen Verwandten der ätherischen Wolken. Dachgeschoß, stöhnte Laura bei diesen Gedanken, und ihr wurde schwer ums Herz. Schnell spülte sie mit einem Schluck Sancerre das Elend hinunter. Sie liebte das Viertel St. Germain, besonders die rue Jacob, sie liebte Olivier, den Gemüsehändler in der rue de Buci, sie liebte die Buchläden der Gegend, den Innenhof, in den sie von ihrem Schlafzimmer aus sehen konnte. Sie liebte, kurz und allumfassend jedes Ding und jeden Teil ihres bisherigen Daseins einschließlich seiner Attribute, und sie liebte sie doch auch wieder nicht, diese zähe Liebe, ja, genau das war es, was sie verlassen

wollte, dieses liebesverpflichtete Schlichten der ganzen Umgebung, dessen Höhepunkt in dem nächtlichen Ertragen der Schnarchgeräusche des Vinzenz Sala bestand.
Auch wenn die Ausrede mit dem dreibeinigen Hund nicht der Gipfel der Originalität war – sie war eine letzte traurige Chance. Vinzenz würde den glücklichen Ausgang der Geschichte letztlich zu schätzen wissen, unendlich froh, daß sie keinen dreibeinigen Hund mit nach Hause gebracht hatte, denn Vinzenz mochte keine Hunde, und dreibeinige schon gar nicht. Er würde also nur leicht grunzend alles zur Kenntnis nehmen was sie ihm berichtete, und die Harmonie des Abends und der Nacht könnte ihren Fortlauf nehmen, sofern sie noch ein wenig kalten Braten im Kühlschrank hatte, und Eier und Öl, um ein kleines Nachtmahl zu bereiten vor weiterem friedlichem Grunzen, das langsam und weich übergehen würde in sattes Schnarchen, unterbrochen nur durch einzelne Töne schriller Art, die Pfiffen glichen... auch ohne dreibeinigen Hund würde Vinzenz seinen Geräuschen treubleiben, und sie selbst ihrem Opfergang der allumfassenden Liebe.
Im Laufe des Abends, der zusehends kühler wurde und zu nässen versprach, schauerte Laura, den Koffer in der Hand ohne Jacke um die Schultern, ohne Bett. Sie zahlte den Wein. Sie mußte weiter. Im Gehen vielleicht, hoffte sie, käme ihr die Lösung für die Nacht, die Entscheidung, der Ruf, wenn einer so will. Manche mochten von Bestimmungen reden. Unter den Arkaden der Place de Vosges zweifelte sie noch immer, ob ihr dies gelingen würde, ob sie dem Weggang gewachsen sei. In den Ohren summte ihr einzig der Grund ihrer Flucht: das Ausstoßen grunzender Töne durch Vinzenz Sala in der Nacht.
Es wurde gefährlich. Immer mehr entfernte sich Laura von dem Viertel aus dem sie stammte. In trotzigem Zorn, um sich selbst zu beweisen, daß sie die Berührung mit der Straße nicht scheute, zog sie ihre schwarzen wildledernen Stöckelschuhe aus und setzte ihren Gang barfüßig fort. Die Nacht brachte ihr zwar die Furcht, kein Bett zu finden, doch immerhin auch den Schutz der Dunkelheit. Scham hatte sie bis jetzt noch keine empfunden. Laura stellte sich vor, wie ihr die Röte ins Gesicht schießen mochte, wenn sie einer befreundeten Dame aus dem Quartier St. Germain begegnen wür-

de, die sie fragte, warum der arme Vinzenz sie nur so entsetzlich hätte suchen müssen in der letzten Nacht.

Mit zunehmender Entfernung aus dem sechsten Arrondisment, mit dem Zuschlag jeder weiteren Stunde, tauchte nicht nur die Fortsetzung ihrer Ehe in die Unmöglichkeit ab, auch die ihrer ehrenhaften Existenz. Schwierigkeiten kamen auf Laura zu, mit denen sie nicht gerechnet hatte.

Nun glitt ihr Neues ins Bewußtsein über ihre Tat: Sie war erbärmlich, feig, unehrenhaft und brachte sie um ihren Platz in der Gesellschaft.

Das Tageslicht würde den wahren Schaden aufdecken, den die Nacht geflissentlich verbarg.

Sie lief fahrig, erschreckt von ihren Bildern (Törin, die sie war, die angenommen hatte, klüger zu sein als andere), ein paar Gassen weiter. Sie überquerte die Place de la Bastille, die immer noch dicht befahren war.

Als Perlhuhn hätte sie laut gegackert. Tatsächlich erlaubte sie sich nicht einmal ein Stöhnen der Angst.

Durch die Gassen stopften sich Menschentrauben. Die Cafés waren voll. An einer Ecke aß jemand Schalentiere, Fische, Austern. Ein dicker sympathischer Herr hatte einen Hummer zwischen den Zähnen, ihm fehlte nur die Dame. Er lächelte Laura entgegen, die angewidert und verlegen ihren Blick kofferwärts senkte.

Sympathisch war immer nur die Distanz. Die Gefahr lag nun im Rinnstein; lag in den geckenhaften jungen Männern in Lederjakken, in engen geschnürten Hosen, bar jeder Schamhaftigkeit. Sie lag in den Frauen, die hocherhobenen Kopfes sich durch den Pulk drängelten. Die Gefahr lag im Fell der Hunde, unter den Bettdecken der Hotels, in den fauligen Klos der Bars. Die Gefahr pfiff aus einer Nebenstraße, stolperte aus dem Nachtclub und glitt an ihr vorbei in einer schwarzen Limousine. Die Gefahr war schön und hatte grelle Lippen. Hinter ihr ging ein Pärchen und vor ihr ein betrunkener Mann. Der drehte sich plötzlich um seine eigene Achse, posierte, schwankte vor Laura hin und her und hielt die Hand auf. Von hinten wurde sie angefaßt, jemand lachte. In einer kurzen Berührung fremder Körper hatte sie gespürt, daß diese Leiber warm waren. Wahrscheinlich wohnten sie um die Ecke, liebten sich untertags und krochen erst nachts aus dem Bett. Der Lärm aufge-

scheuchter Polizeiwagen tönte von fern. Würde Vinzenz leiden? Über ihr glühte eine Neonleuchte. Im Parterrefenster des Hauses standen Preise, Zimmerangebote, die Laura bezahlen konnte.
Sie ging hinein, abgelenkt durch die Gestalten in der rue de la Roquette. Im Hotel mokierte sie sich nicht einmal über den schmierigen Nachtportier. Er fragte sie nicht nach Gepäck, nur nach der Miete im voraus. Laura zahlte, ohne das Zimmer gesehen zu haben. Sie war sicher, so schlimm konnte nichts sein, das eine Tür, ein Schloß zum Schließen hatte und ein Fenster, das man öffnen, ein Bett, in dem man schlafen konnte. So schlimm konnte nichts sein, das ihr die Abgeschiedenheit gab, nach der sie verlangte. Sie irrte. Die erste einsame Nacht in einem Hotel belehrte Laura eines Besseren. Das Zimmer roch. Das Bett war das eines anderen, grau und alt, ablesbar unterschiedliche Zeugenschaften. Durch den Waschraum rannte eine Kakerlake. Ein Käfer huschte über das Linoleum, verkroch sich unterm Bett. Das Fenster war nur halb zu öffnen, das mittlere Kreuz wurde verdeckt durch einen Schrank. Es ging grad gen Himmel, durch einen Luftschacht konnte man die Sterne ahnen.
Laura rannte mit einem Würgen in der Kehle die Treppe hinunter und forderte das Geld zurück.
Sie lamentierte. Laura zeterte, der Mann verneinte. Sie kreischte, in dem Wissen, daß dieser verschmierte Mann mit scheckigen Hosen und schweißigen Achseln das Wichtigste besaß, was sie gehabt hatte: ihr Geld.
Sie lärmte und begann, die Gestalten der Straße in ihrem Rücken ordinär zu beschimpfen. Keine kokainsüchtige Trinkerin hätte das besser machen können. Das Ferkel hinter dem Tresen zahlte sie aus damit sie ging, so wie man einem lärmenden Säufer die Zeche bezahlt, auf daß er verschwinde.
Laura stand draußen. Ihr Atem wurde leicht. Sie schickte einen kessen Blick zum Himmel. Zu essen brauchte sie, ein wenig Cognac und immer noch ein Bett. Wieder rutschte etwas Feuchtes die Nasenflügel abwärts, klebte auf der Oberlippe. Vinzenz Sala, rue Jacob.
Den Friseur würde sie wechseln müssen.

MITTENDRIN

Elfi Hartenstein

Soeben ist wieder einer durch den Garten gegangen. Ich habe ihn nicht erkannt. Ein graublauer Mantel, ein Hut. Seitdem wir den Nachbarn angeboten haben unsere hintere Gartenpforte mitzubenutzen, weil man von dort aus direkt die Allee erreicht, wo sie ihren Wagen abstellen, ist Bewegung vor meine Fenster gekommen. Wir haben das hintere Eckhaus und deshalb von drei Seiten Grundstück. An den Häusern entlang, wo die Eingänge sind – nur unserer liegt an der seitlichen Hauswand – führt ein Plattenweg, der nicht befahren werden kann. Die Gärten hinter den Häusern sind klein, Hausbreite mal fünf oder sechs Meter, aber weil sie zaunlos ineinander übergehen, stört das nicht. Gegen die Allee hin, auf der es ruhig geworden ist, seitdem man sie in einen Wendeplatz münden ließ, wird der Maschenzaun von dicken Büschen verdeckt. Nur im Winter ist der Blick auf die Straße möglich. Jetzt ist es bald wieder soweit.
Sie gehen an meinem Küchenfenster vorbei und an meiner Haustüre. Oder, wenn sie durch die Gärten kommen, tauchen sie plötzlich vor der Terrassentüre auf. Dann höre ich nicht einmal Schritte, die sie ankündigen. Nachbarn und Bekannte schauen beim Vorübergehen durch die Scheiben, um mir einen Gruß zuzuwinken. Fremde wenden den Kopf ab, als sei ihnen das Durchqueren meines Gartens peinlich und als möchten sie dabei nicht gesehen werden. Bei schönem Wetter, wenn ich auf der Terrasse sitze oder Unkraut zupfe oder Wäsche aufhänge, kommt es vor, daß einer einen zaghaften Gruß murmelt, bevor er schnell mit zwischen die Schultern gezogenem Kopf durch die Pforte schlüpft, als hätte ich ihn mit einer Drohung hinausgetrieben. Nur die Kinder sind unbefangen, auch wenn sie nicht zu diesen Häusern gehören. Sie gehen oder kommen auf ihrem Weg zum und vom Schwimmbad, das hinter der Allee liegt, und der Plattenweg am Haus vorbei und mein Garten sind für sie schon Teil des Nachmittagsspiels. Ich störe dabei offensichtlich nicht.

Ob mich das nicht stört, dieses ständige Hin und Her, hat Renate gefragt, als wir in der Sonne beim Teetrinken saßen und die Gartenpforte an diesem Tag nicht zur Ruhe kam. Ach, habe ich gesagt, das ist doch nicht immer so. Bei schlechtem Wetter geht da kaum jemand durch. Und außerdem: Es stört mich eben nicht. Im Gegenteil.

Renate hat zweifelnd ihre braungebrannten Schultern in die Höhe gezogen, aber sie hat nicht weiter davon gesprochen. Wahrscheinlich hat sie gedacht, es lohnt sowieso nicht, mit mir darüber zu diskutieren. Ich bin nun mal eine Reihenhäuslerin. Und Renate braucht ihre Ruhe, wenn sie von der Arbeit nach Hause kommt. Sie hat den ganzen Tag genug fremde Menschen um sich herum, an ihrem Kosmetikstand in diesem Großkaufhaus, wo sie Kundinnen berät. Mein Job wäre das nicht. Immer freundlich und tipptopp und in Bewegung und keine Minute Zeit, eigenen Gedanken nachzuhängen. Und dabei hat Renate studiert. Englisch und Französisch. Sogar mit Examen. Aber sie ist dann irgendwie bei dieser Kosmetikfirma gelandet, für die sie jetzt auf Provisionsbasis arbeitet, zwei Wochen im Monat, dann zwei Wochen frei. Sie kann das auch hin- und herschieben, mal drei Wochen, mal vier am Stück, je nach Saison oder nach ihren eigenen Plänen, wenn sie für längere Zeit verreisen will. Sie reist gern. Und sie verdient ja auch gut. Aber sie ist geschafft nach jedem Arbeitstag. Die Kaufhausluft, das künstliche Licht und diese Menschenmassen – das muß ja anstrengen. Wenn sie frei hat, verläßt sie oft tagelang ihre Wohnung nicht. Igelt sich ein, hört Musik, liest, träumt vor sich hin. Optimal ist das bestimmt nicht. Für mich sind solche Wechselbäder Horrorvorstellungen.

Das zerfetzte Laub draußen wird immer unansehnlicher. Der Garten breit ein mit dem Regen. Solange es gelb und rot von Büschen und Bäumen fällt und sich raschelnd im Wind bewegt, mag ich es nicht wegräumen. Eine Patchworkdecke im Großformat, bei deren Anblick ich immer denken muß, daß so das Leben ist. Zusammengestückelt, aber in sich stimmig. Leider kriege ich nie den Dreh, sie in den Müllcontainer zu packen, bevor der Regen anfängt. Wahrscheinlich, weil das Vergehen der Farben mich an irgendetwas erinnert. Ich liebe Kontinuität. Daß das raschelnde Patchwork sich in schwärzliches Glibberzeug verwandelt, stört mich nicht. Meinetwegen könnte es liegenbleiben bis zum Frühjahr. Aber man rutscht darauf aus, und es wird gefährlich, durch den Garten zu gehen. Außerdem haftet das Zeug an den Sohlen, und meine Söhne lernen es wohl nie mehr, sich die Schuhe abzustreifen vor der Tür. Ich habe schon genug mit diesem Haushalt zu tun. Wenn ich nur denke, was sie an Wäsche anbringen regelmäßig, das ganze verschwitzte Sportzeug – ich komme mit dem Waschen ja gar nicht nach. Das heißt, der Platz zum Aufhängen fehlt einfach jetzt.

Ob ich mich nicht langweile, hat Renate gefragt. Typisch. Nur weil Hermann weg ist. Und weil Alex und Mike ihr eigenes Leben führen, soll ich mich langweilen. Alex ist ja sowieso noch da. Oder vielmehr wieder. Er hat zurückgewechselt an die hiesige Universität, und es war klar, daß er sich das Dachzimmer einrichtet, nachdem Hermanns Klamotten da raus sind jetzt. Steht ja alles leer sonst. Aber ich sehe ihn nicht sehr häufig, er kommt und geht, wann er will. Manchmal treffen wir uns in der Küche und freuen uns darüber. Und dann heißt es natürlich: Mami, ich brauche unbedingt morgen den grauen Trainingsanzug. Und kannst du mir bitte das Hemd bügeln für heute abend? gibt's was zu essen? – bringst du mir bitte Bananen mit und zwei Liter Milch? – und hier, schau, da ist ein Loch in meinem Pullover, kann man das noch stopfen?... Von wegen Langeweile. Und Mike hat Heimurlaub am Wochenende und immer eine Tasche voll schmutziger Wäsche dabei. Nicht nur Sportzeug. Außerdem macht es mir ja auch Spaß, sonntags schön zu kochen und Kuchen dazuhaben. Hermann hat das nie gewürdigt. Aber es kommen nun mal die Freundinnen und Freunde der Kinder vorbei, manchmal sind wir acht oder zehn Personen. Wenn am Montag dann wieder Ruhe ist, bin ich oft richtig froh.

Ich bin ein kontemplativer Mensch. Kann stundenlang am Fenster stehen und beobachten. Nicht nur das, was draußen geschieht – ich stehe ja nicht aus purer Neugier oder Langeweile da. Die Frau am Fenster – für mich ist das mehr als ein literarischer Topos. Und es hat mir nie gefallen, bei diesem Bild immer nur das Eingeschlossensein und die Sehnsucht nach allem, was draußen vorbeirauscht und gleichzeitig ängstigt und fasziniert, sehen zu wollen. Welt begreifen lernen.

Die anderen hasten durch ihre Tage und verwechseln das mit Leben. Häufen an und verlieren dabei jeden Begriff von Qualität. Sie sehen nicht den Garten, durch den sie gehen, sondern nur, was dahinterliegt, und immer noch etwas, was immer weiter fort ist. Ein ewiges Getriebensein nach Zielen, die vielleicht gar nicht immer auf ihren Wert hin befragt werden. Ich war schon als Kind anders. Habe mich verweigert, wenn es darum ging durch Leistungen zu glänzen, allen zu beweisen, daß ich etwas kann, etwas noch besser kann, etwas am besten kann. Als hätte ich damals schon die griechischen Philosophen gelesen. Oder Lukrez. De rerum natura. Das war die Bestätigung für mich. Alles, was ich vorher so ungeordnet und vage in meinem Kopf hatte, war mit einem Mal schwarz auf weiß da. Von dort aus habe ich mich immer weiter hineingewühlt in diese Denkgebäude, habe kreuz und quer gelesen, bin bei Leukipp gelandet, bei Demokrit, bei dieser ganzen Schule des Atomismus, und es kam mir lächerlich vor, zu sehen, daß viele unserer angeblich modernen Erkenntnisse schon zweieinhalbtausend Jahre vor uns diskutiert und für gut befunden worden sind. Daß man schon lange mit philosophischen Spekulationen der sogenannten Weisheit letzten Schluß ziehen konnte, daß nämlich die Materie aus kleinsten, selbst unteilbaren Atomen besteht. Vielleicht war das ja auch nur der vorletzte Schluß – doch hat es immerhin zweieinhalbtausend Jahre gebraucht, bis von Atomspaltung die Rede war. Aber darum geht es gar nicht. Zu erkennen, daß der Mensch als Mikrokosmos die Gesetze des Weltalls darstellt und danach zu leben, halte ich für viel entscheidender. Ich brauche nicht dieses Draußen, dieses Drängen und Hasten, dieses ewige Konkurrieren um zweifelhafte Erfolge. Wenn Hermann nur bereit gewesen wäre, das zu begreifen.

Ob ich es mir damit nicht ein wenig zu leicht mache, hat Renate gefragt. Ob ich nicht tatsächlich einfach zu ängstlich sei oder vielleicht sogar zu faul, mich dem wirklichen Leben zu stellen. Nein, habe ich gesagt, verrückt müßte ich sein, wenn ich da mitmachen wollte. Mir den Kopf einrennen für nichts und wieder nichts, um hinterher noch nicht einmal klüger zu sein als zuvor. Lies Epikur, habe ich zu ihr gesagt, der zeigt dir, worum es eigentlich geht. Das Ziel des menschlichen Denkens und Handelns liegt im Erreichen vollkommener Glückseligkeit, und diese Glückseligkeit zeichnet sich aus durch gelassene Heiterkeit gegenüber Schmerz und wechselndem Schicksal. Hedonismus – darum geht es. Nicht darum, noch höher, noch weiter zu kommen, noch besser zu sein. Und, ist mir eingefallen, aber das habe ich nicht zu Renate gesagt, wenn es auf dem Weg zu dieser vollkommenen Glückseligkeit überhaupt so etwas gibt wie eine Pflicht, dann ist es die, alles, was uns hindert, dieses eine einzige Ziel zu erreichen, zu beseitigen. Uns nicht hineinziehen zu lassen in diese tägliche Hetze, diese qualvolle und unaufhörliche Verschwendung menschlicher Energie. Außerdem, habe ich sie gefragt, was meinst du denn, wenn du sagst: wirkliches Leben? Lebe ich etwa nicht wirklich?

Renate hat es mir übelgenommen damals, daß ich mein Studium an den Nagel gehängt habe nach drei Semestern. Wir waren schon seit unserer Schulzeit befreundet, und dann habe ich sie allein gelassen und bin mit Hermann gegangen. Alex war unterwegs. Ich bin ja heute noch davon überzeugt, daß mir überhaupt nichts Besseres passieren konnte. Hermann hatte seinen Doktor und eine Anstellung im Institut. Ihm war es recht, daß ich aufhörte zu studieren. Eine Art gegenseitiges Sich-Ergänzen war das, und jeder ist zu dem gekommen, was ihm wichtig war. Mir war es wichtig einen Mann zu haben, ein Kind, eine Wohnung, Haushaltsgeld. Mir war es wichtig, mich auf das einlassen zu können, was um mich herum war. Zeit zu haben für Alex, sein Wachsen zu begleiten, selbst so zu werden wie ein ruhender Pol. Ich wollte ihm und später auch Mike ein anderes Zuhause bieten, als ich es selbst als Kind gehabt hatte. Da war ja immer alles im Chaos. Mutter zwischen Sprechstunden und Patientenbesuchen kaum einmal zu sehen. Vater ein Versager, aber auch er andauernd auf Erfolgssuche. Große Reden im Wirtshaus hat er geschwungen, vor allem. Und ich sollte brav sein und gute Noten heimbringen. Ich war brav. Aber als ich das Abiturzeugnis in der Tasche hatte, konnte ich mich nicht darüber freuen. Schon die Aussicht, daß das jetzt immer so weitergehen würde: Seminararbeiten, Klausuren, Prüfungen, immer noch eine Stufe weiter und eigentlich immer wieder dasselbe, Papiere einsammeln, Berechtigungsscheine, als wäre ich ohne sie nichts. Damals habe ich Lukrez gefunden und Demokrit und Epikur.

Was vielleicht meine Form von Widerstand war, dieser Entschluß, wenn ich schon studiere, dann eine brotlose Kunst. Philosophie eben. Bewußt war es mir nicht. Doch ohne zu wissen wie, bin ich damit auf den richtigen Weg gekommen. Die kunstvollen Modelle dieser Herren haben mich nicht mehr losgelassen.

Ich bin natürlich nicht dabei stehengeblieben. Die Kinder haben mich ja angeregt, mich weiterzubilden. Wenn man Augen und Ohren offenhält, stößt man doch immer wieder auf neue Fragen. Aggressionstheorien zum Beispiel haben mich lange Zeit beschäftigt. Ich hatte doch meine Studienobjekte praktisch im Kinderzimmer. Alles, was ich zusammengelesen habe, haben sie ganz konkret ad absurdum geführt. Von wegen Lernen am Modell. Ich habe meine Söhne zu Friedfertigkeit erzogen, von mir haben sie keine Schläge bekommen und kein lautes Wort, und trotzdem gab es keinen Tag ohne Zank und Streit und Prügeleien. Wer da nicht von selbst auf Konrad Lorenz zurückgreift und auf Freud, muß ja blind und taub sein. Vielleicht sollte man von einer Art angeborener Prädisposition zur Aggression ausgehen, die kulturell unterdrückt oder verstärkt wird. Wenn ich an die Kinder denke, oder an mich selbst... Auch Verteidigung kann ja aggressiv sein, oder? Wahrscheinlich gibt es so etwas wie eine genetische Programmierung für bestimmtes Verhalten, wobei das Verhältnis von Anlage und Umwelt den Ausschlag in die eine oder andere Richtung gibt. Obwohl ich auch das nur sehr eingeschränkt glauben kann, denn ich habe ja gesehen, daß keiner meiner Söhne auch nur entfernt daran gedacht hat, den Wehrdienst zu verweigern. Wo Hermann doch über Jahre an der Spitze jeder Demonstration für Frieden und Abrüstung zu finden war... Jedenfalls mag ich die Absolutheit nicht, mit der Fachleute immer nur auf einer einzigen möglichen Sichtweise beharren. Den ganzen Wissenschaftsbetrieb mag ich nicht. Sie ziehen dich in einen Topf hinein, Deckel drauf, basta. Sie sind engstirnig und beschränkt. Ich bin froh, daß ich nicht wie Hermann gezwungen war, mir da irgendwo einen Platz erkämpfen zu müssen. Es hat so sehr auf ihn abgefärbt. Weil er sich immer mehr spezialisieren mußte, oder glaubte, es tun zu müssen, ist er ein reiner Fachidiot geworden. Von dem Mann, den ich damals kennengelernt habe, ist schon seit Jahren nichts mehr übrig gewesen. Heute wundert es mich nur, wie ich es so lange hinnehmen konnte. Aber es hat eben seine Zeit gebraucht, bis ich begriffen habe, daß unsere Zielvorstellungen sich nicht mehr vereinbaren lassen.

Die Frau am Fenster, ja, so sehe ich mich. Ich nehme zur Kenntnis, was da draußen passiert, und ich stelle immer wieder fest, daß ich alles, wovon da die Rede ist, hier um mich herum habe. Mein Mikrokosmos. Was brauche ich das Weltall? Die Sterne?

Ob ich glücklich bin, hat Renate mich gefragt. Nein, habe ich ganz spontan geantwortet, aber auch nicht unglücklich. Vielleicht ist das ja schon Glück? Vielleicht sollte ich wirklich besser sagen, ja, ich bin mittendrin. Ich genieße jeden Augenblick, ich habe schon von Epikur gelernt. Ich habe keine Angst vor Schicksalsschlägen. Kann man das nicht als Glücklichsein bezeichnen?

Renate ist manchmal hartnäckig. Wenn ich auf eine ihrer Fragen zu weit aushole, mich zu sehr verstricke in philosophische Betrachtungen, kommt sie mit Beispielen. Oder fragt mir Löcher in den Bauch. Wie lange Hermann jetzt weg ist, wollte sie gestern wissen. Als wenn das etwas damit zu tun hätte. Hermann war doch sowieso kaum da. Und jetzt ist er eben weg. Er stört mich nicht mehr, wenn er unausgeschlafen durchs Haus schlurft oder seine Zeitung über den ganzen Frühstückstisch ausgebreitet hat. Ich lebe doch mein Leben wie vorher, habe ich zu Renate gesagt. Ich habe alles, was ich brauche, sein Gehalt kommt pünktlich zum Monatsersten aufs Konto, es ist alles in Ordnung. – Aber er ist doch ursprünglich nur für die Semesterferien in die USA gefahren, hat Renate beharrt. Ja, habe ich gesagt, ursprünglich schon. Aber man hat ihm ein Forschungsjahr bewilligt, und deswegen mußte er nicht zu einem bestimmten Zeitpunkt zurücksein. Es geht ihm gut, denke ich. Und mir auch. Es ist wirklich alles in Ordnung. Renate hat schließlich gemerkt, daß ich keine Lust hatte, über Hermann zu sprechen. Wir sind dann ins Kino gegangen, in irgendsoeinen idiotischen Liebesfilm, der mir wieder einmal bestätigt hat, daß diese krampfhafte Jagd nach Glück und Erfolg hauptsächlich unzufrieden macht. Ach ja. Als ich nach Hause kam, war ich heiter und froh, wieder da zu sein.

Eben ist wieder einer durch den Garten gegangen. Er ist von hinten durch die Pforte gekommen. Sein Mantel hat dasselbe Graubraun wie der des Herrn von vorhin. Auch er trägt einen Hut, der seine Stirn und seine Augen verdeckt. Er ist vor der Haustüre stehengeblieben. Er liest das Namensschild. Wenn er klingelt, werde ich ihm nicht öffnen. Ich habe schon zuviel Zeit vertrödelt. Ich muß in den Keller. Seit Tagen habe ich alles vorbereitet. Die Öffnung zur Abstellnische ist ja fast nur ein Durchschlupf – gerade breit genug, daß die Truhe hindurch paßt. Es wird nicht lange dauern, sie zuzumauern. Wenn ich die Regale, die bisher da drin waren, in den großen Kellerraum stelle, wird der Platz zum Wäscheaufhängen zwar ncoh enger, aber was macht das? In zwei Wochen, wenn der Putz trocken ist, werde ich die Wand tapezieren. Eine neue Ordnung wird sich ergeben außenherum, meine Ordnung, mein Mikrokosmos. Und Hermann gehört endlich dazu.

DIE EINREICHUNG

Doris Kloimstein

Sie hielt das Nudelsieb wie einen Teppichklopfer und leerte die Makkaroni in den Ausguß. Dampfend wabbelten die Nudeln, während das kochend heiße Wasser versiegte. Der Ausguß war mit Makkaroni verstopft. Sie beugte sich erstaunt über die Abwasch, ihre Brillengläser liefen an. Langsam legte sie das Nudelsieb beiseite.

Sie hatte eben überlegt, ob sie doch wieder für das Literaturstipendium einreichen sollte, ob es einen Sinn hätte, ihre neue Erzählung – ein Männerschicksal voll Korruption, Sex und Leidenschaft...

Nachdenklich nahm sie die Spaghettizange und beförderte mit einem Griff die Nudeln in den Topf zurück, größtenteils, den Rest packte sie mit einem Fetzen – weg aufs Klo – Spülung. Das war das Ende nach einer Fehlhandlung; meistens.

Die letzte Erzählung – ein Männerschicksal voll Korruption, Sex und Leidenschaft... kam unversehrt per Post zurück, begleitet von einem formlosen Absageschreiben. Und diesmal?

Sie wußte, daß es auf die Zusammensetzung der Jury ankäme, schnitt ein Stück Butter ab, warf die Butter in den Nudeltopf, schwenkte den Topf, ließ die Butter zergehen. Für sie war die Zusammensetzung der Jury im Grunde unbedeutend, weil sie nur zum Einkaufen außer Haus ging, oder als Begleitdame zu Empfängen, Vernissagen, wenn ihr Partner sie brauchte. Sie hatte keine Zeit, sich in der Literaturszene umzusehen.

Die Soße auf kleiner Flamme wallte zu stark auf, verspritzte tomatenrote Tupfen auf Herd und Kacheln. Mit einer Hand angelte sie die Sauciere vom Küchentisch, mit der anderen drehte sie den Herd ab. Dann schüttete sie die Soße über die Nudeln. Sie starrte in die leergebliebene Sauciere, stellte sie auf den Küchentisch zurück.

Sie durfte schreiben, zwischenzeitlich, wenn die Familie außer Haus, die Erledigungen besorgt waren, die Wohnung entstaubt. Aus ungeklärten karmischen Verstrickungen war ihr Geist in diesem

Leben in einen Frauenkörper geraten, benahm sich offensichtlich durchaus weiblich, geradezu überweiblich, anscheinend traditionsbewußt weiblich, weiblicher als es selbst der Papst träumen könnte: Ehefrau – treu, Hausfrau – sauber, Mutter – liebevoll.
Wenn sie sich an den Schreibtisch setzte, dann schrieb der Geist, wenn sie beobachtete, beobachtete der Geist, wenn sie nachdachte, dann wußte der Geist die Antwort. Der Geist wußte, daß sie wieder einreichen würde. Sie stellte den Nudeltopf auf den Herd, holte den Parmesan aus dem Vorratsregal. Sie klappte den Plastikdeckel von der Dose, betrachtete ihr verzerrtes Spiegelbild in der verschweißten Alufolie, die sie schnell abzog. Erst jetzt bemerkte sie, daß ihre Familie noch gar nicht gekommen war, schaute auf die Uhr und stellte fest, daß sie sich in der Zeit geirrt hatte – eine Stunde zu früh. Sie konnte die Makkaroni aufwärmen; später.
Sie ging zum Schreibtisch, legte den Kochlöffel auf das Synonymwörterbuch, schaute, steckte angewidert den Kochlöffel in den Bleistiftigel, schleckte die Soße vom Umschlag und begann ein Gedicht zu schreiben, das sie auch einreichen wollte.

Liebesmonolog eines Pedanten

Siehst du den Mond, Geliebte?
Du mußt noch die Jalousien putzen!
Ist es nicht schön heute?
Die Rosen gehören geschnitten!
Und wie die Sterne funkeln!
Die Akazien gehören gegossen!
Wie erfrischend die Luft!
Du mußt dir eine Jacke anziehen!
Ich liebe dich,
weil du so unvernünftig bist.
Gib mir einen Kuß!
Deine Brillengläser sind zerkratzt!
Umarme mich!
Dies alles gehört uns,
weil ich so gespart habe.
Reich mir deine Hände!

Du hast Trauerränder unter den Nägeln!
Von welcher Arbeit nur?
Ich trage dich doch auf Händen.
Die Nachbarskatze, wie lieb!
Leider macht sie auf die Terrasse.
Katzen sind so geschmeidig,
aber sie haaren fürchterlich.
Du bist mein Kuschelkätzchen!

Sie schüttelte den Kopf. Diesen Dreck konnte sie nicht einreichen. Während sie auf den Kochlöffel im Bleistiftigel starrte, erkannte sie, daß es keinen Geist gab, der schrieb, daß sie es war, die schrieb, daß sie aber nur notdürftig schreiben konnte, wenn sie sich um Nudeln, Blumen und Unterhosen kümmern mußte. Ihr Partner hatte sich von dem Zeitpunkt, als sie sich vermehrt hatten, auf „Ehemann" reduziert, der täglich ein frisches Hemd, eine Garnitur Unterwäsche und ein Paar Socken verbrauchte, manchmal zwei Hemden durchschwitzte, weil Karrieremachen anstrengend ist, in der Mittagspause zum Essen nach Hause kam und in den zehn Ehejahren fünfzehn Kilo aufgespeckt hatte. Sie betrachtete ihre hohle Hand, blies in die Handfläche und bemerkte, daß kein Wunsch mehr übrig war, der fortfliegen hätte können. Sie wollte Erinnerungen wachrufen – vergebens. Nicht einmal einen Schlußstrich konnte sie ziehen, weil es von ihrer Beziehung keine Abrechnung gab. Zornig über die zu Papier gebrachte Banalität, zerknüllte sie das Blatt. Ihr wurde klar, daß sie ihre Zeilen nicht zwischen Nudelsieb und Schreibtisch setzen konnte. Daß sie zwischen Jalousienputzen und Schriftstellerei gespalten war, auseinandergefallen.
Die verbindende Liebe hatte anscheinend ihre beiden Hälften zusammengehalten, aber eine falsche Liebe hatte ihr erst wie ein Keil den Schädel gespalten, den Keil weitergetrieben und ihre Person halbiert. Jetzt war die verbindende Liebe verdampft. Schritt für Schritt war sie vor dem Ehemann zurückgewichen, auch im Hinblick auf das Kind. Drohend hatte er seine Forderungen vor ihr aufgepflanzt. Im Zustand der Erschöpfung hatte sie seine Zärtlichkeiten sogar dankbar angenommen. Und die Lasten weitergetragen, die er ihr aufgebürdet hatte, um sich für seine Karriere freizuspielen. Er hatte ihr laufend schriftliche Merkzettel vorgelegt, auch Anweisun-

gen im Hinblick auf das Kind gegeben, ehe er ins Büro ging. Er ordnete Aufsatztraining für das Kind an, das Füllen von Paprika oder das Entkernen von Weichseln sowie eine Flut von Besorgungen, bis hin zum Kauf von Knoblauchkapseln, die seine Leistungsfähigkeit steigern sollten.
Von Zeit zu Zeit hatte sie ihm eine Szene gemacht, aber immer nur, wenn er seine Forderungen so hochgeschraubt hatte, daß sie das Pensum nicht erledigen konnte und er zu den Forderungen noch Vorwürfe erhob. Mit einem Aufschrei hatte sie ihm irgendeinen Gegenstand nachgeworfen. Es war ihm gleichgültig. Er war nur an ihrem Funktionieren interessiert, nicht an ihrer Literatur. Die Familie durfte wegen ihrer Schreiberei nicht leiden. Ihre Schreiberei brachte ja nicht einmal einen Groschen Geld ein. Er wies ihr zynisch die Tür, solle sie doch gehen, sie, die keinen Beruf hatte, von dem man leben konnte. Und sie war still geworden, geblieben, auch im Hinblick auf das Kind. Hatte ihre Erzählung eingereicht und eingereicht – ein Männerschicksal voll Korruption, Sex und Leidenschaft... in der Hoffnung auf den ausgesetzten Preis.
Irgendwann, wenn die Erzählung so angewachsen war, daß sie das Maß überschritten hatte, wurden die Zettel von ihr, zusammen mit den Zeitungen, zum Altpapier getragen. Aber die Erzählung erneuerte sich ständig, der Zettelberg wuchs, und sie reichte wieder erfolglos ein. Füllte das Manuskript schließlich wieder ihre Schreibtischlade, warf sie es wieder fort – nicht gut genug, bei keiner Einreichung preiswürdig...
Die Schreibtischlade war jetzt voll, aber diesmal nahm sie die Erzählung, lochte die Zettel und heftete sie in einen Ordner, den sie ins Seitenfach stellte. Diese Erzählung würde sie nie wieder einreichen, weil sie viel zu gut war, um je preiswürdig zu sein.
Bald würde sie die Nudeln wieder aufwärmen. Ihre Angst war einer Ruhe gewichen – einer Klarheit. Ihre neue Erzählung würde sie nicht mehr wie durch ein drittes Auge gesehen schreiben. Keine karmische Verstrickung hatte sie in einen Frauenkörper gesteckt. Sie war als Frau geboren, nur dieser Zufall war ungeklärt.
Sie stand auf, ließ den Kochlöffel im Bleistiftigel stecken und ging wieder in die Küche.
Sie war sicher, daß die Tage für sie in diesem Haushalt gezählt waren, auch im Hinblick auf das Kind. Sie würde gehen, mit dem

Kind, das ihr Kind war, obwohl er es ganz selbstverständlich gefordert hatte.

Langsam öffnete sie den Kühlschrank, holte eine Gurke heraus, schälte sie und hachelte sie in Scheiben, überlegte, ob sie die Gurke in Essig und Öl oder mit Joghurt anmachen sollte. Sie entschied sich für Joghurt. Sie schmeckte den Salat ab und überlegte, was sich für ihren Ehemann ändern würde, nach der Trennung.

Er würde sich eine Putzfrau nehmen, entweder onanieren oder zu Huren gehen, bis er eine neue Freundin finden würde. Das Kind würde ihn regelmäßig besuchen, irgendwann würde er wieder heiraten, von der neuen Frau ein neues Kind bekommen, Putzfrau und Huren einsparen.

Sie hoffte zwar, daß andere Frauen ihren Lebensentwurf schon anders gezeichnet hätten und er bei der Putzfrau und beim gelegentlichen Geschlechtsverkehr würde bleiben müssen. Aber sie war sich nicht ganz sicher. Es könnte sein, daß die neue Frau wieder zehn Jahre brauchen würde, bis sie den Sachverhalt durchschaut hätte. Er könnte sogar das Glück haben, eine Frau mit einem ordentlichen Beruf zu finden. Die würde Geld verdienen, die Kosten für eine Putzfrau zweimal wöchentlich übernehmen, ihn als Ausgleich zum Beruf bekochen, trotz allem für Ordnung sorgen, und er würde gelegentlich mit dem Staubsauger ein paar Brösel unter dem Eßtisch wegsaugen.

Sie rührte die Nudeln mit einem frischen Kochlöffel um, fühlte sich heiter, stellte fest, daß sie sich um seine Zukunft keine Sorgen zu machen brauchte. Sie würde gehen, sie würde schreiben, sie würde eine Arbeit finden. Und vorerst würde er ihre Vorbereitungen nicht einmal bemerken, weil sie seine Hemden bügelte, ihm das Essen kochte und auch sonst alles unterm Hintern richtete. Sie würde mit ihm Geschlechtsverkehr haben, damit sie in Ruhe ihren Auszug vorbereiten konnte. Und die Scheidung einreichen.

HERMANN UND ANNA

Roswitha Hamadani

Hermann fällt die Trennung von Anna leicht. Er hat keine Zeit für Probleme.
Anna hingegen hat keine Außenwelt.
Hermann hat nicht einmal Zeit, eine Zigarette zu rauchen.
Anna lebt nur in der Innenwelt.
Hermann ist Soldat.
Anna versucht zu erkennen.
Hermann erfährt sehr bald, daß man, nimmt man das Militär ernst, unweigerlich zum Faschisten erzogen wird. Nimmt man es aber nicht ernst, wird man von der Sinnlosigkeit verrückt.
Anna hat bereits erfahren, daß nicht jede Erkenntnis mit einem Lustschrei verbunden ist.
Hermann denkt, als Institution wäre das Militär imponierend, und man könnte zweifellos als Soldat Karriere machen, vor allem jetzt, wo die Zeiten wieder schlechter werden.
Anna denkt, Glück und Unglück wären Zustände, einer wie der andere, und Liebe auch nur ein Fahrzeug, mit dem man schnell unterwegs ist.

Anna fiel Hermann um den Hals.
Hermann hielt Anna fest. Er schob seine Finger unter ihren Rollkragen.
Anna hatte Herzklopfen.
Hermann fragte, warum klopft dein Herz so schnell.
Ich bin so schnell gelaufen, sagte Anna.
Hermann war enttäuscht. Warum lügst du, schrie er.
Und du, fragte sie.
Hermann schaute Anna an. Auch sein Herz schlug schnell.
Er sagte, und wenn ich es von dir hören möchte.
Anna versteckte ihr Gesicht an seinem Hals.
Hermann rieb sein Kinn an ihrer Wange.
Anna lachte. Ich habe es so gern, wenn dein Bart kratzt, sagte sie andächtig.

Bitte, sagte Hermann, ich habe mich nur deinetwegen nicht rasiert. Hermann hielt seine Nase in Annas Haare. Du riechst so gut, sagte er. Anna schnüffelte an seinem Hals. Du auch, sagte sie.

Hermann lernt marschieren.
Anna arbeitet gern.
Hermann hört den Ausbilder brüllen: Links. Dann brüllt die ganze Kompanie: links, zwei drei vier fünf. Hermann brüllt auch.
Anna ißt und trinkt. Sie schläft gut.
Hermann macht mit. Er hat keine Wahl.
Anna ist am liebsten allein.
Hermann ist sich selber fremd. Er sieht den Ausbilder und er sieht einen Haufen Buben. Der Ausbilder spielt Krieg mit ihnen. Das findet Hermann grotesk, doch keiner außer ihm bemerkt es. Er muß plötzlich laut herauslachen. Er ist allein.

Hermann holte zwei Zigaretten aus der Schachtel. Er bot Anna eine davon an.
Anna schaute und nahm die Zigarette und lächelte erwartungsvoll.
Hermann nahm ein Streichholz, brach vom hinteren Ende ein kleines Stück ab und legte es nachdenklich in den Aschenbecher.
Anna wußte, so zündete Hermann die Zigaretten nur zu besonderen Gelegenheiten an.
Hermann schaute erst auf, als er Anna langsam Feuer gab, und er fand sie so schön, daß er das brennende Streichholz in seiner Hand vergaß.
Anna hatte Angst, Hermann würde sich verbrennen. Sie schaute ihn an. Sein Gesicht war ernst, seine Lippen waren voll. Anna beugte sich zu ihm, nahm ihn am Handgelenk und blies die Flamme aus. Sie konnte nicht leiden, wenn er sich weh tat.
Hermann lachte. Er zündete seine Zigarette mit einem neuen Streichholz an. Dann lehnte er seinen Kopf gegen Annas Kopf.

Hermann lernt beim Militär, wie man einen Menschen mit dem Spaten, der zur Ausrüstung gehört, erledigt.
Anna hat gelernt, sich zu distanzieren.
Hermann erfährt, daß der Spaten laut Vorschrift zwar stumpf, in Wirklichkeit aber auf einer Seite scharf geschliffen ist.

Anna hat erfahren, daß es auf der Ebene des abstrakten Denkens zwangsläufig nur logische Übungsbeispiele geben kann.
Hermann schreckt erst vor dem Gedanken zurück, einen Menschen zu töten, doch dann sagt er sich, es könne nicht so schwierig sein.
Anna sagt sich, auch Gefühle ließen sich aus dem Fleisch lösen.
Hermann überlegt, es gehe nur darum, den Gegner mit der scharfen Seite des Spatens an der Halsschlagader zu treffen.
Anna überlegt, alles, was entsprechend formuliert werden kann, wäre als Problemstellung zu betrachten. Doch gerade darin, denkt sie, läge die Gefahr. Früher oder später müssen sich die Beispiele wiederholen, und man denkt und tritt wie ein Hamster im Rad, das sich dreht und dreht in einem fort und ohne Ende.

Hermann und Anna saßen still da und waren zufrieden.
Hermann schaute Anna an. Anna schaute ihn an.
Anna war der erste Mensch, mit dem Hermann sich nicht allein fühlte.
Anna hatte Hermann gern.
Hermann seufzte.
Warum hast du geseufzt, fragte Anna sofort.
Weil ich bei dir bin, sagte er.
Ich glaube, sagte Anna langsam, ich bin glücklich.
Sie schaute ihn ängstlich, ärgerlich und zugleich erheitert an.
Hermann konnte diesen Blick von ihr nicht leiden. Sie machte sich lustig, und er wußte nicht, über wen. Er beugte sich vor und küßte Anna auf den Mund.
Anna seufzte.
Sie mußten lachen. Sie hatten beide plötzlich rote Wangen. Sie rieben ihre Nasen aneinander, schauten sich an, sprangen beide zugleich auf und fielen einander atemlos und lachend um den Hals.

Hermann hat Nachtübung. Das bedeutet, stundenlang in der feuchten Uniform auf dem Posten zu liegen. Es ist kalt, und Hermann friert.
Anna geht spät nachts noch durch den Park. Die Laternen brennen. Die Luft ist bitter und das abgefallene Laub riecht scharf.
Hermann tut sich selber leid.
Anna tut es leid, nichts mehr von dem Rot zu sehen, von dem Rot-

braun, dem ganz verhaltenen und ganz leuchtenden Gelb dieser Herbsttage.
Hermann will nicht an Anna denken. Er kann es sich nicht leisten, daß er leidet.
Anna denkt an Hermann. Es würgt sie im Hals.
Hermann sagt sich, er könne es keine Minute länger aushalten. Da dreht sein Freund durch und rennt schreiend vor den Stellungen herum, bis ihn endlich einer niedertritt. Hermann liegt im Dreck und kann nichts tun. Nichts. Nicht einmal eine Zigarette rauchen.
Anna sagt sich, gegen Tatsachen aufzubegehren, die außerhalb des eigenen Einflußbereiches liegen, lohne sich nicht.
Hermann reißt in einem plötzlichen Anfall von Wut und Verzweiflung den Riemen von seinem Helm ab.
Anna weiß längst, daß auch die Revolte ohne Bedeutung ist, wenn man sie aus größerer Distanz betrachtet.

Anna legt ihre Zungenspitze in Hermanns Mundwinkel. Das war jetzt ihr Haus. Hier wollte sie eine Weile bleiben.
Hermann biß Anna in die Oberlippe. Ihr Mund war zwischen seinen Zähnen wie eine Blume. Am liebsten hätte er ihn gegessen. Hermann leckte Annas Nase ab und dann auch noch das rechte Ohr.
Anna zog den Kopf ein. Nicht, sagte sie, meine Ohren sind schmutzig.
Das ist mir egal, sagte Hermann. Er hielt Anna mit beiden Händen fest. Ihr Ohr schmeckte wirklich ein bißchen bitter. Ich merke nichts, sagte er trotzdem.
So, sagte Anna erbost.
Hermann mußte über sie lachen. Vielleicht das andere Ohr, fragte er bereitwillig. Er packte Anna mit einer Hand am Hals und steckte seine Zunge in ihr linkes Ohr.
Anna ließ sich gegen ihn fallen. Sie bekam einen Schüttelfrost und begann, an seinem Hals zu lutschen.
Hermann wurde davon beinahe verrückt. Er drückte Anna an sich und legte seine Hand zwischen ihre Beine.
Anna hatte seine Hand dort gern. Sie preßte kurz die Schenkel zusammen.
Hermann bekam am ganzen Körper eine Gänsehaut. Nicht, bettelte er.

Anna ließ los und schaute ihn an. Wenn ich aber will, fragte sie.
Hermann hob scheinheilig die Schultern. Ja dann, sagte er gedehnt.
Anna kicherte.
Dann, sagte Hermann, dann beiße ich dich.
Anna streichelte sein Gesicht. Beiß doch, sagte sie.
Auch in den Hals, fragte er. Es war ihm todernst.
Freilich, sagte Anna, auch in den Hals. Ihr war es genauso ernst. Sie hatte ganz heiße Wangen.
Hermanns Augen glänzten. Ich habe deinen Hals so gern, sagte er verklärt.

Hermann hat eine Freundin, mit der seine Mutter als Schwiegertochter einverstanden wäre.
Anna ist froh, ihrer Ehe entkommen zu sein.
Hermann hat seine Freundin gern.
Anna hat ihren Mann geliebt. Es ist ihr vergangen, wenn auch unter bösen Schmerzen.
Hermann sagt sich, das Mädchen ist jung, bei ihr könne er bleiben und später von ihr Kinder bekommen.
Anna ist frei. Sie sagt sich, sie sei kein Haustier, kein Vieh, das man in seinen Stall stellt.
Hermann nimmt an, er werde eines Tages heiraten.
Anna will nicht geheiratet werden. Das hat sie gehabt. Sie will nicht erhalten werden. Das besorgt sie selbst.
Hermann will eine große Familie wie seine eigene. Er ist das jüngste von sieben Geschwistern. Seine Mutter war schon fast eine alte Frau, als er auf die Welt kam.
Anna will sich auch nicht paaren, um eine Art zu erhalten, die ohnehin nur darauf aus ist, sich selbst restlos zu vernichten.
Hermann ist überzeugt, vor die Wahl gestellt, entweder seine Frau oder sein Kind zu retten, würde er sich bedingungslos für das Kind entscheiden.
Anna hingegen sucht einen Menschen, der in der Beziehung bereit ist, sich selbst zu geben. Sie weiß, das ist viel verlangt. Aber darunter tut sie es nicht. Dazu schmeckt ihr die Freiheit zu gut.

Hermann legte seine Hand auf Annas Brust.

Anna steckte ihren Zeigefinger unter seinen Gürtel.
Hermann zog den Bauch ein und blähte sich plötzlich wieder auf.

Er klemmte Annas Hand ein.
Du Frosch, sagte sie. Ich kann meine Hand auch woanders hinlegen, wenn es dir nicht paßt.
Um Himmelswillen, schrie Hermann entsetzt.
Du hast einen Bauch, sagte Anna zu ihm.
Du auch, sagte er.
Anna kitzelte ihn.
Hermann suchte nach dem Zippverschluß ihrer Hose.
Anna lehnte sich gegen ihn. Sie fühlte sich schwach.
Hermann ließ den Reißverschluß wieder los. Er mußte erst einmal tief Luft holen. Er spürte Annas Atmen, ihre Lippen, ihre Nase in seinem Gesicht.
Anna witterte. Hermanns Haut roch gesund. Sie spürte, es ging ihm gut.
Hermann küßte Anna feucht auf den Mund, leckte ihr blitzschnell die Nase ab und, sehr naß, auch die Augen. Er biß sie, küßte sie und saugte an ihr.
Anna spielte mit ihm, sie ließ ihn los und fing ihn wieder ein. Sie kam Hermann vor wie ein wildes Tier.
Ich warne dich, sagte er.
Ja, sagte Anna. Sie streckte die Arme nach ihm aus.
Hermann warf sich nach vor und biß Anna in den Hals.
Anna seufzte und tastete blind nach seinem Ohr.

Hermann besucht seine Freundin und spielt einen Nachmittag lang Schach mit ihr.
Anna geht es schlecht. Sie ruft einen Freund an. Er kommt noch am selben Abend.
Die Freundin hat gegen Hermann keine Chance. Sie verliert. Deshalb will sie schließlich pokern.
Anna will nichts, als sich einmal ausweinen. Sie sagt sich, vielleicht wäre ihr dann besser.
Die Freundin verliert auch beim Pokern.
Anna fällt dem alten Freund schon an der Tür in die Arme. Er fragt nicht viel. Anna klammert sich an ihn und schluchzt.

Die Freundin verliert und verliert. Sie tut Hermann beinahe schon leid.
Anna hat plötzlich das Gefühl, sie hielte Hermann in den Armen. Der Schock ist groß, doch dann spürt sie eine Erleichterung. Jetzt weiß sie wenigstens, woran sie ist.
Seine Freundin verliert alles. Als sie keine Unterhose mehr anhat, geht Hermann. Er muß an Anna denken.
Anna sagt sich, daß man ihr nicht helfen kann, weil sie keine Hilfe braucht.
Hermann sagt sich, es hätte keinen Sinn, an Anna zu denken. Er zündet sich im Gehen eine Zigarette an.
Anna ist todtraurig und zugleich heilfroh. Sie hat ihr Spiel mit vollem Einsatz gespielt und verloren. Sie lehnt es aber ab, mit Netz zu arbeiten. Sie glaubt, sie kann es sich leisten.
Hermann glaubt zwar, daß er Anna braucht, doch die Schwierigkeiten wären zu groß. Er ist neunzehn und Anna einunddreißig. Anna sagt sich, es ist besser so. Bestimmt bleibt ihr einiges erspart. Hermann ist zu jung für sie. Doch sind es nicht in erster Linie die Jahre, die sie stören, sondern der Unterschied in der Entwicklung. Das gleicht sich niemals aus, denkt sie. Oder erst, wenn wir hundert wären.

Hermann zog Anna die Jeans aus.
Anna zerrte am Riemen seines Gürtels.
Hermann küßte sie schnell. Warte, sagte er, ich helfe dir. Er riß sich die Hose und Unterhose mit einem Griff vom Leib.
Anna lachte und zog sich ebenfalls aus.
Hermann schleuderte sein Hemd von sich.
Sei nicht so schlampig, sagte Anna. Hier gibt es keine Mutter, die hinter dir herräumt. Sie warf ihre Unterhose seinem Hemd nach.
Hermann schaute Anna an. Du bist schön, sagte er entzückt.
Du spinnst, sagte sie, ich bin zu dick.
Ach, sagte er, ich finde den Speck auf deinen Hüften süß.
Hör auf, schrie Anna.
Hermann biß sie in den Bauch.
Anna riß sich los.
Hermann packte sie am Arm und hielt sie fest.
Langsam drehte sich Anna zu ihm um.

Hermann geht noch spät bei einem Stammlokal vorbei in der Hoffnung, seinen Freund dort zu treffen.
Anna trifft sich mit Bekannten in einem Lokal.
Hermann muß feststellen, daß sein Freund nicht da ist. Dafür sieht er seinen Todfeind an einem Tisch sitzen.
Anna und ihre Bekannten sitzen an einem Tisch mit einem Betrunkenen und dessen Frau, die auch trinkt.
Hermann spürt, wie er nervös wird. Er haßt diesen Menschen. Er haßt ihn so, daß er es nicht einmal erträgt, dieselbe Luft mit ihm zu atmen.
Anna spürt Mitleid mit den beiden Leuten, die lallend ein Gespräch mit ihnen beginnen. Was haben sie vom Leben. Nichts, stammeln sie, nichts, wenn der Wein nicht wäre.
Hermann steht auf und schüttet seinem Todfeind den Grog ins Gesicht. Das Getränk ist heiß. Der Todfeind kriecht unter den Tisch und wimmert.
Anna beobachtet, wie der Betrunkene mit einem anderen Gast, dem an der rechten Hand der Zeigefinger fehlt, schließlich in Streit gerät.
Zwei Männer, die Hermann nicht kennt, kommen, packen ihn und werfen ihn mit Gewalt aus dem Lokal.
Anna sieht zu, wie der Wirt die zwei Streithähne mit Fußtritten aus dem Lokal wirft. Die Frau des einen bleibt stumpf vor ihrem Weinglas sitzen.
Hermann hört den Wirt heulen, der Grog sei noch nicht bezahlt.
Anna hört durch die offene Tür, wie die beiden Männer auf der Straße miteinander raufen.
Hermann steht von der Straße auf. Ihm ist schlecht vor Wut und der Demütigung. Er geht in das Lokal zurück und bezahlt den Grog noch einmal.
Anna sieht den Mann, dem der Zeigefinger fehlt, wieder ins Lokal kommen. Er hat eine blutige Schramme im Gesicht und trägt den Schuh des anderen unter dem Arm.

Hermann setzte sich auf das Bett.
Anna blieb vor ihm stehen. Sie schien ihm sehr weit weg.
Hermann wollte sie spüren, so nahe es irgendwie möglich war. Er nahm sie am Handgelenk.

Anna lehnte sich an sein Knie und stemmte ihren Zeigefinger gegen seine Brust.
Hermanns Oberschenkel waren so schön geschwungen, daß ihr vor Glück gleich schlecht wurde.
Hermann hob Anna vorsichtig auf seinen Schoß. Sie war scheu wie ein Mädchen.
Anna legte ihre Arme um Hermanns Hals. Sie zitterte.
Hermann wagte es kaum zu atmen. Er nahm einen von Annas Füßen in die Hand und dachte, sie hat so kleine Füße.
Anna horchte auf Hermanns Herz. Es raste, aber sein Schlag war fest. Sie saß still. Hermann hielt sie, und Anna spürte ihn, und Hermann spürte sie, er spürte sie so, und sie wurden beide nur traurig davon.

Hermann rennt stundenlang durch die Stadt.
Anna besucht ihre ehemalige Englischlehrerin. Die Alte ist arm, einsam und trinkt. Anna bringt ihr ab und zu ein paar Lebensmittel vorbei. Sie wohnt im Parterre eines Hinterhauses.
Hermann kommt zum Fluß. Auf der Brücke bleibt er stehen und beugt sich über das Geländer.
Auf dem Fensterbrett sieht Anna von draußen die Orangen liegen, die schon bei ihrem letzten Besuch dort gelegen sind. Einige schimmeln bereits.
Hermann denkt an die alte Stellung, die sie bei der Übung nachgraben mußten.
Anna klopft. Niemand antwortet. Die Tür ist nicht versperrt. In der Küche steht ein Stapel staubiger Teller. Die Türen der Kredenz sind geöffnet, die Ablagebretter darin leer.
Hermanns Gruppe hat beim Graben ein Skelett gefunden. Es trug noch einen Ehering am Fingerknochen.
Anna geht in das Zimmer. Es ist ebenfalls verwüstet, der Kasten ist von der Wand gerückt. Den Boden bedeckt eine zentimeterdicke Schicht von Zigarettenresten.
Hermann sieht auf den Fluß hinunter. Das Wasser dünkt ihn schwarz. Er muß plötzlich daran denken, daß Anna gesagt hat, und wenn er auf dem Brückengeländer ginge, er könne nicht fallen, weil sie ganz fest an ihn glaubt.
Anna hat plötzlich Angst vor dem Leben. Sie setzt sich auf den Bettrand und würde gern weinen.

Hermann rennt nach Hause und dort sofort in sein Zimmer. Es liegt im Hochparterre.
Anna denkt, sicher ist die alte Englischlehrerin gestorben, und die Erben haben hier gehaust.
Hermann steigt auf das Fensterbrett und von dort auf das Sims, das darunter vorbeiführt.
Anna weint nicht. Es würde nichts nützen. Sie weiß, es gibt immer irgendeinen, der leidet.
Hermann weiß, das Sims ist zu schmal. Er zittert. Er hat Angst. Aber er muß es jetzt wissen.
Anna sagt sich, die Alte hätte es überstanden.
Hermann fällt rücklings auf die Steinplatten im Garten. Er steht benommen auf und klopft sich den Staub von der Hose. Er schaut zum Fenster hoch, sagt sich, nichts hätte ihn halten können, nicht einmal Anna.
Anna steht wieder auf, streckt sich, gähnt. Dann durchsucht sie neugierig und geübt Kästen und Läden. Sie ist wieder einmal frei und allein wie eine Katze, die zu keinem Haus gehört.

WEHRET DEN ANFÄNGEN

Brigitte Behrends

Ich hatte einen neuen Job gefunden, an dem mir sehr viel lag. Mindestens zwei Jahre lang wollte ich ihn behalten, und deshalb durfte mir in keinem Fall passieren, was mir sonst immer passiert, sobald ich mich in einer Gruppe von fremden Menschen befinde. Ich durfte mich nicht verlieben – oder richtiger: Ich durfte mir nicht einreden, mich verliebt zu haben. Diese Erfahrung mit all ihren verheerenden Konsequenzen hatte ich nun weiß Gott oft genug gemacht. Gruppenbedingte Unsicherheit löst bei mir das Bedürfnis nach starken Armen aus. Ich verliebe mich nämlich nie, wenn es mir gut geht, wenn alle Rechnungen bezahlbar sind, die Katze gesund und das Fernsehprogramm in Ordnung ist. Ich veliebe mich nur dann, wenn die Verhältnisse ein wenig instabil sind, und kleine Schwankungen in meinem doch relativ ausgeglichenen Leben werden dann über die Fiktion von Verliebtsein zu Wirbelstürmen angetrieben.

Um der Gefahr in einem großen Bogen aus dem Weg zu gehen, vermied ich von Anfang an persönliche Begegnungen so gut es ging. Ich drückte mich vor Teambesprechungen, versagte mir Frühstücks- und Mittagspause und suchte die Toilette nur auf, wenn der Korridor leer war. Stattdessen arbeitete ich wie verrückt, oft bis zu vierzehn Stunden am Tag. Ich hielt erst inne, als ich die scheelen Blicke meiner Kolleginnen und Kollegen nicht mehr ignorieren konnte und es mir nicht mehr möglich war, nachts zu schlafen, weil ich zu überdreht war vom ewigen piep-piep des Computers. Ich verbrachte ein ganz schlaffes, verlängertes Wochenende, heulte Unmengen Tränen vor dem Film „Meine liebe Rabenmutter" und heulte auch ohne Film, und als ich dann am Samstagabend mit der Katze im Arm am Fenster vor tiefschwarzer Nacht stand, merkte ich, es war wieder einmal passiert.
Den Beginn bekomme ich nie mit. Es kommt auch schon lange nicht mehr vor, daß ich mich verliebe, während ich mich in der Gesell-

schaft eines Mannes befinde. Ich verliebe mich sozusagen auf Distanz und ganz allein für mich. Ich betrachte diese Entwicklung als zwangsläufig; den Zustand selbst empfinde ich als absolut störend, zeitraubend, lächerlich. Diese Gefühlsduselei, dieses Ausschweifen der Phantasie in Begegnungen, die so, wie ich sie mir ausmale, niemals stattfinden werden, die doch zumindest, sollte ein reales Interesse an mir beim Objekt meiner Spinnereien sich tatsächlich einstellen, weit, weit hinter all meinen vorweggenommenen Träumen zurückbleiben würden; die letztendlich Enttäuschungen wären, da die Kopie (die gelebte Zweisamkeit), dem Original (meine Liebes- und Phantasiefähigkeit) nicht das Wasser reichen konnte.
Das alles war mir also klar. Ich überlegte weiter. Da ich selbst die Initiatorin meiner gedanklichen und emotionalen Ausschweifungen bin, da dieses Verliebtsein nur meine eigene Schöpfung war, müßte ich auch fähig sein, mich wieder davon zu lösen. Ich wollte mich davon befreien, bevor sich in der Folge vielleicht eine echte, tiefe Zuneigung entwickelte. Eine Zuneigung, die zwar auch nur mein eigenes einsames Produkt wäre, von der ich mich jedoch vielleicht nie wieder würde trennen können. Und womit hätte dieser Kollege sie verdient?
Die Frage war, wie wurde ich diesen ganzen Ballast wieder los? Es hatte gar keinen Sinn, dieses Problem mit einer guten Freundin zu erörtern. Sie würde sich das Objekt schildern lassen, und dann müßte ich, flach, wie seine Persönlichkeit nun einmal war, mir ein paar nette Details einfallen lassen, um mein Verliebtsein zu legitimieren. Das wäre genau der erste Schritt zu der gefährlichen, tieferen Zuneigung. Denn Objekte, die ich ausmale mit feinen Pinselstrichen, wachsen mir natürlich ans Herz.
Ich durfte weder jemanden zu Rate ziehen, noch konnte ich mir den Kollegen wegdenken, -reden oder -fühlen. Ihn zu töten, wäre in Anbetracht der Tatsache, daß er mir nichts, aber auch gar nichts getan hatte, weder Böses noch Gutes, eine sehr übertriebene Reaktion gewesen. Er war nett zu mir gewesen, das war alles. Hatte mir ein paarmal eine Tasse Kaffee gebracht, wenn ich vor Übermüdung vor der EDV-Anlage zusammenzubrechen drohte. Ein paar Tassen Kaffee sind kein Grund, jemanden zu töten, wenn sie auch Grund genug scheinen, sich zu verlieben.

Die Katze war noch nicht von meinem Arm gesprungen, was sie sonst innerhalb von Sekunden tut, wenn ich ihr weiter nichts zu bieten habe als unser Spiegelbild in der Fensterscheibe, da hatte ich mich zu einem sehr direkten Weg meiner Problemlösung entschlossen. Ich zog meine Turnschuhe und meine Lederjacke an, nahm meinen Helm und lief in Richtung Wohnungstüre. Als ich mich bückte, um die Katze zu streicheln, fuhr sie zurück vor meiner zitternden Hand. So ruhig, wie ich mich gerne gefühlt hätte, war ich also doch nicht.

Mit dem Motorrad waren es nur sehr wenige Minuten bis zu seiner Wohnung. Ein hübsches blondes Mädchen öffnete auf mein Klingeln und ich fragte, ob sie seine Freundin sei. Sie bejahte, und nachdem ich mich als eine Arbeitskollegin von Dagobert vorgestellt hatte, bat sie mich, hereinzukommen, um auf ihn zu warten. Er sei im Waschsalon, müsse aber jeden Augenblick zurückkommen. Ich lehnte ihr Angebot höflich ab und ließ mir den Weg zum Waschsalon erklären. Mit einer Freundin hatte ich nicht gerechnet; doch ob es sie gab oder nicht, spielte eigentlich keine Rolle, denn ich hatte ja nicht die Absicht, um ihn zu werben.

Dagobert saß auf dem schmalen Tisch, der für das Zusammenlegen der Wäschestücke bereit steht, und las in einem Krimi. Außer ihm war kein Kunde im Salon. Irgendwie schien er sehr erfreut, mich zu sehen. Einen winzigen Augenblick lang wurde ich schwankend. Sollte ich meinen Plan aufgeben, könnte sich hier nicht doch etwas anbahnen, das...? Nein. Ich setzte mich zu ihm und sagte, was der moderne Mensch halt sagt, wenn er verknallt ist: „Ich bin verknallt in dich." Ich unterließ Begründungen, da diese nur Zeugnis meiner Egozentrik abgelegt hätten. Natürlich war Dagobert überrascht, betroffen, geschmeichelt, geradezu glücklich, das alles gab er zu und auch, daß er nicht verknallt sei. Nicht in mich, nicht einmal in seine Freundin.

Das war es. Die Fakten lagen hier klar auf dem Tisch. Nun hatte ich bekommen, was ich gewollt hatte. Ein deutliches Nein zu meinen Hirngespinsten. Ich dankte ihm für seine Stellungnahme, wünschte noch eine gute Nacht und verabschiedete mich. Nachdenklich bog ich um die Ecke, wo ich mein Motorrad abgestellt hatte. Ich war nicht recht zufrieden. Genau genommen war ich total frustriert. Was war los? Wir hatten unsere Worte ausgetauscht, über Sprache die Verhältnisse geschaffen, nach denen ich verlangt hatte, aber frei fühlte ich mich nicht. Etwas war geblieben. Etwas Traurigkeit, etwas Scham, etwas Trotz, von vielem ein bißchen. Und sehr viel Ungläubigkeit. War Dagobert eigentlich recht bei Sinnen? Wußte er, was er tat? Würden sich nicht vielleicht über Nacht ganz andere Gefühle für mich entwickeln? Ich zweifelte also an seiner Aussage. Sollte ich in diesem Zustand nach Hause fahren? Grübelnde Motorradfahrerinnen stellen eine Gefahr dar für andere Verkehrsteilnehmer, auch wenn zu dieser späten Stunde nur noch wenige unterwegs waren. Ich hatte diese Angelegenheit noch nicht gründlich genug erledigt, fühlte, daß ich mich erst dann würde lösen können, wenn ich ihm körperlich nahe gewesen war. Trennung setzt Nähe voraus. Also kehrte ich noch einmal um und fand Dagobert schon wieder in sein Buch vertieft. Ich baute mich vor ihm auf und holte weit mit der rechten Hand aus: „So, das ist für die Tassen Kaffee", sagte ich, während ich fest zuschlug. Er verlor mit seiner Reaktion keine Zeit, und ich ging bei seiner Ohrfeige glatt in die Knie.

Mit hochroter Wange zwar, doch zutiefst befriedigt, fuhr ich zu meiner Katze zurück. Noch nie zuvor war ich aus einer emotionalen Sackgasse so schnell und sauber herausgekommen. Und Dagobert hatte sich echt kollegial verhalten, richtig prima. Hätte er mir die Ohrfeige nicht zurückgegeben, würden sich vielleicht Schuldgefühle bei mir entwickeln. So aber war ich fein raus aus dem Schneider. Eigentlich ein feiner Kerl, dieser Dagobert...

Ja?
Was?
Daß wir uns kurze Zeit darauf heftigst und gegenseitig ineinander verliebten? Seit einem Jahr die zärtlichste und lustigste Mann-Frau-Beziehung der Welt führen? – Blödsinn. In sechs Wochen läuft mein Werkvertrag aus, ich habe in Ermangelung von zeitraubenden Hirngespinsten eine gute und allgemein anerkannte Arbeit geleistet. Nicht zuletzt dank der vielen Tassen Kaffee, die nach ein

paar Tagen Entzug doch wieder serviert wurden. Ich habe eine nette Summe Geld gespart, und den Winter werde ich auf dem Sinai verbringen.

ABSCHIED IN DRESDEN

Anne Dorn

Heidekraut! Wir müssen durch die Heide fahren. Durch die geschlossenen Fenster kommt süße Luft, der feuchte Sand stößt den Duft ab. So hell ist es schon, daß ich die drei ansehn kann: den Taxifahrer, den Vater, die Mutter. Der Fahrer ist jemand, den sie kennen. Mein Vater wechselt ab und an ein Wort mit ihm. Sie benutzen vielleicht öfter ein Taxi, oder der Mann ist jemand aus dem Ort. Ein neu Zugezogener. Sie reden nicht mit mir, sondern mit ihm. Die beiden Alten haben sich ihr Sonntagszeug angezogen und Hüte aufgesetzt. Sie hätten zu Hause bleiben können. Ich wäre zum Abschied an ihr Bett getreten und hätte sie geküßt. Es wäre mir lieb gewesen, wenn meine Mutter bis zum Kuß geschlafen hätte. Sie hätte sich halb noch im Schlaf umdrehen müssen und nur meinen Namen sagen. Dem Vater habe ich meine Reiselektüre geliehn. Das Licht hat gebrannt, sooft ich wach wurde, und das geschah jedes Mal, wenn die Uhr zum Schlag ausholte. Vor jedem Stundenschlag rasselt die Mechanik der Wanduhr. Drei? Vier? Mein Vater hatte früher gegen Morgen einen festen Schlaf. Sie haben sich heute geräuschlos fein gemacht. Ihre Hüte haben sie frisch gebürstet, es war so früh auch noch Zeit totzuschlagen.
Ich lehne mich an und gähne. Meine Mutter sitzt hinter dem Vater. Sie fährt ihm mit dem Finger am Mantelkragen entlang. Den Aufhänger seines Mantels schiebt sie unter seinen Schal.
Die Heide muß allmählich aufhören. Dann beginnt die Vorstadt. Was hat man aus den Kasernen gemacht? Die sind wieder Kasernen, vermutlich. Der Drahtzaun rings um das Exerziergelände steht noch. Morgens sehen alle Häuser grau aus. Man weiß ja, daß die Kasernen damals verschont wurden. Es sind stupide Bauten. Und dann fährt man stadteinwärts durch das Böhmische Viertel. Da gibt es noch alte Bausubstanz. Ich fürchte mich, mit ihnen über die Brücke zu fahren. Ich habe zu wenig Gelegenheit, mich daran zu gewöhnen, daß die Stadt wieder da ist und dennoch gelöscht. Mein Vater sagt einfach: „Wir fahren mit in die Stadt". Wie kann

er das behaupten? Wenn man über die Brücke fährt, gibt es einen kleinen, sticheligen Augenblick lang fast die berühmte Silhouette, aber das sind Krusten, vom Saft abgelöste Rinde ist das, mit tiefen Rissen.

Ich höre nun, wie der Vater ruhig vorschlägt, über den Altmarkt zu fahren. Sie wollen mir – wie bei jedem meiner Besuche – wieder zeigen, wie weit der Fortschritt gediehn ist. Ich sehe die Gänseblümchen. Die glatten, grasigen Flächen vor dem Bahnhof, Prager Straße. Mein Vater will in meine Gedanken pfuschen und sagt: „Siehst du, hier geht es doch voran!" Ich weiß, sie haben ein gemütliches neues Café. Das heißt Mocca-Stube. Wenn ich zu Hause leben müßte, würde ich solch kleine Inseln der harmlosen Zufriedenheit suchen und von da aus lernen, die Stadt neu zu lieben. Dafür müßte ich auch die historischen Ruinen umwandern. Die erneuern leider bei jeder Begegnung den Schock.

Dort, wo ich mit Mann und Kindern lebe, kennen die Leute meine alte Vaterstadt dem Namen nach. Mit ihrem unsinnig herbeigeführten Tod geriet sie ein zweites Mal ins Beispielhafte. Früher war das ihre besondere Lage am Strom, ihre Ansammlung von Schönheit in Sandstein und die Eigenheit, darin Schönes zu bergen und zu ermöglichen. Elbflorenz! Auch davon ging einstmals die Rede bis an den Ort, an dem ich heute hause. Am Morgen zwischen fünf und sechs, wenn man mit einem Taxi die Rasenflächen streift, Prager Straße – Hauptbahnhof, trägt man an der speziellen Last, die das Besondere dieser Stadt in zweierlei Ausformung den Menschen auflädt.

Ich gehe mit meinen Eltern in den Warteraum. Der ist von einer gespannten Schnur in zwei Abteilungen getrennt. Auf der einen Seite der Schnur stehen die Stühle kopf. Frauen wischen den Boden. Sie wischen so, wie meine Mutter wischt, auf den Knien. Mein Vater sucht rechts von der Trennungsschnur einen Tisch und rückt die Stühle etwas ab zum Hinsetzen. Wir sagen uns, daß wir Kaffee trinken wollen. An der Theke wird noch poliert, geklirrt, zurechtgelegt. Ich gähne wieder. Ich halte mir auch nicht die Hand vor den Mund. Das Gemache und Getue in dem großen Saal reizt mich. Wir sind an diesem frühen Morgen nicht die ersten, auf einem anderen Tisch stehen benutzte Tassen. Die Stühle werden jetzt jenseits der Schnur von den Tischen gezogen. Warum trinken wir Kaffee? Vor der Abfahrt hat die Mutter noch von dem, den ich ihr mitgebracht habe, eine ganze Kanne voll aufgebrüht. Die Kellnerin kommt. Sie hat einen viel zu großen Busen. Ihr Häkelpullover, weiß, Sternchen an Sternchen, zerrt sich über der Brust aus in lange, zwirnfeste Maschen. Unter den Sternchen wallt es weich.

Eigentlich mag ich so dicke Frauen nicht. Hier steht die Kellnerin für etwas Gewesenes, Mütterliches, wonach ich Sehnsucht habe. Dort, wo ich jetzt lebe, verlangt man vom Hotel- und Gaststättenpersonal attraktives Aussehen. Ich frage meine Mutter, ob sie mir ihr Zuckerstück gibt, die Kinder sammeln eingewickelten Zucker. Sie antwortet erstaunt: „Ach, von hier?" und packt ihr Stück schon aus, wirft es in die Tasse, knüllt das Papierchen. Wenn der Kaffee nun getrunken ist, frage ich mich – da fängt die Mutter schon an: „Mit diesem Zug, genau mit dem, der gleich fährt und um diese Zeit... weißt du noch, Vater, das war doch September oder Anfang Oktober..." „Ja", bremst der Vater rasch. Er zieht den Mund nach innen, seine Lippen verschwinden fast im Mund. Dann beschwichtigt er: „Wir sind ja bald alt genug!" „Alt genug – wie sich das anhört! Man muß es beweisen auf dem Amt. Man soll es nicht glauben, was die mit uns machen!" Die Mutter redet zu laut. Es ändert ja nichts, wenn sie schreit. Wir sind noch immer die einzigen Gäste im Wartesaal. Die Reinemachfrauen putzen jetzt die Aschenbecher blank. Meine Mutter faßt mich am Arm und wiederholt: „Was die mit uns machen!" Wir haben so viele Male darüber gesprochen, wir wissen das seit so langer Zeit. Jetzt stört mich sogar das Putzlappengefummel an den Aschenbechern.

Ich sitze zwischen meinen Eltern und warte auf einen Zug. Damit werde ich reisen. Bestimmte Papiere in meiner Tasche machen mich zu einem anderen Menschen mit anderen Möglichkeiten. Vater und Mutter haben auch ihre Ausweise mit Vordruck und Eintrag in deutscher Sprache. Nur der Schutzdeckel hat eine andere Farbe und eine andere Prägung. Ich trinke jetzt Kaffee und esse ein Stück Brot dazu, das meine Mutter ausgewickelt und neben die Tasse gelegt hat. Dieses Brot esse ich besonders gern. Ich sage meiner Mutter: „Solch ein Brot gibt es bei uns nicht." Und sie knüllt die Tüte heftig, behält das Papier in der Faust. Dann belehrt sie mich: „Unser Bäcker backt nur noch bis Weihnachten, dann müssen wir in die Mühle laufen."

Leute kommen jetzt mit Koffern. Mutter flüstert: „Das sind welche für den Zug!" Ich frage laut: „Wieso?" Die Leute setzen sich an einen Tisch in der Nähe der Drehtür. Meine Mutter besieht sie sich und wartet, ob sie sich ausziehen. „Das merkt man doch...", antwortet sie mir. Ich will nicht sehen, was die Leute treiben, und drehe mich weg. Nun sehe ich den Vater. Ihn trifft mein steifes Lächeln. Sein Kopf tritt plötzlich zwischen die leere Wand und mich, ich hätte auch der Wand zugelächelt. Er schaut mich an und behauptet: „Jetzt fährt auch schon einer."
„Ein Zug zu uns?" fahre ich hoch, fasse den Koffer, der neben mir steht und will los. Mein Vater tritt gegen meinen Koffer, der Koffergriff rutscht aus meiner Hand, ich bin wirklich verwirrt, aber er sagt: „Den kriegst du nicht mehr. Bahnsteig drei." Dabei macht er es sich auf dem Stuhl gemütlich, zieht an seiner Zigarre, daß seine Wangen Schmauchfalten bilden. Ich fühle mich veralbert. Meine Mutter steht auf und stellt sich neben mich. Vater erklärt: „Das war doch nur der Vorzug. Du hast eine Platzkarte für den Hauptzug." Betont ruhig raucht er. Meine Mutter sagt zu ihm: „Paß du auf den Koffer auf, wir bummeln ein bißchen, wir zwei." Dabei faßt sie mich am Arm.
Meine Mutter und ich drehen durch die Tür. Muß ich mich jetzt einhaken bei ihr, oder muß ich meine Mutter bei mir einhaken lassen – ich weiß es nicht, ich habe als erwachsener Mensch zu wenig Zeit mit den Eltern verbracht.
Auch in der Zeit vor der Mauer, als sie mich besuchen konnten wie ich sie, hatten wir große Lücken zu schließen, Vermutungen auszutauschen gegen Erkenntnisse und Erwartungen gegen Überraschungen.
Meine Hände graben in den Manteltaschen und ich fühle da noch Briefe. Jetzt ist die letzte Gelegenheit, Grüße von hier in den Postkasten zu stecken. Ich werde schon wieder zu Hause sein, wenn die Empfänger diese Briefe in den Händen halten. Sie sollen nur wissen, daß ich mein altes Zuhause, von dem ich am heutigen Wohnort viel erzähle, nicht verrate und vergesse, auch in der Realität. Vom Briefkasten vor der Bahnhofshalle gehe ich mit meiner Mutter zurück in den Bahnhof. Die schwarzen Sandsteinquader unter dem Briefkasten haben mich stutzig gemacht. Alle alten Bahnhöfe sind rußgeschwärzt. Ich fange jetzt an, den Fußboden des

Hauptbahnhofes zu beäugen. Da gibt es gelbe Fliesen verschiedener Art. Ich versuche, mich zurechtzufinden und mich zu erinnern, wie es hier damals war. In der Anordnung der Hallen und Bögen hoch über mir finde ich einiges wieder. Ich bin wieder im Bilde, wo der Fahrstuhlschacht war. Meine Mutter schaut sich anderes an, sie hat kein Gewicht an meinem Arm. Sie schlägt eine frischere Gangart vor. Jetzt löst sie sich von mir und läuft zu den Vitrinen. Da steht echt Meißener Schwanenservice. Ich weiß ja, wie schön es ist, wenn alles davon auf dem Tisch steht. Früher konnte man das in Auslagen auf der Prager Straße bewundern. Im kleinen Schaukasten auf dem Bahnhof kann man nur ein Stück zeigen. Ich entdecke eine gerade Tasse mit Stiefmütterchenmuster. Die gesamte Tasse ist von farbigen Stiefmütterchen umschlossen, nur das Henkelinnere ist weiß. Meine Mutter ist weitergegangen. Vor ihr im nächsten Schaukasten dudeln die Engel aus Holzpfeifen. Das sind die weißen Engel mit den grünen Flügeln und nackten Beinchen und Kugelgesichtern, die ich hasse. Ich finde sie dämlich. Ich finde sie zum Schämen. Dort, wo ich jetzt zu Hause bin, behauptet jeder, sie kämen von hier, und er bestückt die Landkarte in seinem Geist von einer bestimmten Linie an mit diesen Engeln. Sie sind für die Menschen, mit denen ich heutigentags lebe, ein Zeichen, daß in meiner alten Heimat Kleinkram eine große Rolle spielt. Ich ertrage nicht, daß man die Leute östlich der Grenze für kleinlich hält.
Meine Mutter fragt mich: „Was meinst du – wenn ich dir zu Weihnachten diese kleine Kapelle schicke..." Sie macht mich mit dieser Frage zu hartem Stein. Ich antworte: „Diese Engel kann ich nicht leiden." Meine Mutter überrascht das sehr. Sie schaut mich nicht an, es hat ihr die Sprache verschlagen. Das tut mir leid. Ich sage trotzdem – obwohl ich weiß, daß das unmöglich ist, auf Grund der Bestimmungen unmöglich und finanziell unmöglich für meine Eltern: „...diese Tasse da, solch ein Geschirr hätte ich gern." Wie das sitzt! Mutter ringt nach Luft. Sie schnappt ihre Handtasche und dreht sich der großen, nur von einzelnen Menschen begangenen Halle zu und schaut gelangweilt, leer. Auch ich komme mir leergelaufen vor. Plötzlich steht da nur mein Mantel vor der Stiefmütterchentasse. Ich möchte so tun, als hätte ich meine Mutter geneckt. Ich möchte sie jetzt anfassen und an einer ihrer Locken ziehen. Gleichzeitig rede ich mir ein oder vor, daß sie etwas verbrochen hat. Sie wollte mir Engel schenken!
Sie hat kein Gefühl! Sie spricht von Engeln, hier vor dem Fahrstuhl-

schacht. Hier, wo sie die Suppe ausgelöffelt haben, nicht nur symbolisch. Menschensuppe, homogene Masse. Der Schacht war gefüllt bis obenhin, nicht zu zählen, die Zutaten. Gelöffelt haben sie, bis keiner mehr wollte und keiner mehr zum Löffeln zu bringen war. Dann haben sie den Rest mit Flammenwerfern ausgekocht. Sie weiß es! Oh, sie weiß es viel besser als ich, denn ich weiß es ja von ihr. Meine Eltern waren zu Hause, als es geschah, und nicht ich. Es ist ihre Geschichte und doch auch meine Geschichte, weil ich ja damals noch nach Hause gehörte. Immer hat sie geredet: „Ein Glück, daß du so weit weg warst" und zugleich darüber geweint. Es gibt jetzt im Hauptbahnhof nackte Engelpopos und eine Porzellantasse mit Stiefmütterchenmuster. Ich sehe meine Mutter wie eine fremde Frau stehn und ein mieses Gesicht machen. Sie sieht leidend und beleidigt aus. Immer ein bißchen zu kurz gekommen im Leben. Ich empfinde für mich nicht so. Ich werde mich hüten, je so zu empfinden. Das trennt mich von meiner Mutter. Aber natürlich gehöre ich doch auch wieder zu ihr, mit einem Schwall Dankbarkeit. Dankbarkeit mehr dafür, daß sie dort steht, wo sie steht, und ich da, wo ich jetzt stehe. Ich bin meiner Mutter dankbar dafür, daß sie so ungeschickt ist. Ich lache sie an und fordere sie auf, noch ein Stück mit mir zu gehn. Sie kommt. Wie ein Kind fängt sie plötzlich an zu reden: „Endstation! Alle aussteigen!" Ich gebe ihr einen Stoß. Sie behält ein ernstes Gesicht. Wir machen große Schritte. Wie rennen fast durch die Halle. Da wispert sie, ich errate mehr was sie sagt: „Grüße alle von mir. Küsse, alle, du weißt schon..." Und ob ich weiß! Ich packe sie fest an der Hand und zwinge sie, langsamer zu gehn. Dabei flüstere ich nun meinerseits: „Du wirst deine goldigen Enkel schon wiedersehn." Und das ist genau das Falsche was ich sage. Wie konnte es über meine Lippen kommen! Wir sind beide taub oder betäubt und bleiben stehn. Wir starren auf die angeschlagenen Fahrpläne. Irgendwelche kleinen Orte sind verzeichnet. Sie haben mir zu Hause noch einmal vorgemacht, wie schön es bei uns ist. In dem Vorort sind wir baden gewesen, in jenem haben wir die Ruine besichtigt. Aus der Kleinstadt hat mir der Vater einen Tonkrug mitgebracht. Wir waren im halb verfallenen Schloß. Meine Mutter liest wie ich die Namen und Zugverbindungen unserer Vororte. Zwischen den Vorortzügen liegen dick und rot gedruckt die von uns ignorierten Namen: Krakau.

Düsseldorf. Frankfurt. Paris. Ich bin bevorteilt, weil ich reisen werde. Ich bin trotzdem im Hintertreffen und ratlos vor meiner ratlosen Mutter. Wir laufen zurück in den Wartesaal.
Neben meinem Vater sitzt ein Offizier. Sie sprechen nicht miteinander. Vielleicht haben sie das schon hinter sich gebracht. Der Mann ist ein Hauptmann. Ich frage meinen Vater leise, ob das stimmt. Ich habe einmal gelesen, daß deutsches Militär östlicher Prägung Gneisenau und Clausewitz für sich beansprucht, und hätte Lust, den vermeintlichen Hauptmann zu fragen, was er sich dabei denkt. Vielleicht hat er überhaupt noch nie über die angeblich ihm zugehörigen Vorbilder nachgedacht und erst recht nicht darüber, daß die deutsche Teilung nach dem Ermessen seiner Regierung auch noch rückwirkend vorgenommen werden soll. Mit solchen, dem übergeordneten Schmerz zurechenbaren Gedanken, halte ich die Verlegenheit gegenüber meinem Vater klein. Ich sehe ihm an, daß ihm nichts mehr einfällt, was zu sagen wäre. Und nun starren vier Menschen zum Ausgang. Käme doch endlich der Zug! Bahnsteig drei. Der Vater ist plötzlich willig. Als ich nach dem Koffer greife, steht er auf und nimmt mir mein Gepäck aus der Hand. Mutter läuft mit. Sie macht kleine, ängstliche Schritte. Wir steigen eine Treppe hoch und wieder hinunter, es war die falsche.
Wir finden den Zug. Einen von Menschen umlagerten D-Zug. Warum sind sie mitgekommen? Zu Hause, morgens früh um fünf an ihren Betten wäre es so einfach gewesen. Jetzt drängeln sie mit in den Waggon. Ich sehe, wie der Vater und die Mutter, Hut hinter Hut, vor mir durch den Gang rücken.
Die Hüte finde ich am alleridiotischsten. Mein Vater stellt meinen Koffer auf meinen Sitzplatz. Beide Eltern bleiben im Abteil. Meine Mutter wirtschaftet am Fenster. Sie prüft, ob es sich gut öffnen läßt. Ich habe keine Stimmung, die irgendwie passen würde. Ich finde das Abteil gut und bin zufrieden. Ob meine Eltern mir das ansehn? Lieber schaue ich ihnen nicht in die Augen und suche im Gepäcksnetz einen Platz für meinen Koffer. Schon wieder greift der Vater zu und hilft. Mir gegenüber nimmt die Mutter Platz und es hilft nichts, daß ich ihr sage, vielleicht will einer, der wirklich reist, diesen Platz haben. Als ich anfange, mir den Mantel auszuziehen, steht meine Mutter auf und knöpft meinen Mantel wieder zu. Meinetwegen behalte ich ihn noch an. Mutter streicht jetzt über mein Knie. Mit ihrer

rauhen, leicht gekrümmten Hand streicht sie über meine Strümpfe und schiebt dabei den Rocksaum höher. Sie tadelt mich: „So dünn? Aber Mädel, wenn du dich so dünn anziehst..." Ich zucke weg. Mein Bein zuckt unter ihrer Hand fort. Ihre Besorgnis ist unsinnig. Als es nötig gewesen wäre, daß jemand sich um mich gesorgt hätte, war ich allein. Ich kann ihre Hand auf meinem Knie nicht ertragen. Da stellt sie sich vor mich hin. Sie holt aus und gibt mir eine Ohrfeige. Und dann geht sie. Meine Wange brennt wie Feuer. So viel Leidenschaft in der Mutter! Ohne ein Wort des Abschieds stelzt sie mit hämmernden Schritten aus dem Waggon. Vater steht wie angewurzelt. Schließlich sagt er: „Siehst du, das darfst du nicht machen!" Wenn ich ihn fragen würde: „Was denn?", dann käme er ins Stottern. Ich muß ja nicht fragen. Und doch überkommt mich ein Schuldgefühl, wenn ich an ihm vorbei aus dem Fenster schaue. Gerade ruckt meiner Mutter Hut die Treppe hinunter. So vieles verzeihe ich ihr und mir nicht! Vor allem unsere innere Entfernung. Wenn sie jetzt in der Menge der anderen verschwunden ist, kann ich meine Liebe hinterherjagen und die Mutter anfassen, ihr graumeliertes Haar mit meiner Hand am unendlich ausgestreckten Arm leise streicheln. So ist es trainiert seit vielen Jahren. Manchmal denke ich, diese verfluchte Grenze mit ihren Metallzäunen, Minenfeldern, Mauern und schußbereiten Gewehren ist auch eine Rettung. Sie enthebt meine Mutter und mich der Liebe. Wie sollten wir uns nach so langer Zeit auf so etwas einlassen? Immer ist es die höhere Gewalt, die uns auseinanderbringt und entfernt hält. Auch wenn wir uns gegenüberstehn.
Im Abteil steht noch mein Vater – und küßt mich. Ich hätte ihn fast vergessen. Er küßt mich auf die brennend rote Wange. Es müssen darauf fünf Finger abgezeichnet sein. Niemand im Abteil hat gelacht oder den Kopf geschüttelt. Hier befinden sich mehrere Geohrfeigte und solche, die nur mit Ohrfeigen ihre Verzweiflung bändigen können. Vater sagt noch: „Mariechen!" und hebt dabei leicht seine Schultern. „Geh nur", sage ich. Er muß ihr hinterher, um sie zu trösten.

MÉTROGESICHTER

Babette Loppacher

Métrogesichter, Tausende, ernst, konzentriert auf die Station, an der umgestiegen werden muß. Gefaßt auf menschliche Angriffe, geschlossen um sich selbst, um die eigene Handtasche, den eigenen Weg zur Arbeit. Abgeschottet gegen das Zuviel an Menschenblicken, freundschafts- und liebenswürdigen, arbeitslosen, unglücklichen, aufregenden, verrückten, alkoholisierten, schwarzen, chilenischen, städtischen Menschengesichtern.
Aussteigen, die langen, weißgekachelten Gänge entlanglaufen, in abgezirkeltem Abstand zum nächsten rechts, links neben dir, vor und hinter dir. Alle gehen gleich schnell, wie eine kleine Herde und doch ganz anders: ohne einander zu berühren.
An einer Mehrfachverzweigung stehen fünf Bolivianer mit Locken bis in die freundlichen Augen und blasen in ihre Panflöten. Laß dich für fünf Minuten wegtragen in die Anden, eine Métro auslassen und Musik tanken, sie waren gestern schon da, werden morgen wiederkommen, aber heute spielen sie so schön, daß sie dich treffen, dich aus der kleinen Herde herausziehen, die sich schon längst auf die verschiedenen Bahnsteige verteilt hat. Die Gitarren, die bunten Ponchos, die hohe Kinderstimme des Dünnen da – sie, die Exilierten, sind hier zuhause, und ich in den Anden.

Da, wo die Treppe auf den Bahnsteig Louvre herunterkommt, steht eine junge Frau mit weißen Strümpfen und spielt ein Violinkonzert von Mozart. Ganz alleine und mit geschlossenen Augen. Der schwarze Rock hebt sich unter der Wolljacke, sie ist schwanger. Du gibst etwas Geld und steigst in deine Métro, das Auge voller Gesichter: Ein Mann mit Aktenkoffer, Locken und verzaubertem Lächeln – er hört Mozart, schöner als zu Hause einen Isaak Stern ab Platte, Musik verbunden mit Gedanken an die Spielende: Ist sie Musikstudentin, übt sie sich hier im Vorspielen vor fremden Menschen? Oder muß sie auf diese Art Geld verdienen, weil sie mit dem Kind allein sein wird? Die Leute, die sich wie ein Wasserfall aus dem Gang, die Treppe herunter und in den Bahnsteig ergießen, richten ihren Blick voller Musik auf dich, die du zuhörend mitten in ihrem Weg stehst, im Strom. Jahrzehntealte Métrodisziplin: Hier kannst du stehenbleiben, hier nicht, hier mußt du gehen, und zwar nur in dieser Richtung. Weil wir so viele sind.

Umsteigen, Denfert-Rochereau, weiter vorne eine Stimme. Auf dem nächsten Bahnsteig hält eine kleine Frau eine Volksrede. Böse. Sie ist mager, ausgemergelt, strenge Frisur, hinter dunklen Brillenrändern glühende Augen. Sie scheint keineswegs betrunken. Sie schimpft. Sie schreit die geduldig Wartenden an, ihr seid passive Massen, eine stumpfe Herde, wacht endlich auf, man kann ja alles mit euch machen, ihr reitet blindlings in den Untergang wie die Lemminge – alles im schönsten Französisch, klar und scharf wie auf der Bühne. Man schaut sie stumm an. Niemand schüttelt über sie den Kopf. Niemand tauscht mit dem Nachbarn Blicke des Einverständnisses.
Einsteigen, die Türen schließen heute leiser als vor dreizehn Jahren, Paris hat längst neue Züge angeschafft. Sie steht neben mir, ich sehe sie an, sie mag vierzig, fünfundvierzig sein. Sie psalmodiert weiter – ob sie wohl Stimmübungen macht? Sie könnte Schauspielerin sein. Cicero mit dem Stein unter der Zunge am tosenden Meeresstrand kommt mir in den Sinn, das Volumen seiner Rednerstimme trainierend. Die neuen Métrozüge sind noch immer laut genug. Volksreden? Für welche Demonstrationen? Sind nicht auch hier die meisten Aktiven ausgestiegen aus den vielen linken Grüppchen und Parteien, Vereinigungen und Komitees? Was hat sich in den fünfzehn Jahren meiner Abwesenheit entwickelt außer Arbeitslosigkeit, Mitterand und Le Pen? Warum glänzen ihre Augen so fiebrig? Warum beleidigt sie die Menschen? Schafe, Massen, die sich einfach lenken lassen? Wünscht sie sich, wünschten sich nicht viele 68er genau das für sich? Und weil sie nicht massenhaft folgten – beschimpfen? Ohne sich zu fragen, was wir vielleicht falsch gemacht haben, was an unseren Ideen vielleicht falsch war – wie findet man den neuen Weg, auf dem viele, die meisten folgen wollen? Gibt es den überhaupt? Laufen nicht hundert Wege nebeneinander her, kreuzen, schneiden sich und führen doch in dieselbe Richtung?

Was weiß ich, was weiß sie von den Menschen, es sind so viele hier in der Hauptstadt, zusammengepfercht in der Métro. Sind sie deshalb nicht mehr Einzelne, die sie auch einzeln überzeugen muß? Jeden einzelnen. Nein, das ist unmöglich – was haben wir uns vor zwanzig Jahren vorgenommen – ist das denn überhaupt ein Ziel? Daß alle diese Tausende auf ein und demselben Weg laufen? Wie unerträglich die Métrogänge in den Berufsverkehrszeiten, wie unmenschlich diese Métro manchmal ist, wenn man in die Waggons geschoben wird wie eine von Tausenden identischer Ölsardinen, das habe ich doch vor fünfzehn Jahren am eigenen Leib erfahren, das Kind an der Hand.

Nur drei Tage in Paris. Es fällt mir schwer, Métro zu fahren. Tausend Menschenmöglichkeiten auf nur fünf Stationen, ich bin von draußen hereingekommen und noch nicht geschlossen wie ein Geschäftshaus am Sonntag. Ich schaue noch hinein in die Gesichter und bin nach einer halben Stunde zum Bersten voll von Nasen, Haaransätzen, Wimpernbögen, Wangenlinien, Kopfbewegungen und Schulterzucken. Zum Beispiel da, die Augen Picassos auf dem Strapotin mir gegenüber. Klappsitz. Ich liebte damals dieses Wort wie ein Spielzeug. Auf langen täglichen Métrofahrten von der Sorbonne zum Au-pair-Kind und nach Hause ins 20. Arrondissement. Schade, daß er schon wieder aussteigt. Picassos Augen an einem jungen Mann mitten im Gedränge. Ich hätte gerne gewußt, ob er malt. Mit solchen Augen ist nichts anderes erlaubt. Strapotin, das vielgelesene Hinweisschild darüber, ist für einen Moment sichtbar, dann wieder von Mänteln verstellt – in den Stoßzeiten bitte nicht benutzen, heures d'affluence... es ist alles noch da!

Und als es wieder leerer wird, Musikantinnen, sogar an einem touristenarmen Februarabend im fahrenden Zug. Die beiden Schwarzen mir gegenüber wissen gut gespielte Musik zu schätzen. Sie geben den chilenischen Sängerinnen und schauen dann nur ernst und streng, als ihnen ein paar Stationen weiter ein Besoffener nach gelallter Strophe auch seinen Hut hinstreckt. Die meisten haben ihnen etwas gegeben. Aber alle blieben dabei ernst, das Prinzip, „Ich-habe-niemanden-gesehen"/„Ich-werde-von-niemandem-gesehen", nicht durchbrechend. Da war nur einer, der stand schon zum Aussteigen an der Tür, der strahlte übers ganze Gesicht, als er sich zur Chilenin zurückwandte und seine Münze gab. Er gab wirklich.

Ich kann und will sie nicht beherrschen, die Tränen, auch wenn man hier am Ende des Wagens einander gegenübersitzt. Ich weiß, die beiden jungen Schwarzen sehen sie, aber was soll ich tun? Ich beende ihr angeregtes Geplauder und verwandle ihre gewappneten, Rassismus abwehrenden, bitterbösen Blicke in weiche stumme dunkle Augen, zwei Paare mit demselben Mitgefühl darin. Ich kenne dieselbe tonlose, brennende Verzweiflung, wenn ich den Bruder zum x-ten Male in unserer Vaterstadt Berlin zurücklassen muß – heute den Freund in Paris. Uralte Freundschaft – neue Erkenntnis, daß die nicht von Zeit zu töten ist. Man könnte sich vielleicht auseinanderleben, wenn man in derselben Stadt leben würde. Sieht man sich aber jahrelang nicht, bleibt Freundschaft um ihren Kern herum stehen, konzentriert, kristallisiert. Unverstaubbares Glas. Man liebt, ohne sich um gewandelte politische Meinungen und Ideologien kümmern oder Übereinstimmungen im Kunstgeschmack suchen zu müssen. Der Mensch an sich ist etwas anderes, voll und ganz, nicht aus Einzelteilen zusammengesetzt, mit Alltäglichkeiten überklebt, geflickt, gekittet. Was man als Zwanzigjährige aneinander liebte, erkannte und begriff, das ist auch heute noch da, erkennbar, durchschaubar wie ein mehrmals und intensiv gelesenes Buch.

Woher also dieser Schmerz?

Aus dem Wissen, daß nun wieder für Jahre das Geld und die Zeit fehlen werden, um wiederzukommen, oder aus der Verbindung, die zwischen dem Freund und der geliebten-gehaßten Stadt besteht? Aus der Einsicht, daß der Riesenstädter die kleine Schweiz als unbedeutend abtut, daß auch er sie und mich als Einheit sieht, daß er mich niemals besuchen wird, weil ihn das kleine Land, in dem ich seit fünfzehn Jahren lebe, nicht interessiert; arroganter Pariser, Mittelpunkt-der-Weltler – ich werde ihn nur wiedersehen, wenn ich selber hinfahre, ich werde nur von ihm hören, wenn ich – er wird niemals schreiben.

Tiefes Erschrecken aber auch vor der Erkenntnis, daß man sich bei allem Fortschreiten also doch nicht ändert, nicht in dem, was man war vor fünfzehn Jahren, nicht in den Gefühlen zu Menschen, die man jahrelang vergessen hat wie das Leben, in dem sie bei dir waren. Berlin-Kreuzberg, Graefestraße 6, da lebte er in Stube/Küche/Außenklo, Kottbusser Damm, die Brücke über den Landwehrkanal:

„Da haben sie sie hineingeschmissen, die Schweine!" sagtest du und hattest Tränen in den Augen, Rosa Luxemburg, für die wir gemeinsam schwärmten, junge Kommunisten im West-Berlin von 1970 – ich hatte dreißig Minuten zum Heimlaufen nachts um zwei, wenn nach all unseren Gesprächen die letzte U-Bahn gefahren war, mit dem kleinen Terrier an der Leine und ohne Angst vor Türken und anderen Männern, in Berlins seliger Stille heim nach Neukölln in meine Stube/Küche/Außenklo im Hinterhof Selchower Straße 3.

„Du hast dich überhaupt nicht verändert!" Das hast du heute nachmittag wirklich zu mir gesagt, und ich war so baff, daß ich dich Brechtleser nicht an Herrn Keuner zu erinnern wagte – daß ich erblaßte, hast du nicht bemerkt, denn meine Gesichtshaut ist ohnehin sehr hell.

Wir haben einen Nachmittag lang Zeit füreinander gehabt, kann man da fünfzehn Jahre einholen?

Immer noch derselbe schnelle, nervöse Mensch, derselbe dichte schwarze Haarschopf, aber er erinnert nicht mehr an Charlie Chaplin, denn der witzige Schnauz ist längst gutrasierter Sanftheit gewichen.

„Ich bin schuld, daß du Kommunistin geworden bist", hast du gesagt und schnell das dicke Buch geholt: „Schau, hier, mein Name!" Ich lese deinen altvertrauten Namen zwischen denen anderer Neuübersetzer des Kapitals, erster Band, Karl Marx, die alte Übersetzung sei unleserlich, unverständlich gewesen, sagst du – ich habe das auch in der Originalsprache nie lesen können, gebe ich nicht zu.

Warum bist du denn noch immer stolz darauf, hast du nicht schon vor Jahren „unserer Sache" den Rücken gekehrt? Freust du dich, mich wiederzusehen, weil du meinst, ich trage für dich unsere Jugendträume weiter? Wie enttäuscht ich damals von dir war, weil du sie hingeschmissen hast.

Heute Schulterzucken. Ich habe nicht genug Zeit, um dir unsere Ideen von demokratischem Sozialismus darzulegen, heute, 1986. Unser vielbeschworener Antirevisionismus reicht nicht, die Ablehnung des Sowjetsystems bei gleichzeitiger Verehrung Maos – wir müßten weitergehen, wir, die Mitglieder einer winzigen Partei – aber: Wie ernst nehme ich's selber noch? Ist es nicht so, daß ich mir nie die

Zeit nehme, um gründlich nachzudenken, unsere Grundsätze in Frage zu stellen, weiterzuentwickeln? Nehme ich mir diese Zeit nicht, weil ich Angst habe... Angst vor der Lächerlichkeit der Métro-Volksrednerin? Angst, alle Fundamente meines Denkens und Wollens könnten zerbröseln wie Sandgebäck, wenn ich's nur endlich wagen würde hineinzubeißen?
„Du bist sehr treu", hast du zu mir gesagt, und nicht einmal verächtlich – bin ich dazu da, die liegengelassenen Träume anderer Leute weiterzutragen wie zerfetzte Fahnen? Wir sprachen von anderen Dingen – denn in Wirklichkeit sind schon lange alle meine Felle davongeschwommen. Sie sind nicht mehr wichtig, Schwärmerei der Jugend vergangen, ich habe nur noch nicht angefangen zu trauern.

Der mit dem geäderten Gesicht eines Menschen, der zuviel trinkt, der mir gegenübersitzt und immerfort gähnt unter dem breiten, hellroten Schnauz und sich dafür bei mir entschuldigt, der amüsiert mich. Es ist spät am Abend. Ich bin ein letztes Mal umgestiegen. Er hat seine Aktentasche fest im Arm. In Paris darf man sich auf gar keinen Fall in der Métro auf Gespräche einlassen, wurde ich vor fünfzehn Jahren von anderen Parisern belehrt, besonders nicht abends. Und ich war gerade erst zwanzig damals... Sie sollten mehr schlafen, lächle ich heute unbeirrt, und der Schnauzbärtige sagt, ebenfalls lächelnd, es sei halt der letzte Arbeitstag der Woche, Freitagabend. Das habe ich ganz vergessen – kaum eine Woche Urlaub, schon herausgefallen aus der Zeit, aus der Ordnung. Was sind Sie denn von Beruf, will ich Paris ausfragen, neugierig auf dein Leben, als ob ich wieder Monate vor mir hätte wie damals, vor fünfzehn Jahren.
Ich muß aussteigen – Gare de l'Est. Aussteigen aus der Métro, aus der Welt namens Paris, aus dem Gleichzeitigkeitserlebnis. Du dort, ich in der Schweiz, unsere Vergangenheit zum Hier gemacht, unsere Gegenwart einander fremd. Ich habe die Bilder in mir wieder aufgefrischt, Paris gehört wieder mir.
Ich muß aussteigen, umsteigen, weiterfahren – unorganisiert.

FROSCH BLEIBT FROSCH

Heidelore Kluge

Am Anfang hat noch alles gestimmt an der Geschichte mit Macke. Er hat sich sogar an den Text gehalten – das hat mich ja überhaupt erst so sicher gemacht. Und dann ist er auch so entsetzlich häßlich, daß eigentlich alles in bester Ordnung sein müßte.

Ich hatte gar nicht gewußt, daß es auf dem Tennisplatz Gullys gibt – bis mir ein Ball in eins dieser Löcher rollte. Der Gully stand offen, und der Deckel lag daneben, und das fand ich viel schlimmer als den Verlust des Tennisballes.
„Wenn da nun jemand hineinfällt!" schimpfte ich laut. Ein Kopf erhob sich aus dem Loch, ein Paar Schultern schob sich nach, und schließlich stand der ganze Kerl vor mir: schmutzig, übelriechend und scheußlich anzusehen.
„Ich bin Macke", sagte er und grinste. „Was gibst du mir, wenn ich dir deinen Ball wiederbringe?"
Ich hatte noch genug andere Bälle – aber er gab genau das richtige Stichwort. Deshalb antwortete ich auch gleich: „Was du haben willst! Hier – meine goldene Kette oder mein Armband oder meine Platinuhr!"
Jetzt mußte es sich zeigen, was es mit Macke auf sich hatte... Wenn er die Uhr haben wollte oder die Kette, dann hatte ich mich eben geirrt.
Aber er sagte ganz ruhig: „Deine Kette und dein Armband und deine Uhr will ich nicht. Aber wenn ich bei dir wohnen und in deinem Bett schlafen darf – dann hole ich dir den Ball wieder."
Also gut: wenig später hatte ich meinen Tennisball – und Macke. Er kam mit Sack und Pack, mit einer Plastiktüte von Co-op und einem ausgefransten Rucksack. Einfach war es nicht, ihn mit seinen dreckigen Stiefeln über den Täbris latschen zu sehen und seine Fettfingerabdrücke auf den Erstausgaben wiederzufinden.
Und dann diese ewig grinsende Visage!
Manchmal habe ich das Gefühl, als würde er von Tag zu Tag häß-

licher. Besonders morgens, wenn er noch schläft und dann diesen dümmlichen Ausdruck im Gesicht hat, überlege ich mitunter, ob ich ihn nicht in den Gully zurückschicken soll, aus dem er gekommen ist. Aber ich tu's natürlich nicht, denn was man versprochen hat, muß man halten. Und dann denke ich mir auch, daß bei so viel Scheußlichkeit schon etwas ganz Besonderes dahinterstecken muß – hinter Macke, meine ich. Man muß eben Geduld haben.

„Man muß eben Geduld haben", sage ich zu Gretchen. Gretchen ist meine beste Freundin, aber manchmal versteht sie mich einfach nicht.
„Schmeiß den Kerl raus!" rät sie. „Das ist doch wirklich nicht dein Standard!"
„Noch nicht", sage ich. „Noch nicht. Aber wart mal ab, wenn ich erst mit ihm fertig bin!"
Gretchen bleibt ungerührt. „Das hast du auch gesagt, als du die Rosenhecke gepflanzt hast. Und als du dir aus zwanzig und noch mehr Fellen den Allerleirauh-Mantel nähtest. Und..."
„Oh, hör auf!"
Sie wird es noch schaffen, daß ich auf sie böse werde. Vielleicht hat es ja nur deshalb nie geklappt, weil ich nicht genug Geduld hatte? Diesmal lasse ich mich nicht beirren. Ich bade Macke eigenhändig, schneide ihm die Fingernägel und schleppe ihn zum besten Friseur in der Stadt. In Harrys Herren-Boutique kaufe ich ihm ein komplettes Outfit „für den sportlichen Typ" und einen sündhaft teuren Seidenschal.
Macke sieht gar nicht mehr aus wie Macke. Aha, frohlocke ich insgeheim, seine wahre Natur kommt bereits zum Vorschein. Habe ich also doch recht gehabt!
In meinem Überschwang melde ich ihn gleich noch bei der Tanzschule an, buche einen Französischkurs für ihn und einen Lehrgang für den Segelschein. Tennis spielen soll er natürlich auch.
Aber da ist Macke mir abhanden gekommen.
Ich suche und rufe und bin schon ziemlich verzweifelt. Da entdecke ich einen offenen Gully und mir kommt ein peinlicher Verdacht.
Tatsächlich taucht gleich darauf ein Kopf aus dem Loch auf, die Schultern schieben sich nach... Alles wie gehabt. Und Macke sieht

auch wieder aus wie Macke. Mein Fehler – wahrscheinlich bin ich viel zu schnell und hastig vorgegangen.
Aber ärgerlich ist es doch.
Also langsam voran.
Jeden Tag ein bißchen mehr Sauberkeit, ein bißchen mehr Pli, und vor allen Dingen einen großen Bogen um jeden Gully. So geht das nun seit Wochen.
„Du hast dich halt in ihm geirrt", sagt Gretchen. Ich protestiere. „Es gibt ja schon Fortschritte – hier und da. Du kannst sie bloß nicht erkennen, weil du Macke nicht mit meinen Augen siehst."
„Eben", sagt Gretchen.
Und in Wirklichkeit hat sich auch nichts geändert, aber das werde ich ihr nicht auf die Nase binden. Und dann hoffe ich natürlich auch darauf, eines Morgens aufzuwachen und zu finden, daß Macke inzwischen aus der alten Haut gefahren ist, mich mit schönen, freundlichen Augen ansieht und mir versichert, daß es nur meine märchenhafte Geduld war, die diesen Wandel vollbringen konnte...
Aber bisher ist das noch nicht geschehen.

„Was findest du bloß an diesem Kerl" fragt Adrian, den ich zufällig in der Stadt treffe. Die Sache mit Macke scheint sich herumzusprechen. „Komm zurück zu mir – wir hatten doch eine gute Zeit miteinander. Oder?" Hatten wir. Und mir geht so richtig auf, wie nett und wohlerzogen und sauber Adrian ist – und so ganz mein Standard, wie Gretchen sagen würde. Aber an der guten Zeit, die wir miteinander hatten, war leider so gar nichts Außergewöhnliches oder Besonderes. Ehrlich gesagt, war es sogar ziemlich langweilig. Außerdem – wenn das mit Macke klappen soll, muß ich fest bleiben und allen Versuchungen widerstehen.
Trotzdem kommen mir allmählich Zweifel. Ob ich etwas falsch gemacht habe? Oder ob Macke vielleicht doch nicht... Ich mache einen Handel mit mir selber: Ich will noch sieben mal sieben Tage warten.

Heute habe ich Macke mitsamt der Co-op Tüte und dem ausgefransten Rucksack zu seinem Gully zurückgebracht. Denn als ich nach der festgesetzten Zeit zum letzten, verzweifelten Mittel griff und ihn

mit aller Kraft gegen die Wand warf, passierte gar nichts. Er sah mich bloß verwundert und ein bißchen gekränkt an und war noch ganz derselbe, der er vorher gewesen war.
Macke bleibt Macke, stelle ich fest.
Und die Zeiten, in denen das Wünschen noch geholfen hat, sind vielleicht wirklich vorbei…

ABRECHNUNG MIT DEM METHUSALEM VON GRAM HILL

Margarete Herzele

KARL ROYÉR IST GESTORBEN:
VON 21 – 21 UHR 15 HAB ICH IHN GEWÜRGT
UND MIT HILFE DES REBELLISCHEN VOLLMONDES
– NACH VIEL ZU LANGEM ZÖGERN
– JAHRE/JAHRZEHNTE –
ÜBER DIE STIEGE GEWORFEN!
WIE ALL DEN DRECK
DEN WEGZUPUTZEN
ER FÜR MEINE TÄGLICHE FRAUENPFLICHT HIELT...

Es folgten nach: der vielfächrige Spezialkoffer mit 64 dezent gestreiften Seidenhemden – wie eine Flugmaschine aus dem 18. Jahrhundert sich öffnend. Ferner die rötlichen, handgearbeiteten Modellschuhe (bin sicher, daß keines ihrer exklusiven, von Meister Zak womöglich persönlich perforierten Löcher verloren ging!) – Mögen die Hand- und Randgenähten paarweise verrotten! Als nächstes ging die überaus sorgsam gepflegte Sammlung goldener Krawattennadeln und Monogrammanschettenknöpfe – die ich von Jahr zu Jahr energischer haßte – im Set, versteht sich – ebenfalls den kurzen Weg vom Fenster abwärts, direkt dem düsteren Nordgraben mit seinen Steinhaufen und meterhohen Brennesselstauden zu.

Ach, und als *besonderen* Genuß! – *endlich* die traute Zierde und Augenweide unseres Schlafzimmers abzuräumen, ja! Vergriff ich mich doch an den lang- wie schafnasigen Fotoportraits von Mutter und Schwestern – edel Gerahmtes, wie locker dazwischen Gestecktes – dem flatterhaften Zugwind anvertrauend.
Doch die frommen Traktätchen in ihrer wagemutigen Schnörkselschrift, mit denen ich so viele Jahre sekkiert, nein, wahrhaftig *trak-*

tiert worden war, landeten hingegen folgerichtig auf seinen eigenen glattrasierten Wangen – klitsch/klatsch! – was ihnen endlich eine gesündere Gesichtsfarbe verlieh! Auch das sorgfältig pomadisierte bleiche Schnurrbärtchen wurde nicht geschont, da Charles mich unglücklicherweise noch weiter zu provozieren verstand – indem er just in jenem lächerlichen Momente, als er die betend gefalteten Hände dachartig über Stirn und pomadigem Haar hob, – auf daß diese kostbaren Teile vor (s)einer Frau geschützt wären, – ausgerechnet den blassen spitzen Blick unseres armen Töchterchens, das er nie hatte leiden mögen, aufsetzte!
Wohl, um meine Mutterinstinkte zu wecken und – solcherart – Erbarmen zu erzwingen, der Erbärmliche…
Wobei er sich allerdings verrechnet hat!

– Ich reiß sie dir alle aus, die Haare! – schrie ich: Hier, mit dieser Zange, wenn du nicht sofort und *für immer* aus meinem Leben und meinem Haus verschwindest! Jawohl, mit der Zange, denn es graust einen ja, dich anzufassen, ist doch das einzig Feste an dir deine von mir händisch gestärkte Hemdbrust! –
– Schrei doch nicht so – rief er in einer Art heiseren Flüstertons: Man könnte dich hören! Genierst du dich nicht, dich so gehen zu lassen?! Hast du überhaupt noch ein Schamgefühl, oder weißt du noch immer nicht, wie man sich benimmt? Bauerntrampel, hysterischer…! –
– Was jeder weiß, kann jeder hören! – brülle ich: Daß du nämlich ein Miesling bist und endlich gehen sollst!
– Ich gehen? Der Vater deiner Kinder? Wie kann eine Frau sich dermaßen versündigen! Aber die Rache wird kommen, die RACHE für eine, der *nichts* heilig ist! Gott wird dich strafen – du – du – Karikatur einer Frau und Mutter…– Seine Stimme überschlägt sich.
– Laß die Kinder aus dem Spiel – rufe ich: Hattest dich in Wahrheit nie um sie gekümmert – höchstens hie und da mit Geschenken bestochen, wenn du vor anderen gut dastehen wolltest! -
– Dein Neid und deine Eifersucht – ätzt er: machen auch heute noch vor nichts halt! Furie!…–
Heftig keuchend versucht er, mich niederzuzwingen und, wie schon früher einmal, in den Bauch zu treten!
Ich aber, gewohnt *seine* Männerarbeit am Hof zu verrichten, bin

schneller und stärker als er und kann den um etliches Größeren in die Ecke drücken.
Zugegeben, eine häßliche Szene – ebenso lächerlich, wie grausam! Aber einmal, *einmal* im Leben die Stärkere sein, ach! Hilf mir, Gott! Hilf, ihn endlich loszuwerden!
Die jahrelang aufgestaute Wut gibt mir Kraft, Siegesflügel! Weiß ich doch zu gut, daß nur Angst, die ANGST ihm Beine machen kann, und noch kein einziges Argument von meiner Seite ihn je beeindruckt hat... So knalle ich seinen Kopf – beide Hände an seiner Gurgel, sowie ein Knie in seine Magengrube gestemmt – knalle also diesen hochrot angelaufenen Kopf mehrmals an die harte Wand.
– Entweder du gehst aus meinem Leben und meinem Schloß – oder ich bringe – schreie, schreie ich: dich um! –

– Ich sterbe, sterbe...! Pfarrer rufen – kreischt er: eine Besessene! Hochwürdigsten holen, damit er dir die Teufel austreibt, die *Teufel*...! –
– Mach ich ja gerade – brülle ich zurück: Teufelsaustreibung! Mein Teufel bist nämlich du! Fort mit dir, für immer! –
Und versuche, ihn zur Stiege zu schleifen. Doch irgendwo krallt er sich fest.
– Wahnsinnige – kläfft er: Ist denn niemand hier, der mich vor einer Wahnsinnigen schützt? Hilfe! Hilfe! –
– Die sollst du haben – aber da draußen! – schrei ich: Raus mit dir! Oder – und ich zeige zum Fenster: Sonst...–

Theatralisch hat er sich zu Boden geworfen, der Herr Doktor, der Herr Rat, der stets so sehr auf Würde Bedachte, unser Herr Rechtsanwalt, der jahrzehntelang *mein* Recht mit Füßen getreten hat! Krümmt und wälzt sich jetzt wie eine Bienendrohne im Todeskampf... Nein, kein Mitleid mehr mit ihm! Zumindest – es *nicht* zeigen!

Fange also an, auch seine widerwärtigen und teuren Parfums zu verschießen – die auf den purpurnen Kacheln des Badezimmers mit hellem Aufschrei zerspringen. – Das trifft! Weinend schreit er: – Wahnwitzige! Ich wußte es ja *immer* schon, daß du verrückt bist!

Aber jetzt, *jetzt*, zeigt es sich offen! Mit Verrückten muß man freundlich sein, nicht wahr? Also komm her, du Gute, komm schön her, Idiotin! Aber laß ja meine *teuren* Sachen in Ruhe! Ich sag dir doch, daß diese Flakons sehr, sehr kostbar sind. Hörst du – sehr kostbar! Komm nur her, brav, brav – damit ichs dir erklären kann –

– Ja, *teuer* und *kostbar* waren sie – schrei ich bitter: Sie haben mich zwanzig Jahre meines Lebens gekostet! Jahrelang bin ich täglich vor fünf Uhr aufgestanden, um zu schuften und zu rackern, damit es *dir* gut geht! Und *dafür* ließ der Herr Gemahl meine kostbaren Möbel in sein Stadtbüro schaffen und hängt mir Sperrholz- und Resopalschund an, aber sich selbst kauft er einen Oldtimer nach dem anderen! Das teuerste Reitpferd ist ihm gerade noch gut genug, während er mich kurz hält! Jetzt hast du meinen Dank dafür: krachbums. Jawohl! Tabula rasa macht der Bauerntrampel, Herr Doktor... Tabula rasa... –

– *Das* wirst du mir büßen müssen! – schreit er: Schmerzensgeld! Nötigung! Ehrenbeleidigungen! Eheverweigerung! Attentat auf Leib und Seele... Tötungsabsichten... Vernachlässigung und Herabsetzung des Ehegatten, des Vaters der Kinder, etc. etc. – Ja, das *wird* dich teuer zu stehen kommen – droht er. – Mit mir, einem Rechtsanwalt, kann man sowas nämlich nicht ungestraft machen, mit *mir* nicht! Ich werde dir noch Prozesse anhängen, daß du am Boden gekrochen kommen und um Mitleid winseln wirst! Oder, besser noch – ich laß dich überhaupt gleich *entmündigen*, hehe! Mir wird schon das Richtige einfallen! Du glaubst doch nicht im Ernst, daß auch nur ein einziger meiner Kollegen *deine* Verteidigung übernimmt! Wie? Was?! Und büßen wirst du außerdem *hier*, wie *dort*. Jawohl! –

Sein Zeigefinger wuchtete zornig nach unten (Fußboden = Hölle?) und spitz nach oben (Zimmerdecke = Himmel?)

Die Reitpeitsche in der Hand – mit der er, mitunter whiskybesoffen, auf die Hunde eindrosch – weise ich stumm zur Türe. Geduckt schleicht er hin. In ihrer Reichweite versucht er dann eine andere, neue Tour – genauso schleimig wie sein Gang! – Womit – beginnt er zu jammern: hab ich das verdient? Ich! Bin ich nicht jedes Wochenende brav nach Hause gekommen? Und hab ich dir nicht jahrelang meine Mutter und meine beiden Schwestern mitgebracht – zu *deiner* Unterhaltung, damit du dich nicht so einsam fühlst, wie? – Und ob! denke ich grimmig – diese halbtoten giftigen Mottenkugeln!... Sage aber nichts mehr. Jedes Wort wäre Verschwendung.

DER NÄCHSTE TAG VOLL EUPHORIE!
O UNGEWOHNTE ZÄRTLICHKEIT DER DINGE!
DIE HÖLZERNE BANK LEUCHTET ROT
– NEIN LÄUTET
UNTERM GRÜNEN TURMGEWÖLK DES BAUMES...
Ja, läutet, *läutet*: HINWEG DER ZWECK/HINWEG DER DRECK
TAUBEN TURNEN
NEIN TURTELN SANFT VORÜBER
ACH, UND MEIN HERZ PROPELLERT
WIE EINE BIENE ÜBER WIESEN...

Nie mehr vom Sachwalter meiner Gefühle abgeurteilt werden – weil man sich: zu viel, zu wenig, zu laut, zu dumm oder zu leise, gefreut hat! Das Donnerwetter-Blitz-Spiel meines Gatten, Schuldirektors, Bundes- und Polizeipräsidenten, Zirkusdirektors sowie Blitz- und Langzeitrichters – *vorbei!*
Ach, und auch nie mehr diese idiotischen Rufzeichensätze, wie: Na warte, bis ich dir auf die Schliche komme! Oder: Dir geht es ja nur darum, mich lächerlich zu machen!... auf die Stirn geklatscht bekommen. Vorbei, *vorbei*... erlöst!

Der Abend ist kühl geworden, aber in mir braust noch immer die Hitze mittäglicher Sonne, die sich jetzt wie ein roter Ball – wie ein ins All geworfener Ball – immer mehr von der Erde entfernt, kaltes Grün, kaum mehr umrandet von orangem Glanz, zurücklassend.

O KÜHLE KÜHNE
ALLEIN GELASSENE ERDE!
MUTIG WIE DU INS SCHWARZ-ALL SEGELST
SETZE AUCH ICH MEINE EINSAMEN SCHRITTE
KETTENGLEICH/INS TAUIGE GRAS

...TRAUERSPUR! NIEDERWERFUNG VON GRAS
UNTER MEINE FÜSSE. KLEINWINZIGE TODE VERBREITEND.
ABER ICH – FREI:

NUR NOCH MIR SELBST ZUGEHÖREND
– ALS WÄRE EINE NEUE BESITZNAHME ERFOLGT
ALLES WIEDER – RÜCKWIRKEND ICH:

GRÜNGOLDENER ABENDHIMMEL:
WANN IMMER MEINE SEELE ZU TANZEN BEGONNEN
STAND ER MIT ERSTARRTEM STECHSCHRITT DANEBEN:
HABT ACHT!

Als mein *eigener* Gast tanze ich dann ein in die Halle, zum ersten Mal seit Jahren! Und das schwarz-weiße Schachbrettmuster scheint sich mit mir zu freuen. – Die Rotbeschuhten dann bequem auf Pölster – Englisch-Leinen, großgeblumt, vor dem Kamin aufgebaut...? Spucke alsdann das alte Gift seiner Worte: Wie du dich schon wieder daneben benimmst – ein für allemal aus!
STEREOTYPE AUTOMATION nannte ich das bei mir, wenn sich die stets gleichen Worte wie Speichel in seinem Mund sammelten...
Beim Anblick des genießerisch in einen FELLSESSEL hingekuschelten Kätzchens geht mir ein Licht auf! – Danke, Bisy! Klappe deine gelben Augen ruhig wieder zu, ehe ihr goldener Glanz aufgesogen wird von diesem herrlichen Abend, und deine Katzenaugen dann in Leere erstarren, wie mein seit zwanzig Jahren verbranntes Herz! Hör aber trotzdem zu: Eben habe ich den EGOZENTRISCHEN SCHUTZKREIS DER SELBSTLIEBE entdeckt! – Wie das? – schnurrt Katze, der Höflichkeit halber Interesse bekundend. – Brütest du nicht schon diesen ganzen heißen Sommertag über dampfend im FELLSESSEL – wo du doch selber ein sehr hübsches schwarz-weißes FELLCHEN hast? – Weiß-schwarz – verbessert sie: Na und? – Das ist ja der Beweis für mein eben von *mir* entdecktes ÄHNLICHKEITSSYNDROM!...– Drrr! – schnurrt sie. Ich: Dieser Trieb nämlich, oder Drang oder Sucht nach GLEICHEM ODER ERSATZGLEICHEM bei eigenem Nachteil – ob aus Sehnsucht oder Tarnungsgründen sei dahingestellt, vermutlich beidem –

ist eine unmathematische Formel! War dir nicht schrecklich heiß? – und ob, ganz schlecht... – Eben, eben! – schulmeistere ich: Siehst du, genauso wie Fellchen Pelzlein sucht, sucht glücklicher Mensch ebenfalls nur glückliche Menschen, oder solche, die er dafür hält! Ebenso ist ein Melancholiker nur glücklich unter Unglücklichen! – Ihre Augen werden rund. – Na stelle so einen schwermütigen Sauerzopf in ein Fest fröhlicher glücklicher Menschen – und er bringt sich oder einen aus der heiteren Runde um, überspitzt ausgedrückt – schränke ich ein, während sie versonnen ins Leere blickt...– Es sei denn – fahre ich fort: Er kann *andere* zu *seiner* Sicht der Dinge bekehren: Was den UNGLÜCKLICHEN vom GLÜCKLICHEN, der übrigens niemals daran denkt, *andere* glücklich zu machen – er will sie nur glücklich *sehen* – auch in diesem Punkte gewaltig unterscheidet!
Dem Negativisten, nennen wir ihn so, scheint es nämlich eine ungeheure Befriedigung zu bereiten, den Mitmenschen auf *seinen* Tiefstpegel von Angst, Kummer und Leiden herunterzudrücken, nämlich die Umgebung *sich* anzupassen, anstatt sich *ihr* anzupassen! Er ist erfüllt von einer negativen Missionstätigkeit! Doppelte Lust für den Lustlosen, daher sucht er sich erst einmal ein heiteres, aber verunsichertes Geschöpf – so, wie *du* dir einen schönen, aber wenig widerstandsfähigen Polster, Teppich oder meinen neuesten Pullover suchst – um daraus ein – Fell – zu zupfen. Einerseits sicherlich auch, um deine Nägel zu schärfen, liebe Zitherspielerin du, andererseits, um dir das Ding anzugleichen, oder? – Sie dreht sich um und wendet mir indigniert den Rücken zu, die rechte Handpfote gerade nur so sacht und zart in mein Knie krallend, daß sie nicht abrutscht oder herunterfällt, was kaum schmerzt, aber maßlos kitzelt. – Daß ich *jetzt* erst draufgekommen bin auf dieses geistige Tarnfarbentum minderbemittelter Geister. Jetzt erst! – rufe ich emphatisch. – Weltverbesserer schlimmster Sorte! Sind sie nicht immer von fixen Ideen besessen, diese Hexenverbrenner, Hitlers und Charles'? Vermutlich, weil sie im eigenen Ich nur Erschreckendes vorfinden, benützen sie eine IDEE – die sie einerseits über ihren Kerker hinaushebt, gleichzeitig aber auch brauchbares Material zur Unterdrückung liefert. Solcherart können sie sich sogar vor sich selber rechtferigen, anstatt den schwarzen Dreck aus ihrem Inneren zu entfernen, nicht wahr, Bisy? –

Das Wort „entfernen" muß wohl hart wie ein Befehl geklungen haben, denn Bisy springt endgültig weg – also kein Grund mehr, mich in meiner Wut zurückzuhalten.
– Daß ich das jetzt erst erkenne – nach zwanzig Jahren! – schrei ich den Spiegel an, als wäre er Charles, King Charles der Letzte! Nein, King Charles – das – Allerletzte! Ha, gemeiner Hund! – schreie es dem Spiegel zu, der goldberauscht im Zwielicht des Abends meinen Kopf als schwarz-weißen Seidenbausch oder Seidenball widergibt.
– Wehe mir und den Kindern! – flüstere ich heiser: Haben nicht *wir* es büßen müssen? Charles' ständiges Bestreben, uns in sein Gespinst aus Mißtrauen, Nörgelsucht, Mißlaunigkeiten, Neid und Schwarzsehertum hineinzuziehen? Wir, *wir* haben für seine grausame, bittere Behaustheit, seine perfid-zufriedene Unzufriedenheit, in der nur *er* allein nicht *unglücklich* war, gebüßt! Und wollten wir nicht – gab's Vorwürfe, Herabsetzungen, Drohungen...! Nach zwanzig Jahren gehen mir endlich die Augen auf!

DIE UHR NICKT
DÜSTER TICKT:
ENT-GLÜCKT/ENT-GLÜCKT...

ENT-GLÜCKUNG! Wäre ihm auch beinah gelungen, während mir – nichts – gelungen ist! Weder, ihn *seinem* eigenen Ideal-Bild vom verantwortungsvollen, treusorgenden Vater und mustergültigen Ehemann, als den er sich tatsächlich sah, heranzuführen, noch irgendwie *meinem* Ideal anzunähern... Hab ja nicht einmal zustande gebracht, seine Kälte zu durchbrechen, Verkrustungen zu lösen, geschweige denn die bizarren Zacken und Spieße, die zu Eigenverletzungen und Selbstverstümmelungen führten, abzubauen – obwohl ein Fleisch geworden, wie der Glaube es verlangt! Aber *niemals* – und mir graut vor diesem Gedanken – *ein* Geist, *eine* Seele geworden, wie er, Charles, es gefordert!

Mit eintretender Dämmerung – und es war lang hell an diesem Abend –

VOM WILDEN WEHEN DER WEIDEN BETROFFEN
TUT MIR PLÖTZLICH DAS HERZ WEH!
DIES BRAUSENDE GEWOGE DA DRAUSSEN –
– DUNKELTRUNKEN DER HIMMEL
GIFTUMRANDETES GRÜN...
ALS WÜRDEN GEWALTIGE WOLKEN
MIT SCHWARZEN ÄSTEN
IN MEINEM HERZEN RAUFEN...

Nein, *nichts* mir gelungen, nichts ich zuwege gebracht! Außer, daß ich begreife – hier und jetzt – eingeklemmt zwischen uriggeblümter Sitzgarniturgemütlichkeit auf der einen Seite und kaltzugiger schwarz-weiß verfliester Vorzimmerungemütlichkeit, rautenförmig, auf der anderen, *begreife, hier* – in diesem sich zu nichts entschließenden Raum, daß man Menschen nicht ändern kann, außer es gelingt, Vorhandenes, lediglich Verschüttetes, freizulegen!
Jawohl: *freilegen!* doziere ich.
Aber bei Charles gabs nichts freizulegen – maule ich.
Zwanzig Lebensjahre vergeudet, zerstört! MÖRDER! schreie ich...

...Außer sich ballt sie die Fäuste, beißt sich die Lippen, wirft die roten Schuhe, so geliebt, durch den Raum – aber, es hilft nichts! 20 Jahre, die schönsten, besten – *vorbei*!
DIE NACHT IST ANGEKOMMEN
SITZT STUMM VIS-Á-VIS –
12 UHR IST 0 UHR...

ICH FRAGE SIE:
KÖNNTE ENDE AUCH ANFANG SEIN –
JA ODER NEIN?

DIE BLAUSCHWARZSEIDENE LACHT
WEITET/ENTZIEHT SICH SACHT
IHRE GEWÄNDER SICH IM SOMMERWIND BAUSCHEN
HÜGELABWÄRTS FLÜGELRAUSCHEN.

HIMMELAUFWÄRTS SIE DANN GEIGT –
TANZEND HOCH UND HÖHER STEIGT
BIS ALL IHR STERNENBEGLÜCKTES LEUCHTEN UND BLÜHEN
VERLOREN:
WIRD JE SO *SCHÖN* SIE WIEDERGEBOREN?

...FAHLER STAUB/MÜDE VON MOTTENFLÜGELN GEFALLEN
ÜBERKLEIDET *IHR* KLEID –
WIE *MEINE* SEELE
ÜBERKLEIDET VON LEID...

Ächzend zu Bett, wie früher als Kind ich Aretha – unglücklich – doch nicht unfroh! Meldung an die Welt und den Morgenstern: TRENNUNG VOLLZOGEN!

REPTILHAUT

Martina Marie Liertz

An diesem Abend ist es soweit. Die Qual hat ein Ende gefunden. Endlich bin ich angekommen. Tiefer und tiefer gerutscht in den Halteseilen. Ich habe das Reißen und Ziehen und Zerren gemerkt, habe gespürt, wie eine Faser nach der anderen zerschliß, brach, wie ich wieder tiefer sackte, meine Füße, mein Ich über dem Abgrund, in den ich stürzen würde, in das bodenlose Dunkel, das namenlose Entsetzen.
Nun ist es geschehen. Mit einem letzten qualvollen Geräusch rissen die letzten Fasern, meine Hände griffen ins Leere über mir, ich spürte mich fallen, versuchte zu schreien und kam sanft mit den Füßen auf. Es mochten wenige Meter gewesen sein. Ich war angekommen. Meine Beine gaben nach, zitternd fiel ich auf die Knie, saß auf den Fersen, den Mund offen zum Schrei, die Hände gespreizt noch in Gegenwehr. Angekommen. Nicht mehr verlassen. Tief unten im Schwarz, tief, wo kein Weg hinführt, außer dem der knirschenden Qual, wo es kein Licht gibt, nur das zusammengerollte, wurmförmige Warten im Dunkeln. Nicht mehr allein. Seltsam zufriedenes, fast glückliches Liegen, kein Wollen mehr, kein Denken, keine Qual, sondern nur noch das einfache Atmen, Warmliegen, manchmal die Bewegung eines Armes oder Beines.
An diesem Abend ist es soweit. Die Qual hat ein Ende gefunden. Ich bin angekommen. Hatte es mir so lange gewünscht, hatte nicht bedacht, daß es sich so schmerzhaft anfühlen würde.
Es ist eine laue Sommernacht. Juni vermute ich. Zeit der Verliebten. Zeit der offenen Fenster, der sanft sich wiegenden Gardinenschleier, der leisen wonnevollen Geräusche des Haut-an-Haut in den Zimmern. Aufatmend ziehe ich meine Lederjacke über den Schultern zurecht. Ich trage die Jacke immer. Sie ist meine Reptilhaut, meine unverletzbare Haut, aus der ich lauere.

Ich bin auf dem Weg zur Geliebten. Es ist nicht weit, ich kenne den Weg gut, bin ihn oft gegangen, in guten und in bösen Tagen, oft in Sehnsucht und Erwartung, oft mit Liebe. Nur ein paar Straßen. Ihre Haustüre wird verschlossen sein. Ich werde nicht klingeln. Nur einen zärtlichen Blick auf das Namensschild über der Klingel werfen. Ich werde überraschend kommen, eine nicht geladene Gästin zur Nacht. Wie ein Schatten über sie fallen, sie in meine Arme nehmen. Mit ihr zufrieden, fast glücklich liegen, tief, wo kein Weg hinführt, außer dem der knirschenden Qual, einfaches Atmen, Warmliegen.

Die Tür des Nachbarhauses ist offen, weiß ich. Hier finde ich meinen Weg, gehe ich durch das Haus auf den Hof. Nur ein Zaun zwischen den Höfen. Und die Mülltonnen auf meiner Seite machen, was ich tue, zu einer fast lächerlichen Übung, selbst für mich, die ich keine Pantherfrau bin, keine Baumleopardin.

Das ist gefährlich, Liebste, vorne die Haustüre offen, hier nur der Zaun, und du schläfst bei offenem Fenster, mit sanft wehenden Gardinen und deinen wonnevollen Geräuschen des Haut-an-Haut. Sag, Liebste, hast du keine Angst?

Aufatmend stehe ich auf der anderen Seite. Heute liegst du nicht Haut-an-Haut, heute schläfst du allein. Ich stehe hier und sehe zu deinem Fenster hinüber. Nur ein paar Schritte über ein Beet, mein grauer Schuh, der sich in den Mauervorsprung schlägt, Rosendornen, die sich in meine Hosen krallen, schwungvoll nach oben, lautlos, stemme ich, ziehe ich mich, schwinge das Bein über das Fensterbrett, stehe im Fensterrahmen, Nachtelf, Nachtalb im Zwielicht. Lasse mich ins Zimmer gleiten, ohne Geräusch. Atme tief das Parfüm der Geliebten.

Dort steht das Bett, dort finde ich sie. Im Licht der vollen Mondin, die eben sich über das Dach erhoben hat, sehe ich ihr Gesicht, weich im Schlaf, sehe ihr Haar, das ihr in die Stirn gefallen ist. Erinnere meine Bewegung, wenn sie sich über mich beugte: Mit der linken Hand streiche ich ihr das Haar aus dem Gesicht, halte es fest über dem Ohr, damit es beim Küssen nicht zwischen uns gerät. Gleich werde ich dich wieder küssen, Geliebte, gleich meine Sehnsucht stillen, dich wieder zu berühren. Ich werde meinen Mund neben deinen legen, dich in Taumel versetzen mit meinen Händen überall auf dir, an dir, in dir. Auf das Geräusch deines Atems horchen, das heisere Keuchen aus deiner Kehle und dann die Stille.

Du bewegst dich im Schlaf, drehst dich zur Seite. Schnell setze ich mich in den Sessel, ziehe die Beine an, verberge mich im Schatten. Ich höre dich murmeln im Schlaf. Oft hast du Alpträume, oft habe ich dich nachts geweckt, wach auf, es ist nur ein Traum. Dich in die Arme genommen, mir gewaltsame Scheußlichkeiten erzählen lassen, Kinder mit irrem Blick und Krallenhändchen, festen kleinen Händen, die sich um deinen Hals schlingen und zudrücken. Ich kauere im Sessel, zusammengerolltes Warten im Dunkel, kein Denken, keine Qual, nur das einfache Atmen. Beobachte meine Hände, wie sie sich zu Krallen verformen, will das sehen, wie sie sich krümmen, zu Pranken werden, durch die Luft schlagen in festes, zartes Halsfleisch und zudrücken, zudrücken.
Öffne sie wieder, lasse sie streicheln, du hast dich aufgedeckt, streicheln über deinen Körper, hinauf und hinunter, fester werden, zarter werden, die Stelle aufspüren, wo das Herz schlägt, und weiter hinunter, wo die Rippen zu spüren sind, die Rippen und die verletzliche Haut dazwischen. Den Rippenbogen hinunter zur Nachgiebigkeit des Bauches, nur Haut und Muskeln und Eingeweide, nichts Festes. Weiter hinunter, dir zwischen die Beine. Wieder nur weich, nachgiebiges Versinken. Röte und Wärme, rotes, heißes Blut, meine Hände auf dir, an dir, in dir, meine Hände auf deiner Haut, an deinem Hals, die Krallenhände, die Klauen und Zähne, nachgiebig, alles an dir ist weich. Ganz in der Tiefe werde ich dich berühren, endlich zu dir vordringen, endlich dich wirklich berühren, erreichen, du wirst dich nicht wehren gegen dieses Haut-an-Haut, wirst es geschehen lassen, endlich dich hingeben meinen Händen. Langsam stehe ich auf. Ziehe die Lederjacke aus, die Reptilhaut, die unverletzliche, darin ich lauere. Vorsichtig gehe ich auf das Bett zu. Die Decke ist beiseite gerutscht, nackt liegst du da. Ich beuge mich zu dir herunter, flüstere stumm deinen Namen. Wieder murmelst du Worte, die ich nicht verstehe. Du drehst dich auf den Rücken, dein Gesicht so nackt wie dein Körper, weiß im Mondlicht. Ich sitze auf dem Bettrand, deine Hand tastet nach mir. Erschrocken denke ich, du könntest wach sein: Kinder mit irrsinnigen Augen und Krallenhänden. Ich will dich in die Arme nehmen, flüstern: „Ich bin da, es ist nur ein Traum, erzähl mir Liebste, erzähl doch!" Ich nehme den Geruch deiner Haut auf, leise stehe ich auf, ein zärtlicher Blick auf dich: Nachtschatten, ich, ich ziehe die Jacke an. In der Küche

mache ich Licht, suche Papier und Bleistift, kritzle eine Nachricht, meine Initialen darunter, ich lege sie vor dein Bett, ziehe das lange, stehende Messer aus dem Gürtel, lege es vorsichtig daneben. Leise lösche ich das Licht, leise gehe ich durch den Flur, leise öffne ich die Tür, ich will dich nicht wecken. Langsam ziehe ich sie zu. Lehne den Kopf dagegen. Drei Stufen dann zur Haustüre, zwanzig Schritte über den Hof, erleichtert, seltsam zufrieden, fast glücklich. Auf dem Zettel steht: „Fast hätte ich dich umgebracht! Ich hätte dich lieben wollen!"

Die Straße hinunter, es ist nicht weit, oft gegangen, zuletzt voll Verzweiflung, beginne ich ohne Halteseile. Zu suchen.

MASSAKER

Kathrin Burmeister

Mutter kocht Kaffee. Sie mahlt zwei Meßlöffel Kaffeebohnen mit der Hand in der hölzernen Mühle. Sie füllt das Pulver in die Filtertüte, säubert danach die Mühle mit dem Pinsel, dessen Borsten in braunen Bündeln zusammenkleben. Ich glaube, daß jedesmal, wenn sie die Kaffeemühle putzt, und sie tut es jeden Morgen, für vier Tassen Kaffee, außer wenn ich krank bin, dann kocht sie nur zwei, dann kann ich auch nicht sehen, ob sie die Mühle putzt, weil ich im Bett liegen muß, daß jedesmal ebenso viele alte Kaffeeklumpen von den Borsten abfallen wie neue daran hängenbleiben. Nur die ganz alten, die bleiben, werden nie ausgetauscht, werden solange in den Borsten hängenbleiben, bis Mutter stirbt, weil ich weder die Mühle noch die Bürste aufbewahren werde, ich werde alles vernichten, was mich an sie erinnert.
Was ich heute vorhabe, fragt sie mich. Seit Monaten gehe ich an diesem Wochentag um vier Uhr schwimmen. Sie weiß das, und doch stellt sie die Frage, und ich antworte ihr.
Vor dem Küchenfenster bewegen sich die Zweige einiger niedriger Stauden. Vielleicht Johannisbeeren, ich habe sie nie gepflückt. Sie kratzen am Fenster. Der Wind sammelt sich immer in der Nische vor eben diesem Fenster, so daß selbst bei schwachem Wind das Außen stürmisch wirkt. So scheint es mir. Es gibt nur Innen und Außen. Innen ist die zugluftlose Stille von Mutters Haus. Das Haus selbst ist mir immer wie ein arm- und beinloser Torso erschienen, und jedes Zimmer ist ein Organ, die Möbelstücke jedoch sind leblos. Wie verschluckt und vergessen. Nichts wird verdaut. Alle Dinge sind alt, werden selten aber regelmäßig geputzt. Nicht verrückt, nicht ersetzt. Das Innen ist Mutters Innen.
Ich gehe hinauf auf mein Zimmer. Mutter wird einkaufen gehen. Ich bin froh, daß sie aufgegeben hat, mich zu bitten, sie zu begleiten. Als ich die Tür ins Schloß fallen höre, fühle ich mich leichter. Ich öffne beide Fenster. Der Wind ist nur schwach, kühl dabei. Es riecht nach Keimen und Humus. Ich lege mich auf mein Bett. Der Film fällt

mir ein. Die Brust wie Hartgummimuscheln. Auch die Muskeln der Arme. Ich fand ihn trotzdem albern. Ich war bestürzt, sah um mich im flackernden, auf- und wegblitzenden Licht erregte Gesichter. Peinlich. Ich wollte gehen und konnte nicht. Ich leiste mir selten einen Kinobesuch. Ein großer, schwerer Mann, der gegen alles und jeden kämpft. Ich bin mir nicht sicher, ob er gewinnt. Er verliert, glaube ich, nur gegen sich selbst.

Ich esse Kaffeebohnen. Wie andere vielleicht ohne Wasserglas am Bett nicht einschlafen können, kann ich nirgendwo hingehen ohne Kaffeebohnen in der Hosentasche.

Als ich in die Tasche greife, erfühle ich die Patrone. Ich fand sie am Gully der nächsten Querstraße, da, wo es passierte. Ich hatte sie aufgehoben. Ein Stück wertloses Metall, sicherlich nur noch eine Hülse, doch es war eine von seinem Gewehr, die keiner gefunden hatte.

Mutter kocht. Sie wäscht Porree. Laut tickt die Wanduhr. Ich starre auf das Ziffernblatt. Es ist schon zu spät, um schwimmen zu gehen. Ich sehe Mutter den Porree schneiden, köpfen, wie ich finde. Zuerst die äußeren harten, grünen Blätter, sie drückt das Bündel fest zusammen, beginnt dann, Scheiben vom gefesselten grünen Schopf abzutrennen, bei jedem Schnitt gibt es einen scharf reibenden Ton, dann ein stumpfes Geräusch ohne Nachhall, wenn die Messerschneide auf das Holzbrett trifft. Sie nähert sich dem Hals, dann fällt auch dieser, weiß mit ein wenig Gelb im Innern der Ringe, Stück für Stück ins Becken.

Ich werde heute nicht essen, entschließe ich mich.

Ich sehe noch ihren Blick, als ich aufspringe, ich weiß nicht mehr, was ich gemurmelt habe, wahrscheinlich hat sie nicht gemerkt, daß es zum Schwimmen zu spät ist oder besser, daß ich noch nie so spät gegangen bin, sie bemerkt auch nicht, daß ich mit leeren Händen gehe oder doch offensichtlich ohne Handtuch. In der geballten Hand halte ich nur die Patrone, die Hülse, schon ganz blankgerieben, weil ich sie rollte und rollte.

Draußen jetzt diesiger Sonnenschein. Ein fast anheimelndes Außen, ich schlage mich trotzdem dagegen fester in meinen Dufflecoat, um sicherzugehen, nicht nackt dazustehen, auf einmal den Boden zu verlieren, wenn die Straße zu kreisen beginnt, und der

Weg kleine Wellen schlägt. Ich habe wie angewurzelt gestanden, schon ein paarmal, seit es passiert ist und gegen das Würgen ankämpfen müssen, wenn ein Berg sich freimachen wollte, den ich aufsteigen fühlte. Und so sehr ich manchmal dachte, jetzt, laß ihn kommen, laß alle ihn hören, von tief unten, wie er sich aus den Eingeweiden, dem Magen, den Lungen seine Kraft holte, langsam und pelzig, mich fast erstickend stieg und stieg, doch gerade bevor er zu gewaltig wurde, begann ich immer zu schlucken, ich dachte ich torkelte, doch niemand sah zu mir herüber, ich schluckte, hatte Tränen, nur Tränen der Anstrengung in den Augen, und langsam zerteilte, verformte, verkleinerte und verflüchtigte sich der Berg, langsam konnte ich ruhiger atmen, die Hitze sickerte aus meinem Gesicht. Heute nicht. Heute habe ich die Patrone, gehe nicht schwimmen, das Schwimmbad hatte schon vor Wochen seinen Reiz verloren. Ich wollte nicht daran denken…

Ich hörte, wie sie rief. Nicht nach mir. Es ist nicht, daß ich nichts falsch mache, ich springe oft von der falschen Stelle ab, gerade wenn sie das Becken beobachtet, aber noch nie hat sie mich zu sich gerufen. Immer nur diese Muskelprotze. Manche sind sogar jünger als ich, und ich bin sicher noch jünger als die Frau. „Sie hat mir wieder eine Lektion erteilt", hörte ich mal einen von ihnen zum anderen sagen, als sie ihn entlassen hatte aus dem kleinen Verschlag mit Spiegelfenster. Sie lachten dann. Ich weiß nicht, was sie dort tut. Ich denke wieder an den Film, soviel Haß hatte der, der müßte wahrscheinlich gar nicht vom falschen Beckenrand springen, damit sie ihn riefe, und er würde nein sagen, was soll ich denn mit dir kleiner pickliger Schlampe, nur weil du'n Paar Titten hast und 'n Arsch, würde er sagen… ich weiß nicht, was ich gesagt hätte, aber sie hat mir ja keine Chance dazu gegeben. Früher wollte ich zu ihr, wie die anderen, denke ich, doch seit ich David kennengelernt hatte, wurde sie mir immer widerlicher. Sibylle heißt sie. Jetzt fällt es mir wieder ein. Ich hörte einen von ihnen sie so nennen. Ganz unschuldig weiß sah sie immer aus in ihrem Kittel, darunter ein Badeanzug, sie hat einmal ein Mädchen retten müssen, ich war ein wenig enttäuscht, wie eine Wasserballetteuse hatte ich sie mir gewünscht, heraus aus dem Unschuldsweiß, hinein in die Rettung, ganz souverän. Sie hat jedoch geflucht und geprustet, als sie den Beckenrand erreichte, und dann war es nur noch

schön gewesen, wie sich ihre Brust beim Atemholen hob und senkte, da waren ihr verkrampftes Lächeln und ihre blauen Lippen nicht mehr aufgefallen.
Ich wollte sie anfassen. Sie ist nicht schön, sie ist überhaupt nicht auffällig, weil sie im Schwimmbad arbeitet. Sie heißt Sibylle. Ein gräßlicher Name.

Er hat mir von einer erzählt. Er hatte an etwas ganz Großes geglaubt.
Sie hatte mindestens ein Dutzend vor ihm, das konnte er nicht verkraften. Er kämpfte dagegen, er dachte, wenn er sie nur genug liebte, würde er es vergessen können. Doch sobald sie einen Namen, irgendeinen männlichen Namen, aussprach, mißtraute er ihr wieder. Jedesmal sprach er sie darauf an, auf den Mann, dessen Namen sie gesagt hatte. Er mußte nur sichergehen, daß er alles wußte. Nun, da er die Anfänge der Geschichten kannte, konnte er die Enden der Geschichten nicht auslassen. Er quälte sich damit, und sie ebenfalls.
Er saß an der Theke in der Kneipe, in die ich immer nach dem Schwimmen ging. Er saß vor einem großen Glas Bier. Er starrte in das Gelb seines Getränks, eingesunken in den Schultern und Wangen. Ich setzte mich neben ihn und bestellte ein kleines Bier. Ich weiß nicht, warum ich mich neben ihn setzte, es waren viele Plätze frei, vielleicht hatte er mich neugierig gemacht. Wir saßen nebeneinander, er trank stetig und zügig, bestellte ein neues, sobald das Glas halb geleert war. Er saß ganz ruhig, seine Augen waren glasig. Es war eine schöne Kneipe, gediegen, würde Vater gesagt haben, die Sessel waren mit schweren, üppig verzierten Stoffen bespannt, die Lehnen und Beine gedrechselt aus dunklem Holz.
Hast du schon mal 'ne Frau gehabt, sagte er plötzlich zu mir. In dem kurzen Moment, der dann folgte, muß eine Batterie von Gedanken durch meinen Kopf geschossen sein. Wie konnte er diese Frage stellen, warum überraschte sie mich nicht, obwohl es mich überlief, er war wohl zehn Jahre älter als ich, er hatte die Frage zuerst gestellt, was auch immer er damit bezwecken wollte, ich war im Nachteil, ich mußte antworten, wie kommst du denn darauf, was fällt dir ein,... ich hätte lügen können, na klar, aber mir lag an der Wahrheit, weil er wie jemand schien, der nichts als die Wahrheit dulden würde.

„Nein", sagte ich. Er nickte. Er hob das Glas, das fast leere Glas, welches neben dem noch vollen stand, trank den Rest und sah mich an: Ich hab' da eine gekannt...
Ich sah sie auf so einer Party. Da ist schon etwas Entscheidendes falsch, denn sie sah mich. Sie stand neben mir, als ob sie mich prüfen wollte. In der einen Hand ein Glas Orangensaft, in der anderen eine Zigarette. Bis zu dem Moment, da ich sie neben mir bemerkte, hatte ich mir die Szenerie ziemlich gleichgültig angesehen, auch sie war mir nicht aufgefallen. Jetzt, da sie mich anlächelte, wunderte ich mich darüber. Sie hatte vorn und hinten ziemlich viel, überhaupt konnte man sie nicht schlank nennen, sie war einfach überall voll, auch im Gesicht... und auch im Gesichtsausdruck. Ich achte auf solche Dinge, und da paßte einfach alles. Sie hatte etwas Forderndes, Verschmitztes im Gesicht, und als ich das dachte, fiel mir auf, daß sie mich, ebensolange wie ich sie, unverwandt angestarrt hatte. Ich sagte sowas wie „Hallo", ich war nicht mehr nüchtern, aber doch nicht zu betrunken, um nicht prompt zu reagieren. Ich muß eine Menge erzählt haben, ohne abzusetzen, für einen Moment schien es schon, als wollte sie sich von mir abwenden. Da legte ich ihr den Arm um die Schulter und begann, sie den Leuten auf der Party vorzustellen, weißt du, ich kannte die meisten Leute, und sie war ganz neu da. Ich hatte mir bis dahin noch keine Gedanken darüber gemacht, was sie von mir gewollt haben könnte, oder was ich von ihr wollte. Sie stand da, groß und gerade in meinem Arm, und ich fand das gut. Sie wohnte nicht weit entfernt und sagte etwas von einer Party bei ihr, die Frau, bei der sie wohne, habe Geburtstag. Ich sagte Frank Bescheid, dem einzigen, den sie kannte, und wir gingen zu ihr. Ich habe sie die ganze Zeit nicht losgelassen, ich hatte natürlich schon ein paar Freundinnen vor ihr, nie lange, ich weiß nicht genau, warum. Oft gingen sie mir schnell auf die Nerven, sie erwarteten immer gleich zuviel von mir. Oder sie erwarteten gar nichts, und meldeten sich nach ein oder zwei Nächten nicht wieder, obwohl ich eigentlich immer davon ausgegangen war, daß es etwas für länger sein würde. Das mag altmodisch klingen, aber ich tue es nie für eine Nacht, ich tue es überhaupt nur, wenn mir was an einer liegt. Na, und diese hier war so nett, sie lachte so viel, sie ließ mich trinken und reden.
Ich glaube, wir haben die Party ein wenig gesprengt. Ich sah da-

mals noch ziemlich wild aus, und die Leute auf der Party waren alle glatt, adrett und unauffällig, mittlerweile war ich auch etwas vom Alkohol verändert, ich redete noch lauter. Frank lachte, und sie war überhaupt nicht aus der Ruhe zu bringen. Sie sah mich immer wieder an, sagte immer weniger und schaute öfter gedankenverloren auf die Gäste, die sich nach und nach verzogen. Dann waren wir zu dritt. Kurz darauf klappte sich Frank auf dem Sofa zusammen, und sie sah mich an, legte den Finger gegen die Lippen und zog mich aus dem Raum. Sie holte von irgendwoher eine Decke, legte sie über Frank und löschte das Licht. Im Korridor, in dem völlig stillen Haus, sah sie mich wieder an. Willst du oben schlafen oder unten, flüsterte sie. Oben, da war ihr Zimmer, das brauchte sie mir nicht zu sagen. Sie wollte es auch nicht. Sie wollte die Frage so stellen, und sie erwartete auch, daß ich verstünde, was mit „oben" gemeint war.
„Oben", sagte ich.

Wie heißt du eigentlich, unterbrach er sich plötzlich. Ich zuckte zusammen, weil ich erst gar nicht den Zusammenhang verstand. Tom, sagte ich irgendwann. Langweile ich dich nicht? Ich schüttelte nur den Kopf.

Sie war anders. Ein wenig freier, als ich das bisher erlebt hatte. Es war die erste Nacht mit ihr, und sie knipste das Licht aus, doch sie zog sich vorher aus und nicht erst unter der Decke. Sie schien sich nicht zu genieren wegen ihrer Figur, das nämlich hatte ich sogar bei weitaus schlankeren Frauen beobachtet, daß ich nicht einmal ihre Brust sehen durfte bei Licht. Wir waren gut, ich meine, für das erste Mal, und dann war ich auch nicht mehr nüchtern, es hat ganz schön lange gedauert, und sie konnte auch nicht genug bekommen, ich habe sie ziemlich verwöhnt, glaube ich, sie sagte, sie hätte es noch nie so erlebt. Als ich ihr mit der Zunge zwischen die Beine ging, hat sie sich aufgebäumt. Ich war ein bißchen erschrocken, doch sie meinte nur, das habe sie sich immer gewünscht, und noch nie hätte das jemand getan. Damals überhörte ich das, damals interessierte es mich nicht, wer „jemand" war, und dachte nicht darüber nach, was danach sein würde. Und ich hatte mich nicht geirrt, sie war so, wie sie ausgesehen hatte, so voll mit sich und dem, was sie wollte und geben wollte, wir haben kaum gesprochen, und es war die erste Nacht.

Es schüttelte mich ein wenig, wie er dort neben mir saß, und von Zeit zu Zeit fühlte ich einen Impuls, einfach zu gehen, ihm nicht weiter zuzuhören, weil es mich erregte, weil er wildfremd war und mir von einer Frau erzählte, die ich nicht kannte, weil ich sie vor mir sehen konnte, wie sie sich wand unter ihm, über ihm, und ich mich unanständig fühlte. Ich wollte nicht lüstern nach einer Geschichte sein, die nicht meine war. Doch je länger er sprach, desto deutlicher wurde mir, daß dies auch meine Geschichte werden würde, und ich hatte einen Kloß im Hals vor Furcht.

Er stand jetzt auf, ein wenig schwankend, aber doch gerade. Danke für's Zuhören, hörte ich ihn sagen. Ich starrte vor mich hin und bemerkte nicht, daß er ging, ich hatte ihn noch nicht nach seinem Namen gefragt.

Ich ging heim und machte mir das Essen warm, das Mutter in den Ofen gestellt hatte. Ich aß und konnte erst noch gar nicht über die Begegnung nachdenken. Mir fielen ganz andere Sachen ein, Sibylle tauchte einmal kurz vor mir auf, ich versuchte wieder, ihr in Gedanken den Badeanzug auszuziehen, doch es mißlang, ihr schmaler Körper schien sich in dem Stoff zu verhaken, und sie verblaßte, schien sich in mehr und mehr weiße Kittel zu hüllen.
Im Bett fiel mir der Mann wieder ein. Ich wußte schon jetzt, daß ich nächste Woche wieder in jene Kneipe gehen würde, ich hoffte, er würde wieder dort sein. Es schien ihm etwas zu bedeuten, daß ich ihm zuhörte.

Ich bin jetzt in der Straße, in der alles passierte. Die Patronenhülse liegt glatt und warm in meiner Hand. Ich habe nichts gesehen von dem, was dort passierte, ich weiß nur davon. Aus den Nachrichten und von den Nachbarn. Jeder sprach von Amok und Massaker und schlechten Gesetzen. Ja, ich kannte David. Aber mein Freund war er nicht. Es hieß, er habe keine Freunde gehabt, und seine Mutter konnte man nicht mehr fragen, weil sie die letzte gewesen war vor ihm. Und die, die mehr hätten sagen können, schwiegen sich aus.

Ich gehe heim und wärme mein Essen auf. Porreegemüse. Die glatten grünen Ringe sind zu Mus verkocht. Ich gieße das Gemüsewasser ab in den Ausguß. Sie soll auch immer das Gemüsewasser auf seinem Teller gelassen haben, erzählte er mir. Am Anfang hat es ihn nicht gestört, nachher störte ihn auch das. Aber das war viel später erst.
Und oben in meinem Zimmer in der Schreibtischschublade liegt der Brief. Ich habe tatsächlich bisher nicht gewagt, ihn zu öffnen. Es war so unglaublich, daß er kam, daß ich ihn völlig verwirrt einschloß. Mutter stand in der Haustür, als ich von der Schule kam, gab mir den Brief und schwieg mich fragend an. Ich schüttelte nur den Kopf. Ich hatte eine Art von Hoffnung gehabt, als ich ihre Adresse auf den Umschlag schrieb, aber diese Hoffnung war ein träumerisches Begehren gewesen, und es hatten sich so viele Vorstellungen um die mögliche Antwort gebildet, daß es schien, als habe die Antwort, die dann unerwartet kam, keinen Platz mehr dazwischen.
Auch jetzt versuche ich mich zu überwinden. Doch es hat keine Eile, und ich bin nicht bereit dafür. Sie wird geschrieben haben, Lieber Tom, und sie kennt mich nicht.

Hallo Tom, hatte er mich das nächste Mal empfangen, ich habe gewartet auf dich, ich habe dir doch überhaupt noch gar nichts erzählt, noch nicht einmal, wie sie draußen immer diese blöde Krähe gerufen hat, hat doch geglaubt, sie könnte sie zähmen, der Vogel war noch nicht einmal flügellahm, und sie hing aus dem verdammten Fenster, ich sah, wie der Vogel ihr'n Vogel zeigte, und sie krächzte, es klang ganz echt, und dann lockte sie wieder, so daß ich ganz weich wurde, nur der Vogel, der hatte dafür kein Ohr, und ich zog sie vom Fenster weg, nur ein bißchen, so daß nur noch ihre Schultern draußen zu sehen waren, und ich faßte sie von hinten um die Schenkel und schob ihr den Rock hoch und faßte den Rand des Höschens, und dann knickte sie einfach im Rücken ein und machte ein Hohlkreuz, und ich hatte diesen Arsch fast im Gesicht... Er hörte auf zu reden. Einige Leute hatten sich zu ihm umgedreht, doch das war nicht der Grund für sein Verstummen gewesen. Er starrte plötzlich ins Leere und hob sein Glas. Da konnte ich sehen, daß er weinte. Er dreht das Gesicht weg von mir, und ich konnte noch ein wenig von seinem Profil sehen. Das wollte ich dir gar nicht erzählen. Er hatte sich unterbrochen, weil seine Stimme erstickte. Und dann wieder: Das wollte ich dir nicht erzählen. Sein Gesicht war großporig, und trotz der tiefen Furchen wirkte es immer ein bißchen geschwollen, um die Augen besonders. Er weinte nicht wirklich, er gab keinen Laut von sich, drehte das Glas in der Hand und tropfte aus den Augen ab und zu, und ich erinnerte mich an den Tag, als Vater damals auf den Spielplatz gekommen war am Nachmittag, ich war noch klein und hatte gar nicht darüber nachgedacht, daß er um die Zeit nicht an dieser Stelle hätte sein sollen. Ich sagte wohl: Da ist Papa, und stürzte von der Schaukel auf ihn zu. Und er war ernst und nahm mich hoch und hielt mich im Arm. Ich begann zu strampeln, weil ich noch nicht wissen konnte, warum er hier auf dem Spielplatz erschienen war. Und als ich den Kopf herumriß, um ihn anzusehen, ihn zu bitten, mich doch jetzt hinunterzulassen, da sah ich seine Tränen. Und bevor ich begreifen konnte, was er hatte, bevor ich den Grund seines Leids begriff, hatte ich mich schon an seine Worte erinnert. Und ich versuchte ihn zu trösten, indem ich ihm übers Gesicht strich und sagte, es wird alles gut. Er nahm mich mit nach Hause, und erst später erfuhr ich, daß er an diesem Tag seinen Job verloren hatte.

Jetzt konnte ich so etwas nicht sagen. Doch der Mann an der Theke hatte sich schnell beruhigt.

Als wir damals Billard spielen gingen, sagte er dann, sie konnte gar nicht spielen, und ich war einigermaßen aus der Übung, gewann sie. Sie hatte Anfängerglück. Mit fast unheimlicher Genauigkeit placierte sie den Queue, während sie lachte und erzählte. Ich begann dann zu schummeln, stieß den Queue an und sagte, ich bin dran, sie bog sich vor Lachen. Am Anfang habe ich nur geredet. Sie hat mir zugehört und oft gelacht. Je länger wir uns kannten, desto mehr sprach sie. Manchmal hörte sie gar nicht wieder auf. Ich glaube, ich hatte irgendwann einfach nichts mehr zu sagen bei ihr, sie wußte alles besser.

Ich heiße übrigens David. Er reichte mir seine Hand.

Ich weiß nicht, warum ich dir das erzähle. Ich habe nie viel erzählt. Überhaupt hat sie mir das immer vorgeworfen, daß ich immer alles angesammelt habe, wie sie sagte, und nicht einfach darüber rede-

te. Und als du dich neben mich setztest das letzte Mal, da dachte ich, dem erzähle ich jetzt alles. Ich glaubte nicht nur, daß du mir zuhören würdest, sondern hoffte auch, daß du mich verstehst.
Und plötzlich wurde er übergangslos zornig… Ich wußte nicht, warum sie es getan hat, ich weiß es nicht, mich zu verstoßen, ja, das habe ich noch versucht zu verstehen, so ein Vorwand, diese Hure, weil sie scharf war, von wegen Freiheit zur Entscheidung, die habe ich ihr nicht genommen. Wenn Frauen mit der Hurerei anfangen, hören sie auch nicht wieder auf. Ich hätte dieser Schlampe nicht glauben sollen, oh nein, aber sie konnte immer besser reden als ich, daß ich nachher nicht mehr wußte, was ich am Anfang gemeint hatte. Die drehte alles um, mit Eiseskälte in den Augen, als hätte sie einen Fisch am Haken, oder wie eine Katze, die 'ne Maus quält, dieser Blick war furchtbar, ich weiß nicht, wie sie das machte, wo sie das herholte, soviel Bosheit und Lust am Vernichten, so eine Sau…
Und David sprang auf und sah mich an, als habe er mich gerade bemerkt, griff nach dem Glas, stellte es zurück, hob es noch einmal, dann stellte er es endgültig ab, stieß es hart auf den Tisch und eilte hinaus, warf die Tür hinter sich zu.

Damals, so erinnere ich mich, war ich fest überzeugt, daß er von einer anderen Frau gesprochen hatte. Ich begriff die Zusammenhänge erst beim nächsten Treffen.

Ich habe mir wirklich beide Beine ausgerissen. Alles für sie. Aber da war sie ja nicht mehr bei mir.
Das sagte er noch, als er das Bier abgestellt hatte. Ganz leise nur, ich sollte es wohl hören, vielleicht hatte er mich auch schon wieder vergessen. An jenem Tag blieb ich noch fast eine Stunde sitzen in der Kneipe. Er hatte mir ein Bier gekauft, das stand vor mir und war schal. Ich bestellte eine Cola. Ich war zum ersten Mal verängstigt. Soviel Gewalt und Roheit hatte in seiner Stimme gelegen, ich fragte mich schon, was vorgefallen war.

Ich höre Mutter im anderen Zimmer mit Papier rascheln. Sie bemüht sich immer, die Geschenke nett einzupacken, aber seit Vater nicht mehr da ist, freue ich mich auf meine Geburtstage nicht mehr. Vater war immer komisch, nannte mich „seinen großen Sohn", obwohl er doch nur einen hatte...

Ich sitze vor einer Tasse Tee, als mir das alles wieder einfällt. Ich konnte nichts tun, als ich so bestürzt war, als ich voller böser Ahnung noch in der Kneipe saß und über David nachdachte. Ich glaube, sein Entschluß hat damals schon festgestanden. Und es war nicht etwa ein neuer Anlauf gewesen, daß er mir die Geschichte erzählte, er brauchte nur jemanden, vor dem er sich rechtfertigen konnte, der gerade genug und noch nicht zuviel verstand. Ich bereue nicht, dort gesessen zu haben, jede Woche, keiner von uns ließ je die Gelegenheit aus, acht Treffen hat er gebraucht, bis er glaubte, seine Geschichte sei erzählt.
Und obwohl ich weiß, daß ich überhaupt keinen Einfluß hatte, die Sache nie hätte abwenden können, fühlte ich Schuld, als ob die Steine der Straße und die Fassaden sie mir an allem geben wollten. Und ich habe den Mut nicht, den verdammten Mut nicht zu sagen, ja, ich habe ihn besser gekannt, viel besser. Ich bin nicht wieder in die Kneipe gegangen, der Wirt hat meinen Namen nicht genannt, vielleicht erinnerte er sich nicht, doch mein Gesicht hätte er erkannt.

Vergiß alles, was ich letztes Mal gesagt habe, bitte. Er sah sogar schlechter aus als sonst. Abgekämpft. Ich habe das alles nicht so gemeint, sie ist eine gute Frau. Sein Kopf sank ein wenig weiter auf seine Brust hinunter. Vielleicht hätte sie mir nicht erzählen sollen von sich, sie hatte schon Recht, ich habe es auch gemacht. Aber sie hat es nur wegen Sex, nur deswegen mit Männern, getan, mit welchen, die ihre Väter hätten sein können, ekelhaft, Tattergreise, so alte dreckige Männer, die sich mit 'ner dicken Brieftasche aufspielen oder damit, daß sie so besonders belesen sind... Und sie war doch klug und hat sich trotzdem beeindrucken lassen von 'nem Mercedes. Ich mußte mir das immer vorstellen, ich konnte es gar nicht lassen, sie ganz nackt, so, wie ich sie kenne, im Clinch mit so einem feisten Alten mit runzligen Eiern, dessen blaugeäderte Hände sie überall anfassen, und dessen abgewichster Schwanz bei ihr reingeht, mir wurde ganz übel, und dann kam der Zorn, ich weiß, ich habe ihr oft wehgetan dann. Und sie sagte es sogar, sie wollte sehen, wie es ist mit einem, der älter ist als ihr Vater... und mit 'nem Lehrer sogar, weil der eben noch besser reden konnte als sie und auch noch geil war auf kleine Mädchen. Und sie erzählte mir davon, als habe sie immer alles ganz überlegen getan. „Ich wollte mal sehen, wie das ist..." Sie hat immer weniger erzählt, hat gesagt, daß es ein Fehler gewesen wäre von ihr, mir das alles zu beschreiben, aber daß sie es bereut, das hat sie nie gesagt, nicht einmal. Das könnte sie nicht sagen, weil sie versprochen hätte, mich nicht anzulügen. Und ich weiß, ich war damals schon ziemlich besoffen, ich sah sie nicht mehr, nicht mehr sie selbst, sondern die Nutte, und ich griff an, schlug zu, hatte sie am Boden, hörte sie jaulen, die Arme heben, da wußte ich, jetzt bin ich stärker. Heute weiß ich, daß es das war, blinde Wut und Macht, sie bluten machen, sie klein machen, sie runterholen vom Sockel, auf dem sie stand mit spitzem Mund und sagte, das geht dich nichts an, was ich vor dir gemacht habe, dann such dir doch 'ne kleine Jungfrau... Und ich habe versucht, alles zu vergessen, habe sogar versucht zu verstehen, warum sie immer betonte, ich sei eigentlich ihr erster Mann, alles andere sei doch nichts Wirkliches gewesen, ich solle mich doch freuen, daß sie treu ist... und jedesmal, wenn ich nur ein bißchen trank, dann fielen mir auf einmal ihre Begründungen nicht mehr ein, nur noch meine Vorwürfe, und ich riß ihre alten Photoalben aus dem Regal und öffnete sie, zerrte einzelne Bilder heraus, hielt sie ihr vors Gesicht, hatte sie wieder am Boden, hatte sie niedergeschlagen und hielt sie dort fest, und der, wie war der, wie oft hast du mit dem, und was hat er gemacht, ist es dir auch gekommen, ja? Und es war unerklärlich, sie lag da, und daß sie zitterte und versuchte, mich zu beruhigen, selbst dann noch mit Erklärungen kam, das machte mich nur noch wütender. Ich trat nach ihr, sie versuchte zu fliehen, sie blutete aus der Nase, ihre Augen weit, ganz weit offen, all die Kälte war raus und nur Angst, sie hatte Todesangst manchmal...

Ich war aufgeschreckt, weil ein so unmenschlich klingender Laut plötzlich den Worten folgte. David bebte am ganzen Körper, umklammerte mit beiden Händen den Rand der Theke, seine Augen waren fest geschlossen, er konnte die Tränen nicht halten, dann schluchzte er noch einmal auf, dann klang es wie eine Reihe von Seufzern, die immer leiser wurden, bei jedem Geräusch zuckten

seine Schultern, er saß wie ein Berg Sand auf dem Stuhl, der langsam an den Seiten herunterrieselte, das Grauenvolle, was er gerade erzählt hatte, konnte ich fast nicht mehr glauben. Ich erinnerte mich, wie er immer Fliegen aus seinem Bier fischte, sie vor sich auf den Tisch setzte und solange anblies, bis sie wieder aufflogen.
Ich dachte, er würde gehen, rutschte auf meinem Stuhl ein wenig nach vorn, doch er ergriff meinen Ärmel, warte, geh nicht jetzt, bitte nicht jetzt.
Und er schwieg mindestens eine Viertelstunde. Er nahm mehrmals einen Anlauf, doch jedesmal schienen die Worte, die er sagen wollte, nicht zu genügen. Und schließlich, als ob er meine Gedanken erriete: Ich kann es auch nicht glauben. Ich konnte es nie glauben am anderen Morgen. Meistens war es schon später Vormittag, wenn ich schließlich aufwachte, mit einem dröhnenden Kopf und einem ganz furchtbaren Gefühl im Magen, natürlich war mir übel. Aber dazu kam, daß ich wußte, etwas war passiert. Aber ich wußte nicht gleich, was es war. Und ich traute mich lange nicht, mich umzudrehen, weil es so wehtat und weil ich wohl schon ahnte, daß sie nicht neben mir lag. Sie war zur Arbeit gegangen, nachdem sie am Ende doch aus der Wohnung geflohen war oder in der Küche auf dem Fußboden geschlafen hatte. Es passierte… mehrmals. Anfangs schlief sie immer in der Küche, später nur noch woanders. Du kannst dir das Gefühl nicht vorstellen. Ich begriff mich nicht, ich verachtete mich, fühlte mich wie ein Ungeziefer. Auf einmal waren all ihre Gründe so einleuchtend und klar, und meine komischen Anschuldigungen machten überhaupt keinen Sinn mehr. Und ich sehnte mich so nach ihr. Am Anfang dachte ich nur daran, sie um Verzeihung zu bitten. Ich nahm mir vor, daß so etwas nicht mehr passieren durfte und war ganz zuversichtlich. Als es mehrmals geschehen war, glaubte ich an nichts mehr. Ich verstand einfach nicht, was in meinem Kopf vorgegangen war.
Ich kaufte Rosen und deckte den Tisch und hockte wartend irgendwo. Ich wollte sie sehen und hatte Angst davor, wußte, daß Blumen nichts wiedergutmachen konnten. Ich faßte dann Vorsätze und überlegte, was ich ihr versprechen könnte. Weniger zu trinken, sie wirklich zu verstehen. Wenn sie kam, schwieg sie mit ganz hartem Gesicht, und ich konnte sie kaum ansehen, weil ihr Gesicht geschwollen war, blaue Flecken überall. Es war, als ob mich Draht

ganz fest einwickelte. Ich konnte nichts sagen, sie fing immer an. Die ersten Male sagte sie: „Wenn so etwas noch einmal passiert, trenne ich mich von dir." Dann weinte sie, und ich nahm sie ganz vorsichtig in den Arm, war so glücklich, sie nur berühren zu dürfen. Ich streichelte ihr das Haar und entschuldigte mich immer wieder. Und ich werde nicht vergessen, sie weinte noch immer, sie hatte von Vergebung noch nichts gesagt, da zog sie mich schon an sich, ganz wild, manchmal sagte sie schon, wenn sie noch weinte, nimm mich, bitte mach's mir. Und ich saß da mit meinem Scheißgefühl, mochte sie kaum berühren vor lauter Schuld, wollte doch alles für sie tun und fühlte mich ganz leer in der Hose. Warum wollte sie das jetzt? Und ich streichelte sie ganz ungläubig weiter vorsichtig, sie schluckte Tränen und stöhnte leise. Sie vermied meinen Mund wegen des Alkoholgeruchs, küßte meine Nase und meine Augen, tue es nicht wieder, nie wieder, bitte, und sie zog sich den Pullover über den Kopf und streckte die Arme hoch. Setzte sich auf meinen Schoß und sah mich an. Ich verstand das nicht. Ich verstehe das heute noch nicht. Sie ließ mich ihre Nippel küssen, schob sie mir wieder entgegen, sagte bitte, immer wieder; und ich leckte und biß und drückte mein Gesicht hinein, versteckte es darin, und das tat mir gut.

Wenn sie dann spürte, daß ich bereit war, breitete sie eine Wolldecke auf dem Fußboden aus. Sie zog sich aus und legte sich einfach darauf. Wenn sie jetzt Abbitte gewollt hätte, daß ich es besonders gut mache, das hätte ich vielleicht noch begriffen, doch war ich erst nackt und neben ihr, rollte sie sich über mich und nahm meinen Schwanz in den Mund und war so gierig und schnell, daß ich fast in ihrem Mund kam, auch wenn mir der Kopf grollte. Sie kaufte nie Aspirin. Wenn sie mich kurz vorm Abgang hatte, ließ sie mich bei ihr machen. Sie bewegte sich wie verrückt an diesen Morgen, schrie und stöhnte wie sonst nicht. Ich tat das alles, weil es die Versöhnung war, wenn ich auch nicht wußte, warum sie es so wollte. Wenn sie gekommen war, drückte sie mich sanft auf den Rücken und kam über mich. Sie stieß mich in sich hinein, wie ich es nie wagen würde. Sie machte Geräusche, als wäre jeder Stoß ein Peitschenhieb. Sie hatte die Beine weit auseinandergespreizt und den Oberkörper zurückgebogen, ich durfte auch ihre Brüste nicht anfassen. Wir berührten uns also nur noch da unten.

David hatte sich geräuspert. Er schaute mich kurz an, drehte den Kopf aber sofort wieder in eine andere Richtung. Er sagte: Ich verstehe es schon nicht, wie solltest du es verstehen. Und dann hatte er angesetzt und gesagt, Tom,... doch er unterbrach sich, zuckte mit den Schultern und ging.

Dann, im stillen Zimmer bei mir, da kam es mir fast hoch. Ich wollte sie gern kennenlernen, oder besser, ihn nicht wiedersehen. Beide vergessen. Auf einmal schien mir Sibylles Verschlagenheit, was auch immer sie tun mochte, so unbedeutend und harmlos. Es war, als öffneten sich mir Türen, die unter Tapeten verborgen waren, deren Vorhandensein mir nicht bewußt gewesen war.

Ich tauchte meine Hände in eiskaltes Wasser. Ich ließ sie so, bis ich sie fast nicht mehr fühlen konnte. Tropfnaß legte ich sie mir unter dem Pullover auf den Bauch. Ich hielt den kurzen Moment des Erschauerns aus, genoß dann, wie sie sich mit Wärme füllten. Mir war wohler danach.

Wenn ich mich richtig erinnere, war ich zu dem Zeitpunkt fest entschlossen, David nie wiederzusehen. Ich bemühte mich einfach in der folgenden Woche, nicht an ihn zu denken. Natürlich war ich zu unserem Treffen pünktlich, wie ich es immer sein würde.

Wenn sie heimkam, fragte sie mich, was ich getan hätte. Weil ich wirklich nichts als das getan hatte, sagte ich, ich hätte im Sessel gesessen, aus dem Fenster gesehen und gedacht. Darauf sagte sie nichts und ging in die Küche, um zu kochen. Sie zählte die Arbeiten auf, die ich nicht getan hatte. Irgend so einen Blödsinn, den ich ebenso noch am nächsten Tag machen konnte. Diesmal war es eben nötig gewesen, zu sitzen und zu denken. Sie wollte nie wissen, worüber. Ich versuchte sie manchmal zu überreden, etwas ganz Unwichtiges mit mir zu machen. Ohne Geld durch die Geschäfte zu gehen zum Besipiel. Mit ihr irgendwo sein, wo wir noch nicht waren. Ich versuchte, ihr zu erklären, wie wichtig solche Sachen für mich waren, doch sie sah mich jedesmal böse an. „Ich habe nichts dagegen, solange du die wichtigen Sachen auch tust." Doch sie tat es auch dann nicht. Sie wußte nicht, was ich meinte.

Sie würde arbeiten. Sie wäre müde. Ich sollte mir Arbeit suchen. Sie würde gar nicht wissen, worüber sie mit mir noch reden sollte. Ich würde schließlich nichts erleben. Doch wenn ich über Dinge sprach, die mir wichtig waren, las sie ein Buch. Sie blickte ab und zu auf, als ob sie angestrengt meinen Worten folgen würde, nickte immer, aber sie las nur ihr Buch. Ich wollte sie gern dabeihaben, wenn ich irgendwo hinging, weil wir uns sowieso selten sahen. Sie sagte, sie hätte es satt, die Mutter zu spielen. Dann begann sie, sich abends mit Freundinnen zu verabreden. Meistens ging sie dann doch nicht, meinetwegen, wie sie sagte. Dabei habe ich nie gesagt, daß sie nicht gehen sollte, ich wollte nur wissen, warum immer ausgerechnet, wenn wir Zeit füreinander gehabt hätten. Dann blieb sie und warf mir später vor, ich hätte ihr die Freiheit genommen.

David sprach wie ein Tonband. Ein langer monotoner Redestrom lief aus seinem Mund. An dieser Stelle hatte ich eine Cola bestellt und seine Rede damit abgebrochen. Ich langweile dich heute, oder? Natürlich war ich andere Geschichten von ihm gewöhnt. Ich hätte gern gewußt, wie er früher war. Schweigend leerte er sein Glas. Bevor er aufstand, legte er mir die Hand auf den Arm. Wieder schien es, als wolle er mir etwas Wichtiges sagen. Wieder schwieg er. Doch er setzte sich wieder. Und unvermittelt begann er, die Geschichte woanders fortzusetzen.

In einer Sache sind sie sich ähnlich. Sie und meine Mutter, meine ich. Sie sind beide hysterisch. Beide können plötzlich, wenn ihnen etwas zuviel wird, durchdrehen. Ich weiß nicht, wie ich das sonst nennen soll. Ich sah sie beide schon mit den Händen auf die Tischplatte trommeln, gleichmäßig, dabei war es ihnen ganz egal, ob sie sich verletzen, und dabei Heultöne ausstießen, die ich noch nie gehört hatte. Wie ausgesetzte Kinder oder vielleicht ein verhungernder Hund. Ich sehe sie noch dasitzen wie blind und taub, heulen, die Augen zu, der Mund weit offen. Die Hände oder Fäuste trommeln auf die Tischplatte. Und ich daneben wie ein Idiot. Ich weiß noch, wie ich sie einmal deswegen ohrfeigen wollte und merkte, daß ich das nicht tun konnte. Ich stand völlig hilflos da, und vor mir saß diese Frau und schrie. Sie war besinnungslos, sie wußte nicht, was sie tat. Dann hörte es langsam auf, und sie schaukelte nur noch ganz leicht vor und zurück auf dem Stuhl, die Augen, jetzt offen, starrten nirgenwo hin, wenn ich sie anzusehen versuchte und mein Gesicht vor ihres hielt, sah sie durch mich hindurch. Sie steckte sogar einen Finger in den Mund. So saß sie ganz lange, schaukelte vor und zurück, mit einem Finger im Mund und sah nichts mehr. Es war so kindisch und machte mir angst. Es paßte nicht zu ihr. Es war genau das Gegenteil von dem, was sie sein wollte. Deshalb machte es mir auch angst, wie bei Mutter. Es machte mich wütend, daß ich immer der Grund dafür gewesen sein sollte. Wenn ich ausnahmsweise mal auf etwas beharrte, wenn ich mal etwas vertrat, dann reagierte sie so, und ich stand da wie ein doofer Junge und konnte ihr nicht einmal eine Ohrfeige geben, um sie zu beruhigen.

Dann war er gegangen.

Ich leerte den Mülleimer in die Tonne in der hinteren Ecke unseres Gartens. Der Garten ist unbebaut und ziemlich verwahrlost. Ehemals befestigte Wege, aneinandergereihte Betonplatten, sind aufgebrochen und zerborsten. Es ist einfacher, neben dem eigentlichen Weg im Gras zu laufen. Die verwilderten Stauden heben sich kaum ab vom sie umgebenden Grün. Blechdosen, Zigarettenschachteln und anderer Abfall liegen verstreut, vorbeigehende Fußgänger werfen sie über die Hecke.
Es ist Vaters Garten gewesen.
Ich tue etwas, was ich schon sehr lange nicht mehr getan habe. Nachdem ich zurück ins Haus gegangen bin und mein Abendbrot gegessen habe, kehre ich in den Garten zurück. Normalerweise meide ich ihn. Schon der von einer Hecke fest umschlossene Garten ist für mich so beängstigend, daß ich wirklich nur den Müll hindurchtrage, weil sich das einfach nicht vermeiden läßt. Jetzt gehe ich mit leeren Händen hinaus in den Garten und lege mich ins feuchte Gras. Natürlich kriecht die Feuchtigkeit sofort durch die Kleidung. Fast augenblicklich werde ich vom ersten Frösteln erfaßt, doch ich zwinge mich, im nassen Gras liegenzubleiben. Nach ein paar Minuten oder Sekunden lassen die Schauer nach. Ich denke an Vater. Ich lasse meine Arme neben mir im Gras liegen und sehe geradeaus in den schwarzen Himmel. Ich sehe, wie Vater die Vase zerschlägt, sehe ihn zum ersten Mal mit ohnmächtig geballten Fäu-

sten vor Mutter stehen. Oder einfach nur vor einer Wand. Es war, als hätte er einen Kampf gegen sich selbst begonnen. Als das Ziehen in den Schultern einsetzt, kehre ich ins Haus zurück. Ich ziehe die nassen Sachen aus, knülle sie zu einem Bündel zusammen und zwänge sie in den Wäschekorb. Mutter wird mich nicht fragen, warum die Kleidung naß ist. Ich stehe mitten im Zimmer und friere. Doch mehr als die Kälte machen mich die Erinnerungen frösteln. Ich lege mir meine Arme ganz fest um den eigenen Leib und bleibe noch eine ganze Zeit so stehen. Ganz nackt und kalt, bevor ich schlafengehe.

Wir sind zusammen weggefahren. David drehte sein Bierglas. Ich hatte mich seit Wochen auf den Urlaub gefreut. Aber wenige Tage, bevor wir schließlich fahren wollten, schien der ganze Plan ins Wasser zu fallen.
Es war ein unerfreulicher Abend. Ich glaube sogar, der Streit begann wegen eines Fernsehfilms. Ich konnte mich hinterher an nichts erinnern. Ich wachte morgens auf, und zum allerersten Mal seit ich mit ihr zusammen war, lag ich allein im Bett. Mir taten alle Knochen weh. Mein Gesicht brannte und pochte. Lange rührte ich mich nicht. Ich hatte das unbestimmte Gefühl, daß etwas noch nie Dagewesenes passiert war. Ich fürchtete mich vor dem Aufstehen. Ich konnte mich nur noch an die Kneipe erinnern, und daß wir danach noch mit ein paar Leuten zu Hause ferngesehen hatten. Ich wartete, daß sie ins Zimmer kommen würde. Doch ich hielt das Warten nicht lange aus. Im Bad sah ich dann mein Gesicht. Das eine Auge war dick verquollen. Tom, ich wünsche dir, daß du dieses Gefühl nie im Leben haben wirst. Daß du im Spiegel dein verprügeltes Gesicht erkennst und keine Ahnung hast, woher.
Sie kam dann irgendwann vom Einkaufen und sagte erst nach Stunden die ersten Worte. Damals hat mich mein bester Freund zusammengeschlagen, weil ich im Rausch sonst zum ersten Mal auf sie losgegangen wäre. Ich habe nichts davon gewußt. Und sie hat das ohne Zögern akzeptiert. Und weißt du, ich habe mich nie wieder so schuldig gefühlt wie damals. Sie hat mir großzügig etwas verziehen, was ich gar nicht getan hatte, ich meine, mein wirkliches Ich hatte es nicht getan, das war gar nicht wach zu der Zeit. Eine Schuld zu tragen, die überhaupt keinen Inhalt hat. Ich war wü-

tend auf meinen Freund, weil ich das Gefühl hatte, daß er mir in den Rücken gefallen war. Gleichzeitig wußte ich, daß ich ihm nicht wieder unter die Augen treten konnte.
Sie fuhr trotzdem mit mir in den Urlaub. Sie war fröhlich, versuchte, mich zu zerstreuen, mich zum Lachen zu bringen. Als ob sie sich bei mir entschuldigen wollte, und nicht umgekehrt. Da war sie zum ersten Mal die Unschuld in Person und ich das Stück Scheiße. Ich habe mich die ganze Urlaubswoche so gefühlt. Manchmal wanderten wir stundenlang nebeneinander her durch eine phantastische Landschaft, alles hätte wundervoll sein können. Rast zu machen und abwechselnd kleine Schlucke aus der Wasserflasche zu trinken. Abends irgendwo in Strandnähe das Zelt aufzuschlagen. Im Halbdunkel nebeneinander zu sitzen, Dosen zu öffnen und Würstchen und Gemüse kalt aus dem Blech mit Plastikgabeln zu essen. Einmal legte sie sich dann hin, mit ihrem Kopf auf meinem Bauch, und ich konnte im schwachen Licht ihre Augen leuchten sehen, wie sie in den Himmel sah, und auf einmal hatte ich wahnsinnige Lust auf ihren Körper, ich wollte auf einmal alles, alles, was ich an Gefühl für sie in mir hatte, über sie schütten, so daß von mir nichts mehr übrigbliebe, daß ich völlig ausgelaugt sterben würde. Sie muß etwas davon gemerkt haben. Sie sah mich plötzlich an, und ihre Augen waren ganz naß und glänzten noch mehr. Und ich nahm ihre Hand und küßte die Handinnenfläche und führte sie auf ihre Stirn. Und sie ließ die Hand ganz locker in meiner liegen. Ich küßte die Handfläche wieder und legte sie auf ihre Lippen. Den nächsten Kuß führte ich unter ihr T-Shirt auf ihren Bauch. Immer wieder küßte ich ihre Hand und verteilte die Küsse danach auf ihrem Körper. Ich ließ ihre Hand Stück für Stück auf ihrem Bauch hinaufwandern. Küßte ihre Brüste. Mit unseren freien Händen begannen wir, ihr alles auszuziehen. Ganz langsam nur. Sie half einfach nach, wo ich gerade den Stoff von ihrem Körper zog. Wir hatten uns seit dem Vorfall nicht angefaßt, nicht geliebt. Ich hätte auch nicht gedacht, daß ich den Anfang machen könnte. Sie lag nachher ganz ausgestreckt, ganz nackt einfach im Gras. Es war noch warm vom Tag und auch noch nicht feucht. Und ich küßte sie mit ihrer Hand. Ihr Atem begann schneller zu gehen. Ich wollte nur unendlich viel Zeit mit ihr, als würde sich danach alles auflösen. Ich legte einen Kuß in das dunkle Dreieck unter ihrem Bauch, das mit

der zunehmenden Dunkelheit immer größer und schwärzer geworden war. Sie weinte. Es waren ganz kleine Schluchzer, immer wieder unterbrochen, weil ihr Atem gleichzeitig so schnell ging. Ihre Hand lag noch immer auf dem schwarzen Fleck, das Handgelenk in meiner Hand. Da nahm sie mir ihre Hand weg, griff nach meiner und legte sie unter ihrer Brust auf ihr Herz. Es war, als ob mich jeder Herzschlag in kleine Stücke, in immer kleinere Stücke zerschlug. Wir waren allein auf der Welt. Es war, als ob wir nicht nur miteinander, sondern mit der ganzen Welt noch einmal von vorn anfingen. Ich setzte mich neben sie ins Gras. Jetzt nahm ich meine Hand, nahm nur den kleinen Finger der Hand und strich ihr einfach, so leicht ich konnte, Linien über den Körper. Sie hatte aufgehört zu weinen, jedenfalls hörte ich nur noch ihren Atem schneller und schneller gehen. Dann Kreise. Ich malte mit beiden Kleinfingern Kreise. Auf ihre Brüste, zwischen ihre Schenkel. Sie öffnete sich ganz langsam. Ich konnte es nicht sehen, nur fühlen, wie langsam eine kleine Lücke entstand unter ihrer Scham, wie sie ihre Schenkel ganz allmählich meinem Finger öffnete. Es ist vielleicht ein blöder Vergleich, aber es war fast religiös, als hätte sie auf einem Altar gelegen. Ich wollte sie schützen, und sie war doch mein Opfer. Als ich mit meinem Finger langsam in sie eindrang, war sie schon ganz naß. Ich wollte alles davon in mir, als würde es mir helfen, ihren Saft in mir zu haben. Sie kam, während ich sie trank. Wie auf dem Altar den heiligen Kelch. Ich hielt sie ganz fest, bis sie aufhörte zu zittern. Dann brachte ich sie ins Zelt und hielt sie weiter fest, bis sie eingeschlafen war.
Ich blieb noch lange draußen sitzen. Alles war ganz verschwommen. An dem Abend fühlte ich mich richtig glücklich. Am Morgen dann wußte ich doch, daß sich nichts geändert hatte. Die Schuld blieb. Sie wurde nur langsam blasser.

Im Hinausgehen hatte er gesagt: Es wäre sonst ein schöner Urlaub gewesen. Mein schönster.

Ich verließ die Kneipe. Es hatte geregnet. Ich sah die menschenleere Straße entlang. An den Hauswänden klebten nasse Flecken wie klaffende Löcher im Putz. Die Straßen hatte der Wind schon wieder getrocknet und wirbelte nun in kleinen Strudeln Staub auf.

Außer mir ein streunender Hund. Und in der Entfernung wankte eine männliche Gestalt den Gehsteig entlang. Er sprach mit schlurfendem Tonfall, abgehackt, zu sich selbst. Manchmal etwas lauter, als ob er die Stimme erhöbe gegen eine andere Person irgendwo im Zwielicht vor ihm. Manchmal ganz leise, nur noch erahnbar, ein monotones Gebrabbel, das ich nur hören konnte, weil die Straße außer ihm und mir und dem Hund leer war. Er war ein älterer hagerer Mann. Unwillkürlich war ich ihm gefolgt, ging langsamer. Ich hatte keinen Grund. Was er sagte, verstand ich nicht, ich wollte es auch gar nicht hören, ich interessierte mich zu dem Zeitpunkt nicht für das Geplapper eines Betrunkenen. Doch er gab meinem ziellosen Gang vorerst eine Richtung, so konnte ich denken, mußte nicht meine Aufmerksamkeit verschwenden darauf, welchen Weg ich einschlagen wollte. Trotzdem fiel mir auf, daß er mehrmals im Kreis lief. Schließlich stieg er ein paar einsam beleuchtete Steinstufen zu einem Haus hinauf, suchte unbeholfen in seinen Taschen nach dem Schlüssel. Seine Hände fielen auf die Seiten seiner Hose, öfter, als es nötig gewesen wäre, die Hände wußten wohl nicht gleich, ob sie unter dem Stoff das Metallstück fühlen konnten. Ich sah ihn einen Augenblick unschlüssig im blassen Licht des Eingangs verharren, als müsse er sich auf etwas besinnen. Fast erwartete ich Lärm, eine laute Stimme, eine zänkische Frauenstimme vielleicht, als er die Tür schließlich öffnete. Doch es blieb still. Er trat ein, schloß die Tür hinter sich, gerade als ich sie erreicht hatte. Ich blieb stehen, ein wenig atemlos, weil es mir peinlich war, dort zu stehen vor dem fremden Eingang. Ich hörte noch seine Schritte innen, kurz darauf erlosch das Licht. Ein Fenster oben erhellte sich, wurde fast augenblicklich wieder dunkel.

Dann nichts mehr.

Jetzt stelle ich mir vor, wie er oben auf dem Bettrand sitzt. Vielleicht streift er die Stiefel ab, vielleicht hockt er nur da, raucht eine Zigarette im Dunkel… Dann sinkt er zurück, die Füße noch auf dem Boden, starrt an die Decke mit einem verständnislosen Blick. Er erkennt nichts an der Zimmerdecke. Er spricht auch nicht mehr… Dafür ist er herumgelaufen, um all das zu sagen, was er zu sagen hat. Jetzt starrt er stumm und ohne zu begreifen, jetzt erst ist er ganz allein mit sich und der geräuschlosen Dunkelheit. Dann hievt er die Beine aufs Bett, dreht sich schwerfällig, sein Mund steht offen, noch immer…

David hatte mir kurz zur Begrüßung den Arm um die Schultern gelegt. Wie einem kleinen Bruder, auf einmal hatte ich mich so gefühlt. Es war beklemmend und berauschend zugleich gewesen, ein Bruder und Verschwörer zu sein.
Sie hat sich dann von mir getrennt.
Ich erschrak ein bißchen. So wie David dasaß, so ruhig wie noch nie an diesen Tagen, hätte ich gerade das nicht erwartet.
Eines Tages sagte sie es wieder, so wie sie es schon ein paarmal gesagt hatte. Und ich war genauso zerknirscht und unglücklich darüber wie sonst. Doch sie ging danach. Sie rief nicht an in der Mittagspause. Abends packte sie ein paar Sachen und erklärte, sie würde woanders schlafen. Ich solle im Laufe der nächsten paar Tage meine Sachen packen und ausziehen. Sie würde mir die Bahnfahrt bezahlen, nach Hause zu meiner Mutter. Dann ging sie. Ich wollte noch irgendetwas sagen, mich entschuldigen. Als sie gegangen war, dachte ich darüber nach, was passiert war. Es war nichts Besonderes. Ich hatte sie nicht geschlagen. Ich hatte sie nicht einmal angeschrien. Ich war traurig gewesen, ja. Hatte auch ein bißchen zuviel getrunken. Am Abend war eine Einweihung gewesen in ihrer Firma. Sie wollte eine selbstverfaßte Rede halten und hatte mich gefragt, ob ich auch käme. Auf dem Weg trank ich ein paar Bier. Ich hatte keine Lust, dorthin zu gehen. Das tat ich nur ihretwegen. Sie war schon früher gegangen, um noch etwas vorzubereiten. Natürlich kam ich zu spät. Ich hatte mich wieder verquatscht, und als ich endlich ankam, war sie gerade fertig. Sie sah mir in die Augen, und ich wußte ganz genau, was sie wieder dachte. Sie hielt mich für betrunken. War ich nicht. Doch sie sah mir nur in die Augen, und wenn die nicht mehr völlig klar waren, fiel bei ihr die Klappe. Sie erwartete dann einfach nichts Gutes mehr von mir. Ich rannte dann gegen ihre Überzeugung an. Jede Bemerkung war lächerlich und dumm, halt die Bemerkung eines Besoffenen. Was sollte ich tun, ich entschuldigte mich fürs Zuspätkommen. Die Leute, die da so rumliefen, waren genau von der Sorte, die ich überhaupt nicht ertragen konnte. Lauter Idioten, die sich alles Mögliche auf ihr Wissen und ihre Karriere einbildeten. Ich fing dann an, mich mit welchen von denen zu unterhalten. Ich wurde noch nicht einmal besonders laut, ich sagte

nur meine Meinung, schließlich hat sie auch immer gesagt, ich soll zu dem stehen, was ich denke. Da war es ihr peinlich.
Mehr war eigentlich nicht geschehen, aber dann später habe ich ein Blackout gehabt, ich war so unglücklich über ihre Ablehnung. Ich glaubte, ich könnte es nicht mehr ertragen, ich wollte mich nicht umbringen, wirklich nicht, sie dramatisierte gleich alles, es bestand gar keine Gefahr, ich wollte es mir nur vorstellen, es war gar nicht besonders tief da, ich lehnte mich ein bißchen vor, ich hatte doch Halt, ich war nicht betrunken, jedenfalls nicht so sehr, um mich nicht halten zu können. Und sie riß eine Hand vor ihren Mund, zur Faust geballt, ich konnte die Knöchel heraustreten sehen, so weiß waren die. Und mit dieser Faust erwürgte sie einen Schrei. Ja, ich glaube, sie hätte sonst geschrien... und dann sah ich mich fliegen, auf einmal war dieses grauenhafte Gefühl von etwas Erdrückendem auf meinen Schultern weg, und ich fühlte mich so albern leicht, und ich sah sie kaum noch weglaufen. Und ich träumte, ich sei ein Adler oder vielleicht auch nur eine Krähe. Ich blieb natürlich. Ich sah hinunter und stellte es mir einfach vor.
Das sei der letzte Tropfen gewesen, sagte sie.
Ich mußte gehen, zurück zu meiner Mutter. Wohin auch sonst.
Er trank von seinem Bier.

Als ich das nächste Mal zu unserem Treffen ging, erlebte ich David in einem Streit. Irgendein fremder Mann an der Bar hatte sich in eine Auseinandersetzung mit ihm verstrickt. Der andere war vom Barhocker gerutscht, lehnte jetzt daran, als würde der Ansturm von Davids Worten ihn zurückwerfen.
Ich blieb an der Tür stehen. David hatte die Zähne aufeinander gepreßt und stieß seine Worte durch die Lücken wie durch schmale Schießscharten. Er war vorgebeugt, sein Körper und der des anderen waren wie Bögen gespannt. Davids Fäuste waren auf die Knie gestemmt, die Schultern hochgezogen, so daß sein Kopf dazwischen stak wie der eines Geiers. Und wie ein Aasfresser nach dem Opfer hackte dieser Kopf. Ich hatte Wut bei ihm erlebt, aber nicht dieses hilflose, schneidende Zerrbild seiner selbst. Ich lehnte mit dem Rücken an der Eingangstür. Ich wollte gehen, doch ich konnte mich nicht losreißen. Ich wollte David nicht so sehen, doch ich fühlte, daß ich es mußte. Meine Knie zitterten. Der Barkeeper

polierte Gläser, unter seiner gesenkten Stirn sah ich seine Augen fest auf die beiden gerichtet. Auch er hatte Angst.
Ich verstand nichts von dem Gebrüll für eine Weile. Schließlich konnte ich Wortfetzen heraushören: eingebildeter Scheißer – wie du von ihr redest – nie begreift ihr – diese verdammten Mittelschichtärsche – nichts im Kopf als ihre fetten Jobs – Mann, es geht um die ganze beschissene Welt, nicht um eure verdammten, geblümten vier Wände – ihr wißt nicht, was Liebe ist – seid zufrieden mit abgewichsten Phrasen – Klugscheißer...
Mich schauderte. David griff nach dem Kragen des anderen, riß ihn kurz zu sich, stieß ihn dann zurück. Er stand auf, um dem Fliehenden zu folgen. Da bemerkte er mich. Es sah aus, als träfe ihn mein Blick wie ein Schlag mit der flachen Hand. Seine Züge glätteten sich wie eine Wasseroberfläche, nachdem sie von einem Stein durchbrochen worden war, und die letzten Ringe sich jetzt nach außen hin vergrößerten und verloren. Schon fast besänftigt, zischte er noch, du bist auch nur einer von diesen Wichsern, doch er ging zurück zur Bar, und ich wußte, er erwartete mich.

Alle behandeln mich wie eine Niete. Als wäre es der letzte Beweis für mein Versagen gewesen, daß sie mich rausgeschmissen hat. Als ich bei Mutter ankam, wußte sie schon alles von ihr. Sie versuchte, besonders rücksichtsvoll zu scheinen, aber sie haßte mich dafür, sie haßt mich auch jetzt noch. Sie und meine Freundin machen gemeinsame Sache gegen mich. Gegen mich, das asoziale Säuferschwein. Ja, die beiden heiligen Frauen machen sich lustig über mein Versagen. Bau dir selbst was auf, hieß es, akzeptiere dich selbst, denk an dich, und all diese Sprüche. Dabei wollte meine Mutter mich loswerden, und sie, meine scheißgeliebte treue Freundin, wollte ein paar andere Typen ins Bett ziehen, um mal zu sehen, ob es nicht was Besseres gibt als mich. Ich bin eben anders, aber sie war genau richtig, so wie sie war. Ich muß mich ändern, ich bin falsch.
Ich habs versucht, ich kriegte keinen Job, ich konnte, verdammt nochmal, keine Wohnung finden.
Und sie schrieb mir immer diese Briefe, in der einen Zeile schrieb sie, sie liebe mich, in der nächsten sagte sie, ich sollte tun, was ich wollte. Auch 'ne andere Frau wäre ihr egal, das stank doch, das war faul,

wie konnte sie da von Liebe reden, sie wollte sich doch nur den Weg ebnen für ihre Betrügereien, die brauchte mir gar nichts zu erzählen.
Du begreifst das doch nicht, schnappte er plötzlich, du hast doch auch von Liebe überhaupt keine Ahnung.
Auf einmal widerte er mich an, wie er da saß, den Kopf schief, die Augen milchig und rot an den Rändern. Er stutzte, als er meinen Blick bemerkte, doch ich wollte nichts mehr hören. Ich ließ das Bier, das er für mich gekauft hatte, auf dem Tresen stehen.

Ich fühlte mich elend, sogar schuldig, als ich draußen stand. Doch ich kämpfte den Impuls nieder, wieder zu ihm zu gehen. Er glaubte sich das tatsächlich selbst.

Am Abend zu Hause war ich nicht hungrig gewesen, hatte mein Essen im Ofen gelassen. Es wird am nächsten Morgen mit einer trockenen Kruste überzogen gewesen sein. Ob Mutter es gegessen hat? Mir wird davon schlecht. Ich kann Kartoffeln nicht essen, wenn die Oberfläche ausgetrocknet wie spröde Pappe aussieht. So hungrig war ich noch nie, das zu essen.
Ich schnitt mir im Bad die Fußnägel. Ich mußte irgendetwas tun, etwas möglichst Unwichtiges. Also die Nägel. Ich fand die meisten Abschnitte nicht wieder. Sie sprangen von den Füßen und fielen in Fliesenspalten oder in die Auslegware. Mutter würde sie bestimmt finden. Ich bekam dann ihren tadelnden Blick.
Ich schnitt mir in das Nagelbett des rechten großen Zehs. Ich hatte mich beobachtet beim Schneiden, doch langsam trennten sich die beiden Handlungen voneinander. Das Schneiden passierte mechanisch, das Hinschauen auch, die Augen nahmen nicht mehr sicher wahr, was sie hätten sehen sollen. Das Schneiden hörte nicht auf. Davids Augen erschienen dazwischen wie auslaufende Entzündungen. Dann kam das Blut, sammelte sich am zu kurz geschnittenen Nagel, bildete langsam einen großen runden Tropfen. Zuerst kein Schmerz. Ich nahm den Zeh in die Faust und quetschte ihn fest zusammen. Ich konnte ihn erst nicht wieder loslassen. Als ob der Schmerz nach dem Loslassen unerträglich geworden wäre.

Ich komme im Sommer, schrieb sie. Ich lebte nur noch dafür. Ich hängte ein großes Blatt Papier an die Wand. Und darauf schrieb ich alle Wochentage bis dahin. Dienstag, Mittwoch, Donnerstag... und immer wieder von vorn. Als ihr Brief kam, waren es noch siebenundachtzig Tage. Ich schrieb sie alle auf. Ohne Zahlen. Die hätten mir nichts gesagt. Und jeden Morgen strich ich einen Tag. Die einzig wichtigen Momente in meinem Leben waren immer die Morgen, wenn ich einen Wochentag strich. Es sah so unendlich schön aus, als das große Blatt nachher fast nur noch mit fetten schwarzen Balken bedeckt war, wirklich.

Dann kam sie. Ich hatte mir alles Mögliche überlegt. Als sie dann aus dem Bus stieg, natürlich mit zuviel Gepäck, sich umsah, da fiel mir nichts mehr ein... dann sah sie mich. Ich hatte sie von Anfang an gesehen. Und sie wurde stocksteif für einen Moment. Ich konnte das genau sehen. Sie stand im Ausgang von dem Bus und wurde starr. Dann purzelte sie los, ja, so sieht das bei ihr aus. Sie purzelte los und – heulte. Sie konnte nichts mehr sehen, als sie bei mir war. Sie sagte meinen Namen immer wieder und schluchzte. Ich nahm sie in den Arm. Es war wie im Film, wie in einem dieser bescheuerten amerikanischen Filme, die Leute waren schon weg, der Bus auch, nur wir standen noch da, es war windig, die Sonne schien auch nicht, ich hielt ihren Körper in den Armen, und ganz langsam habe ich angefangen, sie zu küssen, die Haut ihrer Wangen an meinem Mund war nicht zu fassen. Dann ihre Lippen, die sofort weich waren, und ich stieß ganz vorsichtig mit der Zunge dagegen... das war auch so einer dieser Momente, da hätte ich sterben können.

David hatte seine Worte überschwenglich mit den Händen untermalt. Er trank nur ein halbes Glas Bier und ließ den Rest nachher stehen, das hatte ich noch nie erlebt. Wenn er von den Berührungen sprach, schloß er die Augen.

Sie war da, wenn auch nur für ein paar Wochen, sie war bei mir. Wie eine Königin. Und ich wollte ihr Diener sein, sie umsorgen, ihr zeigen, wie sehr ich sie liebte. Zu Hause bei mir setzte sie sich aufs Bett. Als ich den Tee ins Zimmer brachte, schaute sie mich gerade an, dann breitete sie die Arme aus. Ich kniete mich vor ihr auf den Boden und legte mein Gesicht in ihren Schoß. Sie ließ sich nach hinten fallen, und als ich aufsah, da war ihr Bauch und dahinter ihre Brüste, die Hügel auf ihrem Körper, ausgebreitet auf dem

Bett, und ich umfaßte ihre Schenkel und legte meine Hand auf ihren Bauch. Sie zog sich aus der Umarmung und stand auf, streckte die Arme gerade nach oben. Ich schob ihr das Kleid hoch, zog es ihr über den Kopf. Da stand sie, ihre schweren Brüste nackt, nur noch im Höschen. Sie beobachtete mich, als ich mich auszog, ich sah, wie sie atmete. Als ich nackt vor ihr stand, hatte ich ein Gefühl wie Würmer auf der Haut. Ihre Nippel, diese kleinen spitzen Dinger, wie bröcklige Schokolade. Solange darauf gewartet. Wir legten uns aufs Bett und haben uns stundenlang nur angefaßt, geküßt, geleckt. Als ich sie nahm, als ich zum ersten Mal wieder bei ihr drin war, da hätte ich ganz hineinkriechen mögen, da drinnen schmelzen. Ich blieb liegen auf ihr, mein Rücken wurde eiskalt, sie schlief unter mir ein. Ich wollte sie nicht wecken.
Am Anfang sprachen wir nicht über das, was mal werden sollte. Sie war eben da, wir haben oft miteinander geschlafen, auch draußen einmal, im Regen, im Park an der Bucht... sie hatte alles voll mit Tannennadeln, und hinten war ihr Kleid voller Erde, sollten die Leute doch gucken, nachher in der Straße.
Und dann fing sie doch an zu reden, und nachher sah es so aus, als müßte ich nur ein normales Gesellschaftsschwein werden, damit ich wieder zu ihr kommen könnte. Ob ich nicht 'ne Therapie machen wollte. Ich dachte, ich höre nicht richtig. Ich hatte nichts getrunken, sie war schon eine Woche da, es fiel mir verdammt schwer, trotzdem hatte ich nicht, ihretwegen. Und als es dann passierte, ein paar Tage später, da mußte ich doch nur einem Freund helfen, ich konnte doch nicht weglaufen, als dieser Freund Ärger kriegte, wofür hat man denn Freunde, ich hatte gar nicht bemerkt, daß es soviel Alk war. Nachher war sie weg. Ich lief irgendwie nach Hause, und da saß sie mit meiner Mutter im Wohnzimmer und war total verheult. Ich hätte sie beide schlagen können.
Hier hatte er schnell den Kopf gesenkt und mir dann hastig eine Cola bestellt. Es war mir aufgefallen. Ich wollte ihm den Arm um die Schulter legen, wollte irgendetwas sagen, doch mein Arm blieb lahm und unbeholfen liegen auf der Theke.
Ich hatte Angst. Das hat sie nicht verstanden – wenn sie vom Trinken sprach – sie sah mich an wie einen Aussätzigen. Ich konnte das nicht erklären. Selbst wenn ich es mir fest vorgenommen hatte, verstehst du, das war weg. Nach einer Woche konnte ich mich wohl

noch erinnern, daß ich mir etwas vorgenommen hatte, aber ich verstand nicht mehr, warum. Ich wollte was trinken, ich war verkrampft. Es war ein riesiger starrer Block in mir, ich wurde den nicht los – ich konnte nur trinken. Dann platzte er auseinander und verschwand. Ich hatte mal aufgehört, weil sie mir nicht glaubte, daß ich es nicht brauche, aber wie hatte sie da erwarten können, daß ich mit ihr weggehe... ich konnte da nicht sitzen, in so 'ner dunklen Kneipe oder einer Disco, mit all der Hitze und dem Licht und lauter Musik... und Cola trinken... verstehst du das, Tom, ich konnte da nicht sitzen mit diesem Durst und Cola trinken. Ich brauchte den Alk nicht, ich fing nicht an zu zittern, auch nach fünf Monaten nicht, aber dieser Block in mir, dieser steinerne Block, füllte mich bald überall aus, der wuchs schon in die Arme, ich wurde immer schwerer und steifer, und nichts half dagegen. Ich wußte nur einen Weg, ein paar Gläser Bier, nur ein paar. Sie hat das nicht verstanden, ich auch nicht, Tom, ich verstehe ja nie etwas.

Eigentlich hatte ich Mitleid mit der Frau haben wollen, doch ein anderer Eindruck schob sich davor, wurde stärker. Ich konnte es erst nicht benennen. Als ob sich die Luft um David herum allmählich rot verfärbte, eine seltsame Aura bildete.
Er flüsterte jetzt, murmelte, die Augen versenkt im kaum angefangenen Bier.
Ich wollte alles tun... ich war sogar einverstanden, zu einem Arzt zu gehen, ich wollte sie bloß nicht verlieren... sie hatte mich damals schon betrogen... ich hätte es wissen müssen, sie ist einfach eine Hure.
Davids Augen waren ganz dunkel geworden.
Sie durfte mich nicht im Stich lassen, warum hat sie mir das angetan... ich habe sie nie wiedergesehen.
Er schaute mich jetzt direkt an, seine Augen waren weit offen. Sein Gesicht war plötzlich nur noch dieses Paar Augen. Er schluckte an riesigen Brocken. Er hatte nichts im Mund, aber seine Augen wurden feucht, so sehr würgte es ihn.
Sie war das einzige, was ich hatte. Jetzt habe ich gar nichts. Überhaupt nichts. Er wies auf die kümmerliche Topfblume auf der äußeren Kante des Tresens und schnippte mit den Fingern in ihre Richtung.

In den Nachrichten hieß es, er habe das Gewehr seines Vaters genommen. Von seinem Vater hatte er nicht gesprochen. Ich stehe wieder dort in der Straße, fest in meinen Mantel gewickelt und halte die Patrone.

Als David in der nächsten Woche nicht gekommen war, hatte ich mich in die Kneipe gehockt und gefühlt, wie das Sausen in meinen Ohren begann. Etwas pochte permanent in meinem Kopf, etwas Versäumtes. Ich konnte mit den Augen nichts fixieren, wenn ich eine Flasche anschauen oder den Bewegungen des Barkeepers folgen wollte, verstellte sich mein Blick, sammelte sich auf einem Punkt vor oder weit hinter dem, was ich ansehen wollte. Und in diesem wässrigen Farbensumpf wurde es still, nur das Sausen in meinen Ohren schwoll an. Nach zwei, drei Wochen, in denen ich immer dort gesessen hatte, immer weniger hoffte, vielleicht schon wußte, daß etwas passieren würde, entschloß ich mich, der Frau zu schreiben.

Als sie mir antwortete, lebte David noch.

Jetzt nehme ich den Brief wieder aus der Schublade. Mutter ist fort. Durch das geöffnete Fenster dringen verwehte Geräusche von der Straße in meinen Raum. Den Brief in der Hand, gehe ich ans Fenster. Vielleicht habe ich hier eine Antwort, und ich bin mir nicht sicher, ob ich diese Antwort überhaupt will.

Ich habe den Garten aufgeräumt. Mutter hat gelächelt. Um so aus dem Fenster in Vaters Garten zu sehen, mußte ich früher auf einen Stuhl steigen.

Hier und da ist die Tinte verwischt. Kleine Kreise sind in das Papier getrocknet. Ich schließe das Fenster, will mich wieder einschließen in Mutters Innen.

Lieber Tom!

Das letzte Licht der Sonne leckt auf den Wellen. Ganz ruhig schwimme ich Bahn für Bahn, zähle nicht mit. Sibylle ruft einen unartigen Jungen zu sich. Ich schwimme noch eine Bahn und gehe heim.

SCHNITZELFLEISCH

Margit Hahn

Du lächelst in den Spiegel und zählst die Augenfältchen, du klopfst Creme in die Haut rein und lächelst gleich nicht mehr. Du siehst deine vom Rauchen braunen Zähne. Du klopfst ein Schweinsschnitzel breit und dünn. Du panierst es und haust es in die Pfanne. Das heiße Fett spritzt auf deine Haut. Es tut weh, aber dein Leben besteht nun mal aus lauter Verletzungen. Du gewöhnst dich an die Fettspritzer. Du servierst zu den Schnitzeln Petersilkartoffeln, und deinem Ehemann ist es scheißegal, was du fühlst, wenn nur das Fleisch weich ist und eine besonders süße Nachspeise gereicht wird. Er kauft sich ein Surfbrett und einen neuen Tennisschläger, aber du kauf dir ja kein neues Kleid, obwohl die alten schon zu eng geworden sind, was deine eigene Schuld ist. Du lächelst in den Spiegel und denkst an den Geschirrberg, der noch in den Geschirrspüler eingeräumt werden muß, deinem Ehemann ist es scheißegal, wie es aussieht in der Küche, denn er geht Tennis spielen. Mit einer anderen Frau, einer blonden, jungen, schwitzt er. Aber wenn er heimkommt, will er Ordnung. Und du lächelst in den Spiegel und denkst dir, daß es ein Jammer ist, älter zu werden. Und du lächelst dich noch breiter an im Spiegel und siehst, daß es gar nicht leicht sein kann, einen Liebhaber zu finden, so wie du aussiehst. Da lächelst du nicht mehr, die harten Züge um den Mund siehst du. Und schon ist dir klar, daß er sich neben dir eine andere sucht. Du hast zu oft Geschirr gewaschen und die schmutzigen Unterhosen deines Ehemannes, und einmal hast du, und seither glaubst du ihm das nicht mehr mit dem Tennis Spielen, ein Präservativ aus seiner Anzughose gefischt. Du läßt ihn in dem Glauben, daß du an sein Tennisdoppel glaubst, denn du willst keinen Fehler machen. Du lächelst in den Spiegel und siehst deinen kleinen Busen, und dir fällt ein, wie lange er dich schon nicht mehr gestreichelt hat. Du bist ihm scheißegal, solange er weiß, daß du so gut seine Schnitzel brätst und er sich keine Sorgen machen muß um seine schmutzigen Unterhosen. Und du hast keine Angst, daß er dich verlassen könnte, solange du an deine Schnitzel glaubst. Und du stehst vor dem Spiegel und siehst dich so nackt und die dicken Schenkel. Dafür kochst du ihm auch noch eine Suppe. Und du siehst dich genau an im Spiegel und siehst die dicken Oberarme, aber du darfst dich nicht schick einkleiden. Du lächelst dich an und beschließt, dir einen neuen Staubsauger zu kaufen, weil der alte nicht mehr so saugfähig ist, und du stellst dir vor, wie du deinen Ehemann einsaugst. Wie du den Dreck vom Teppich entfernst. Und vor dem Spiegel denkst du dir, daß du die Krampfadern an den Waden wahrscheinlich von der Pille hast, die du schlucken mußt, obwohl er dich nicht mehr benutzt, und du findest es eine Schweinerei, daß er ein Kondom in der Tasche hat, wenn er Tennis spielt, und du denkst, wie er wohl seine VORHAND im Spiel einsetzt. Und du stehst vor dem Spiegel und denkst an das dreckige Klo und daß du ihn hinunterspülen könntest. Aber ihm ist es scheißegal, was du denkst, solange du ihn liebst und seine Hemden bügelst. Und du denkst dir, daß das Aussehen doch nicht das Wichtigste ist im Leben, wenn man sich liebt. Ihm ist das scheißegal, wie du aussiehst, wenn er sein von dir goldgelb gebackenes Schnitzel zerschneidet. Und du siehst ihm zu, wie er mit der Gabel ein Stück Fleisch aufspießt, so richtig mit der Gabel zu- und hineinsticht, das Fleisch durchbohrt und die Gabelspitzen am Teller hell klirren. Es müßte Blut fließen, denkst du. Aber das Fleisch ist nicht mehr roh. Mit Siegermiene, er ist eben ein Gewinner, schiebt er die Gabel mit dem aufgespießten Stück Fleisch dem Mund zu und fixiert dich mit den Augen, als wärst du aufgespießt auf seiner Gabel und stündest kurz vor dem Gefressenwerden. Und genauso ist es ja auch. Er öffnet die Lippen und läßt das Stück Fleisch im Mund verschwinden, so wie du aus dem Leben geschluckt wirst. Augenblicklich macht sein ganzes Gesicht kauende Bewegungen und schmatzende Geräusche. Und du stellst dir vor, selbst zwischen seinen Zähnen zu liegen. Und dann greift er mit der rechten Hand zu den Zahnstochern, nimmt einen, reißt den Mund auf, fährt mit dem Zahnstocher in der Hand in den Mund, als müßte er ein Stück Schweinsschnitzel nachstoßen und in den Magen hinuntertauchen. Und ekeliger Mundgeruch kommt aus seinem Mund.

Aber dann stehst du vor dem Spiegel und siehst dich nicht mehr.

Und da nimmst du das Präservativ, das du heimlich aufbewahrt hast, und tauchst es in Mehl, Eier und Brösel, und dann ist es als Kondom gar nicht mehr erkennbar, eher als panierte Karotte, und du wirfst es in das heiße Fett, und das Fett spritzt, aber das ist dir jetzt egal, und dann servierst du ihm das Präservativ als Schnitzel mit Petersilkartoffeln, und er sticht hinein in das Kondom, und es ist so wenig fleischlich, und er schneidet hinein, aber der Gummi gibt nach, und dann stochert er mit der Gabel herum und löst die Panier ab. Dann liegt es da, das fette Kondom. Das kleine Etwas auf dem großen Teller, zwischen den Panierbröseln. Und dein Mann schaut so bescheuert, weil es nichts zu essen gibt und die wichtigste Sache seiner Welt sich so lächerlich wenig auswirkt auf dem großen Teller. Alles, was seine Männlichkeit ausmacht, liegt leblos auf dem Tisch, und du lachst und lachst und lachst, wie du noch nie gelacht hast. Und ihm ist es nicht scheißegal, daß du ihn auslachst, und da muß er sich wehren und seine Rechte verteidigen. Und dann sticht er mit der Gabel auf dich hin, hinein in deinen dicken Bauch, der wackelt vor lauter Lachen, er sticht in dein Schnitzel, aber du schlägst ihm die Gabel aus der Hand, und dann rennst du davon und nimmst einen Spiegel mit, den größten, den du tragen kannst, dann stellst du dich vor das Haus, lehnst dich an die kalte Mauer und siehst dich an im Spiegel, und du lachst noch immer, und die Tränen rinnen dir übers Gesicht, und so jung warst du noch nie, und du weißt, das war dein letztes Schnitzel, und er ist dir jetzt endlich auch scheißegal.

DER SPAZIERGANG

Christa Hein

Immer noch ist das Rauschen der Stadt zu hören, obwohl sie bereits ein paar hundert Meter emporgestiegen sind und die Bäume dichter wachsen. Tannen stehen am Weg. Ihre Äste biegen sich unter dem Schnee, der in der letzten Nacht gefallen ist.
Hörst du? fragt er sie, und sie tritt näher zu ihm. Dort drunten, wo sich die Autoschlangen hinziehen wie Lindwürmer.
Eine endlose Kette von Scheinwerfern, sagt sie.
Wenn wir über die Kuppe gehen, wird es endlich ruhig werden, meint er und geht weiter.
Sie folgt ihm in einigem Abstand. Nie gelingt es ihr, mit ihm Schritt zu halten. Sie hat sich an diese Spaziergänge gewöhnt, diese Wanderungen, bei denen ihr seine Silhouette, ein Stück vor ihr auf dem Weg, vertraut ist. Manchmal verlieren sie sich ganz aus dem Blick. Sie hat sich auch daran gewöhnt. Und an das Schweigen, das diese Gänge begleitet.
Sie geht dahin. Nasses braunes Laub liegt am Boden. Gelegentlich tauchen grüne Pflanzen auf, die im Schnee besonders frisch aussehen. Dazwischen eine Erinnerung: eine Nacht am Meer, am südlichen Atlantik. Auf dem Strand zeichneten sich die Spuren von Riesenschildkröten ab. ‚Vorsicht', warnte ein Schild, ‚nicht weiter gehen'. Unter dem Sand lagen die kostbaren Eier.
Er hat auf sie gewartet. Steht an der Gabelung eines Weges, um sie wissen zu lassen, in welche Richtung ihr Weg führt. Immer war er der Kartenleser, der Navigator auf diesen Gängen.
Hier entlang, sagt er und geht weiter, ist bald verschwunden um die nächste Biegung.
Es ist das letzte Mal, daß sie hier zusammen entlanglaufen. Es ist das letzte Mal, daß sie überhaupt zusammen laufen. Morgen wird sie ihn zum Flugplatz begleiten, er wird allein die acht Stunden über den Atlantik fliegen, vielleicht anrufen von dort, daß er gut gelandet sei. Danach wird sie lang nichts mehr von ihm hören.

Die Dämmerung hat eingesetzt. In diesen Tagen vor Weihnachten wird es bereits gegen vier Uhr dunkel. Sie ist froh, daß er eine Wanderkarte mitgenommen hat.
Es wird neblig, sagt sie zu sich selbst, und in der feuchten Luft klingt es gedämpft. Vielleicht würde es später sogar Schnee geben, der Nebel sich zu Flocken verdichten.
Keinen einzigen Weihnachtseinkauf hat sie gemacht. Sie kann niemanden beschenken in diesem Jahr, ist zu sehr mit sich selbst beschäftigt und mit dem Mann, der vor ihr geht.
Die Welt ist fortgetaucht in dieses neblig Dämmerige. All jene, die ihr zuvor so nah schienen, sind zu schemenhaften Gestalten geworden, die sich hinter einem fast opaken Vorhang bewegen, stumm und unbeholfen. Zuweilen spricht sie sich die Worte vor, die ihr durch den Sinn gehen, immer wieder im Kreis herum: Wir werden uns nie wiedersehen. Es gelingt ihr nicht zu verstehen. Alles scheint gleichmäßig bedeutungslos, bedeutungsvoll.
Die Stille ist plötzlich da. Ohne daß sie es bemerkt hat, ist sie um eine Biegung gegangen, die sie auf die Rückseite des Berges geführt hat. Vom Rauschen der Stadt ist nichts mehr zu hören. Sie erschrickt fast, als mit einem dumpfen Klang ein Stück Schnee von einem der Tannenzweige auf den Boden fällt.
Es ist noch trüber geworden. Es scheint, als senke sich der Himmel herab. Sie spürt es, von solcher Gewalt, als wolle der Himmel die Erde unter sich erdrücken. Sie biegt vom Weg ab, quer durch das Unterholz in den Wald. Steigt höher und läßt sich auf einem abgesägten Baumstumpf nieder. Man kann keine dreißig Meter weit sehen. Von der Anstrengung des Emporsteigens klopft ihr Herz. Sie fühlt es in den Schläfen pulsieren. Bald würde ihr Kopf platzen unter dem Druck.
Es ist ein Laubwald. Schlanke Buchen stehen den Hang hinab. Schneebänder auf beiden Seiten der Stämme lassen sie wie eine Grafik aussehen. Schwarze und weiße Streifen. Ein weißer Boden, auf dem man keine Entfernungen ausmachen kann: Irgendwo geht er in den weißen Himmel über. Sie hat das Gefühl, ihr Kopf öffne sich nun, werde weit und lasse an einer seitlichen klaffenden Wunde die Kälte eindringen, schmerzlos. Die Stämme geraten in Bewegung. Tanzen sie nicht, dort vor ihren Augen, lehnen sich zu zweit zusammen, in Gruppen zu dritt, wiegen sich hin und her?

Ihre Füße sind naß geworden. Das Lederfett, das sie vorsichtshalber auf die Stiefel aufgetragen hat, ist aufgeweicht von der nassen Zähigkeit des Schnees. Sie muß weitergehen. Sie will sitzenbleiben.
In der Höhe der Wipfel über sich hört sie einen langgezogenen Ton, ein Pfeifen wie von Straßenjungen. Es wiederholt sich in unregelmäßigen Abständen, klagend und fragend zugleich, scheint es. Nach einer Weile sieht sie den Schatten eines großen Vogels zwischen den Bäumen fliegen. Ein Bussard. Ohne Flügelschlag gleitet er zwischen den Stämmen dahin. Stößt er diesen Pfeifton aus? Was mag er suchen? Ist es Hunger? Nachdem der Schnee gefallen ist, kann man die kleinen Trippelspuren der Mäuse verfolgen. Sucht er seinen Partner? Selten sieht man diese Art Vogel einzeln. Auch wenn die Entfernung zwischen dem Paar einen Kilometer betragen kann, gibt es immer irgendwo einen zweiten Bussard. Ihr wird bewußt, daß sie noch immer auf dem Baumstumpf sitzt. Wieviel Zeit mag vergangen sein? Sie trägt keine Uhr, etwas, das ihr Mann nicht begreifen will.
Überall hängen Uhren, pflegte sie ihm zu erwidern. Wenn man nicht ständig den Gang der Minuten und Sekunden überprüfen kann, entwickelt man allmählich ein Zeitgefühl von innen heraus. Zweimal bereits hatte er ihr eine Uhr geschenkt, die sie beide Male verloren hatte.
Aber diesmal hat sie kein Gefühl dafür, ob nur Minuten vergangen sind oder eine halbe Stunde. Sie ist weit fort gewesen, so kommt es ihr vor. Unmöglich festzustellen, wieviel Zeit vergangen ist.
Sie erhebt sich. Der Bussard über ihr dreht erschreckt ab, er mochte sie für einen Teil des Baumstammes gehalten haben. Sie geht, den eigenen Spuren entlang, den Weg zurück. Es ist glatt, ihre Schuhe haben kein ausreichendes Profil, um im Schnee Halt zu finden.
Der Rückweg scheint beschwerlicher als der Weg bergauf. Sie hat nicht bemerkt, wie steil der Hang ist.
Als sie den Weg wieder erreicht, ist es deutlich dunkler geworden. Die Felsen, die sich grünlich und grau aus dem Schnee abhoben bevor sie bergan geklommen war, unterscheiden sich im Zwielicht kaum noch von den Tannen um sie her. Sie muß sich beeilen. Wohin mochte ihr Mann gegangen sein?
Seltsam, daß er nicht wie üblich auf sie gewartet hat. Sonst, wenn

er glaubt, sie habe die Richtung verloren, oder habe sich womöglich den Fuß vertreten, ist er immer nach einer Weile zu ihr zurückgekehrt oder hat ein leises langgezogenes Pfeifen ertönen lassen.

Sie erreicht eine Weggabelung und weiß nicht, wohin sie gehen soll. Fußspuren führen in beide Richtungen. Sie betrachtet die Abdrücke im Schnee, aber es ist ihr nicht möglich, zu unterscheiden, welcher Abdruck von seinen Schuhen stammt. Zuviele Menschen sind an diesem Samstag den Weg entlanggelaufen, früher bereits, denn sie ist niemandem begegnet.

Wir wollten über diesen Berg auf die andere Seite gehen, also wird er den Weg, der nach rechts abbiegt und langsam in die Höhe führt, genommen haben.

Sie biegt ab, folgt einem Pfade, der schon von vielen Sohlen festgestampft worden ist. Warum hat er nicht auf sie gewartet? Hat er sie bereits in seine Erinnerung verbannt, ihre Trennung schon vollzogen, so daß sie jetzt, wo sie hier läuft, nicht mehr für ihn existiert? Es tut ihr weh, dies zu denken. Sie ist es doch gewesen, die auf der Trennung bestanden hat. Sie hat einen anderen Mann kennengelernt. Er war trotzdem aus Amerika zu ihr geflogen, um sie zur Rückkehr zu bewegen.

Mehr kann ein Mann für seine Frau nicht tun, hatte er gesagt, und er hatte wohl recht damit.

Vielleicht, denkt sie, ist er bereits zurück in Florida. Ist mit seinen Gedanken längst vorausgeeilt, sitzt an dem Strand, wo die Eier der Schildkröte vergraben sind, und trinkt eine Dose Bier. Er hatte die Wärme vermißt, die er gewohnt war, haßte den Schnee, bewegte sich am liebsten ohne Zeug.

Er würde segeln gehen mit ihrer kleinen Jolle, würde Krebse fangen. Abends im Dunkeln, während draußen die Zikaden sirrten, würde er die Meerestiere im Wasserdampf kochen bis sie orangerot waren. Dann krachend die harten spröden Krebspanzer zertrümmern mit dem Schaft eines schweren Messers und das Fleisch, das so gut und weiß war, essen. Sie konnte ihn sehen im Gegenlicht aus der Küche, wie er auf den Stufen zum dunklen Garten hinaus saß.

Du wirst dein Land nicht aufgeben wollen, hatte sie gesagt. Und sie hörte ihn antworten, wie er ihr viele Male geantwortet hatte – daß er bereit wäre, für sie alles aufzugeben.

Dämmerung und Nebel sind inzwischen dichter geworden, haben sich noch mehr miteinander verwoben. Feuchtigkeit kriecht in die Kleider. Sie ist an einer Kurve des Weges angekommen, von wo sie einen weiten Einblick in die Gegend hat. Sie kneift die Augen zusammen, um besser sehen zu können. Vor Anstrengung beginnen sie zu tränen. Sofort verschwimmt ihr der Wald. Mit dem rauhen Wollhandschuh fährt sie sich über die Lider. Jetzt scheint alles glasklar für einen Augenblick. Sie sieht den dunkleren Weg entlang, dessen von einem Fahrzeug aufgerissene Furchen nicht vollständig zugeschneit sind. Steht dort nicht jemand, etwas höher den Weg hinauf?

Er muß es sein. Hat er sich jetzt wieder in Bewegung gesetzt? Sie versucht, genauer zu sehen. Sie glaubt, seine Gestalt zu erkennen, wie sie dort vor ihr geht. Dann scheint sie plötzlich wieder im Nebel verschwunden. Er muß es sein. Er hat dort auf sie gewartet, es ist ihm kalt geworden sicherlich, jetzt, wo sie endlich auftaucht, geht er weiter voran.

Ich möchte mit dir reden, ruft es in ihr, aber verhallt, ohne daß er es hätte hören können.

Warum willst du mit ihm reden?, fragt sie sich selbst. Was gibt es noch zu sagen? Vielleicht durch das Reden Momente heraufbeschwören, die sonst unwiderruflich verlorengehen?

Weißt du noch, ruft sie.

Er scheint sich umzudrehen, nickt mit dem Kopf beim Gehen. Natürlich, bestimmte Dinge vergißt man niemals.

Damals... ich kam gerade von einer Reise zurück. Unser Leben war immer durch diese Entfernungen geprägt, nicht wahr? Wir liebten es, diese Entfernungen zwischen uns zu legen, denn jedes Wiedersehen wurde zu einem neuen Aufeinandertreffen. Wir entdeckten uns langsamer als andere Paare, es fiel dir schwerer als mir.

Immer, wenn wir so weit voneinander fort sind, habe ich Angst, wir würden uns verlieren, sagtest du. Nicht immer gibt es die Eleganz der Bewegung, die, wie sie uns auseinanderbringt, uns so auch wieder zusammenführt.

Doch wird es umso schöner, je weiter wir diesen Bogen spannen, hatte sie geantwortet.

Die Freiheit, eins zu sein auch über Distanz, ist, was uns glücklich macht. Nie möchte ich es aufgeben zu wünschen, daß wir hier

oder da ein Haus kaufen, uns einrichten und darin schreiben, Entwürfe zeichnen, kochen und den Wein der Gegend trinken. Nie aufgeben, vertraute oder fremde Strände entlangzugehen.
Es gab einen Moment, da trat ich in dein Zimmer. Du warst beschäftigt mit einem Entwurf, sahst nicht, daß ich neben dir stand. Gelegentlich blicktest du auf von deinem Reißbrett, sahst in meine Richtung und sahst mich doch nicht. Leise stahl ich mich schließlich wieder hinaus, ohne von dir bemerkt worden zu sein. Ich hatte plötzlich das Gefühl, aus Glas zu sein. Meine Anwesenheit hatte etwas Unberührbares bekommen. Du warst allein, so, wie ich dich nie gesehen hatte. So, wie du warst, wenn wir fern voneinander lebten. Es hätten in diesem Augenblick Meilen zwischen uns liegen können.

Er ist stehengeblieben, um auf sie zu warten. Sie holt ihn nun ein. Schritt für Schritt. Kurz bevor sie ihn berühren kann, dreht er sich mit einem Schwung um und geht weiter. Niemals kann sie mit ihm auf gleicher Höhe sein.
Du magst es nicht, wenn wir nebeneinander hergehen, nicht wahr? fragt sie.
Wir haben es nie gelernt, sagt er. Seine Stimme klingt verändert. Wir sind, genau genommen, noch niemals gemeinsam gegangen.
Sie schweigt. Er hatte recht. Es ist unbestreitbar, muß sie denken. So unbestreitbar wie der Nebel und die Hügel überall. Und plötzlich scheint ihr, der Wald steht da in seinem Schnee wie ein Gefängnisgitter. Läuft nicht ein unsichtbares Band von ihm zu ihr? Sie glaubt, er glaubt daran, immer noch.
Deshalb bleibt sie stehen: Zu sehen, wie er langsam verschwindet. Immer undeutlicher, bis sie sich nicht mehr sicher ist. Läuft er noch da, den Weg entlang, oder ist er schon fort?
Fühlt sich nicht alles wärmer an plötzlich? Die Warmfront, die der Wetterbericht schon für den Morgen angekündigt hatte, und die ihre grauen Wolken den ganzen Tag vorangeschickt hat, ist da.
Es tropft doch, sagt sie laut. Tropft grau, der Stein, und springt. Wie möcht ich laufen jetzt, loslaufen, lassen, alles was dein ist und mein und recht, und es tropft, du, dunkelgrün, und die Brust ist uns weit und alles dahin, dahin.

Als sie ihre Wohnung betritt, weiß sie gleich, er ist fort. Sein Koffer ist aus der Ecke verschwunden. Nur seine Jacke, die nicht mehr hineingepaßt hat, hängt am Garderobenhaken und täuscht seine vorübergehende Abwesenheit vor.

DER GESANG DER GÖTTIN

Barbara Büchner

Ich habe dich verloren, spricht die Göttin, mein Eigen habe ich verloren. So will ich gehen und es wiederfinden.
Ich suche deine Spuren auf der Straße und deine Tritte im Sand, und wo ich sie finde, da folge ich.
Mein Kind ist mir untreu geworden, meine Sklavin hat mich verlassen. Ich will nicht ruhen, bis ich sie wiederfinde. Ich steige auf wie ein Adler und spähe in alle vier Ecken, ich fliege über die Welt und suche unten und oben, und wo ich dich finde, da will ich dich fassen und zurückbringen, denn mein Eigen bist du, ich will dich nicht lassen. Du bist mir angetraut, wie konntest du die Treue brechen? Du bist mir verkauft, wie konntest du fliehen? Was mir gehört, das halte ich und will's nicht lassen. Du fliehst mit eiligen Schritten, aber ich hole dich ein; wo du läufst, will ich fliegen, und wo du springst, will ich hinter dir herschnellen, wie ein Pfeil von der Sehne fliegt. Ich will dich jagen, denn mein Eigen bist du.
Ich strecke die Hand aus nach dir und fasse dich, ich strecke meinen Arm nach dir aus und packe dich, ich ziehe dich aus dem Dunkel hervor.
Wohin willst du fliehen? Ich sehe dich unter der Erde und hinter dem Himmel, ich tauche ins Meer und ziehe dich hervor. Wo du auf einen Turm steigst, da fliege ich empor und fasse dich, wie ein Adler ein Lamm faßt. Wo du ins Wasser tauchst, da fahre ich dir nach wie ein Fischotter und fasse dich. Wo du dich in der Tiefe verbirgst, da grabe ich nach dir, wie einer nach einem Schatz gräbt. Wo du im Dunkel bist, da leuchte ich hinein, und wo dich das Licht verbirgt, da werfe ich einen Schatten.
Sieh an die Närrin, wie sie läuft und spricht: Ich habe die Göttin hinter mir gelassen. Ich aber sitze auf deinem Haupte und lache, und wo du hinrennst, da trägst du mich mit dir. Seht an, wie sie spricht: Ich springe wie ein Reh und habe sie hinter mir gelassen. Ich aber hänge auf deinem Rücken und lache. Wie, Närrin! Entfliehst du mir? Und hättest du die Flügel des Windes und flöhest bis

an die Enden der Erde, ich käme dir nach, denn was mein Eigen ist, will ich nicht lassen.

Du hast die Hand zu mir gestreckt und meinen Ring genommen, du hast mein Siegel auf der Stirn und mein Brandmal über dem Herzen, ich lasse dich nicht. Wo du gleich fliehst, da bin ich schneller, und wo du springst, da fliege ich, und wo du sprichst: Ich bin entflohen! da trägst du mich in deinem Herzen. Denn wo kann die Frucht den Baum vergessen, oder die Rebe den Weinstock, oder das Kind die Mutter? Sie tragen ihr „Woher" mit sich, und so auch du. Aus meinem Schoße springst du, aus meinem Samen bist du gemacht. Wie kannst du mich vergessen?

Ein Bündnis hast du gemacht und vergißt es, eine Ehe hast du geschlossen und brichst sie. Deinen Namen löschst du aus und wählst dir einen anderen, dein Haus verläßt du und ziehst in ein neues. Aber ich fange dich wie einen Vogel im Flug und wie einen Hasen im Lauf. Du springst davon, da will ich's dunkel vor dir machen und den Weg verschwinden lassen, daß du im Wilden irrst, und ich will dir Steine vor die Füße werfen und Knüppel zwischen die Beine. Meine Schlinge werfe ich nach dir aus und meine Ruten lege ich, mein Netz will ich auf deinem Weg spannen und meine Grube graben, so fällst und stürzt du. Mit Leim und Teer will ich dich fangen, ein Eisen will ich dir legen und ein Loch graben auf deinem Wege.

Seht, eine treulose Sklavin, die keine Herrin hat, ein wildes Weib, das nachts davonschleicht. Was sind sie wert? Du sprichst: Was bin ich stark und klug, ich will entfliehen. Närrin, die du bist! Schlaf werfe ich auf deine Augen und Blödigkeit auf deine Gedanken, deine Beine mache ich dir lahm und die Hände schwer, ein Zauber fällt auf deine Seele. So werfe ich dich hin und fange dich. Was bist du klug! Da rennst du wie ein Reh und springst dahin und sprichst: Nun bin ich frei und ihr entflohen. Aus den Halmen am Feldrain mach ich Schlingen und aus den Steinchen am Weg ein Hindernis, aus dem Mausloch eine Grube, aus dem Pappelsamen eine Wolke. So wird es finster um dich und du stürzt in die Grube und fällst in die Falle und rennst in mein Netz. Wohin willst du fliehen? Meine Angel werfe ich nach dir aus, meine Schlingen lege ich auf den Weg, dein Herz halte ich in der Hand. Einen Schlaf lasse ich über dich kommen, eine schwere Müdigkeit, daß du darniederliegst, die Augen mache ich dir blind und die Ohren taub und den Sinn wirr, daß du taumelst wie eine Berauschte, die Kehle presse ich dir aus und nehme dir den Atem, so fällst du hin und liegst betäubt.

Denn was mein ist, das lasse ich nicht.

GRENZENLOS GLÜCKLICH

Jutta Sauer

Seit wenigen Stunden wieder allein, sitzt Julia auf einem der unbequemen spanischen Stühle auf der Terrasse der Casa Can Castene, die sich mit ihrem erdfarbenen Mauerwerk am Ende des katalanischen Bergdorfes Palau wie ein Chamäleon in den Ausläufern der Pyrenäen versteckt. Es ist bereits zehn Uhr, die Grillen zirpen, und zahllose Spatzen zwitschern wie jeden Morgen. Die Katzen, eine graugetigert, die andere rabenschwarz, die zum Haus, aber zu keinem Menschen gehören und von Julia Tiger und Panther gerufen werden, weil niemand ihre Namen kennt, jagen mit drohend aufgerichteten Schwänzen durch den kleinen Garten, fahren ihre Krallen aus und springen einander an die Kehlen, um nach ernsthaftem Spiel an einem schattigen Plätzchen Siesta zu halten.

Zwischen den rotfarbenen Steinen, die überall im Garten zu wachsen scheinen, gibt es drei erdgrüne Olivenbäumchen, eine verwachsene Palme und einige widerstandsfähige Silberdisteln. Dazwischen verdorren die wenigen Grashalme, die wie alles gnadenlos der brennenden Sonne ausgeliefert sind. Nur das üppige Unkraut wuchert unverschämt grün und saugt den anderen Pflanzen das wenige Wasser weg. Hier überlebt nur, was gelernt hat, mit dem auszukommen, das ihm über seine Wurzeln zukommt. Einmal vom Wind oder von Menschenhand an ihren Platz gesetzt, bleiben Bäume und Pflanzen durch ihre Wurzeln ein Leben lang gefesselt, ernähren sich von Wasser und Sonnenlicht, wachsen ihm entgegen oder sterben an ihm, wenn der Montana die Regentropfen, die verheißungsvolle Wolken selten genug auf den staubigen Boden schicken, ins Meer weht. Die Wurzeln sind es, die ihnen den notwendigen Gleichmut geben, ihr Los zu ertragen.
Sobald sich etwas bewegen kann, werden Grenzen überschritten. Die Ameisen schleppen sich mit viel zu großen Lasten ab, Eidechsen huschen hinter Blumenkübeln hervor, und die Katzen schleichen sich lautlos an Jungvögel heran.

In den beiden kleinen Zimmern, die Julia in den vergangenen drei Tagen mit Walter bewohnt hatte, bevölkerten Moskitos die weißgetünchten Wände. Die Fliegenfänger an der Decke hatte Julia gleich entfernt, als sie vor vierzehn Tagen allein angekommen war, weil sich ihr Haar immer wieder darin verfangen hatte. Ihr war nichts anderes übrig geblieben, als die klebrigen Strähnen abzuschneiden. Der Griff zur Schere war ihr nicht leicht gefallen, zumal Walter ihre schwarzglänzende Mädchenfrisur besonders liebte.

Meine Zigeunerin, sagte er liebevoll, als er sie vor drei Tagen kurz nach Mitternacht in die Arme genommen hatte. Walter war trotz anstrengender Fahrt durch halb Deutschland und überfüllter Autobahnen vom Elsaß bis Lyon erstaunlich frisch.

Die Sehnsucht hat mich wachgehalten, sagte er strahlend. Ich habe mir drei Tage gestohlen, um nur für dich da zu sein. Meine Frau ist mit Tochter, Schwiegersohn und Enkel bereits in unserem Ferienhaus in Vence. Sie glauben, ich sei noch auf Geschäftsreise in München.

Julia lächelte stumm.

Habe ich das nicht gut gemacht?, fragte er, doch bevor sie etwas sagen konnte, küßte er sie auf den Mund, ihre nackten Schultern, die braune Haut und dort, wo er glaubte, daß sie es am liebsten habe, bis sich jede Antwort erübrigte.

Walter sprach in letzter Zeit wiederholt von seiner Pensionierung im kommenden Jahr, der vielen Zeit, die er dann mit Reisen und Entdeckungen füllen wollte, natürlich auch, nein, vor allem mit Julia, und wie er all dem entgegenfiebere. Julia bereitete das Wort Altersgrenze Unbehagen. Seine täglichen Anrufe würden gewiß seltener, denn von zu Hause würde er nicht zwanglos mit ihr sprechen können, und Briefe hatte er ihr sowieso nie geschrieben, wohl aus Angst, etwas Schriftliches zu hinterlassen.

Wenn auch die Dioptrien seiner Brillengläser mit der Zeit höher geworden waren, im Waschbecken am Morgen immer mehr graue Haare zurückblieben und sein Gehör merklich nachgelassen hatte, denn das Zirpen der Grillen hielt er für einen von Julias Tagträumen, schien es für Walter keine natürlichen Grenzen zu geben, die die Zeit allem Leben setzt. Er fühlte sich jung und vergaß seinen Alltag an ihrer

Seite. Liebst du mich, fragte er immer wieder, bist du auch so grenzenlos glücklich wie ich?
Julia schwieg. Sie ahnte, daß nur die Erinnerung das einzig Zuverlässige, Unauslöschbare sein würde.

Es fiel Julia schwer, sich auf den von Walter bestimmten Rhythmus umzustellen. Bevor er angekommen war, hatte sie die Tage immer an einem der Strände in der Nähe von Rosas verbracht, weil die Hitze am Meer, wo mittags immer ein kühler Wind aufkam, am besten zu ertragen war. Die Sonne hatte ihre Haut in wenigen Tagen bronzefarben gefärbt, nur auf den Schultern verspürte sie einen leichten Sonnenbrand.
Walter zeigte wenig Lust auf Sonne und Strand. Am liebsten hätte er, wie er unumwunden zugab, die wenigen Tage und Nächte mit ihr im Bett verbracht.
Julia ahnte, daß er befürchtete, sich durch vorzeitige Sonnenbräune zu verraten, wenn er bei der Familie an der Côte eintraf.
Was ist, wenn du auf dem Weg nach Vence verunglückst?, fragte sie.
Walter nahm seine Brille ab und begann, umständlich die Gläser zu reinigen.
Ich werde uralt, behauptete er.

Am nächsten Morgen gelang es Julia, ihn zu überreden, mit ihr zum Teatre Museu Dali nach Figueras zu fahren. Als Walter die Touristenschlange vor dem Museum sah, wollte er gleich umkehren, aber Julia konnte ihn von seiner Absicht abbringen. Sie wußte, wie ungern er in überfüllten Restaurants aß, und versprach, am Abend für ihn zu kochen. Nach zwei Stunden Wartezeit wurden sie endlich ins Museum eingelassen. Obwohl es ihnen wegen der vielen herumlaufenden Menschen Mühe bereitete, ungestört einen Blick auf die ungewöhnlichen Bilder und Objekte zu werfen, hatte es sich gelohnt. Gala, immer wieder Gala, Dalis liebstes Modell. Die vom Tode geraubte Geliebte, mit deren Namen er nicht nur seine Bilder signierte, sondern sie als seinen Sieg bezeichnete, die ihn allein gelassen hatte in seinem letzten Zuhause, dem Museum von Figueras, wo er darauf wartete, mit ihr wieder vereint zu werden.
Als Walter am Abend die auf der Rückfahrt gekauften Lammkote-

letts auf Julias sonnenverbrannte rechte Schulter legte und sie auf die linke küßte, lächelte sie mit geschlossenen Augen wie Gala auf dem Miniaturholzbild von 1933.
Was willst Du, daß ich dir tue?, fragte er.
Töte mich, forderte sie übermütig.

Es fiel Julia zunehmend schwer, bei Sonnenschein in den geschlossenen Räumen zu bleiben, zumal die Fenster wegen der Fliegen und der Hitze erst nach Anbruch der Dunkelheit geöffnet wurden.
Na, du Sonnenkind, scherzte Walter, seine Hand auf ihrem braunen Bauch, auf dem sich einer der zahllosen Marienkäfer verirrt hatte.
Gemeinsam zählten sie die Punkte auf den Flügeln. Wie alt er wohl sein mochte? Dabei wußten beide, wie unsinnig dieser Kinderbrauch ist.
Ich möchte eines Tages einmal braun sterben, sagte Julia. Tote sehen immer so erschreckend aus; ihre Leichenblässe macht den Tod fremd und traurig. Ob die Bräune noch eine Weile erhalten bleibt, wenigstens solange man aufgebahrt ist?
Sterben ist nun wirklich kein Thema für uns, meinte Walter vorwurfsvoll und wußte doch genauso gut wie sie, daß jedes Wiedersehen immer auch ein Abschied ist.
Julia fragte sich manchmal, ob sie traurig sein würde, wenn sie eines Tages die Nachricht erhielte, Walter sei schon vor Tagen verstorben und begraben, im Kreise der Familie natürlich, seiner engsten Freunde und der Repräsentanten der Firma. Sie war froh, niemals Witwe sein zu müssen. Friedhöfe waren keine Orte der Trauer für sie, höchstens Erinnerungen an Lebende und Tote, die sie auf alle möglichen Weisen verloren hatte. Wer hat schon das Recht, den Verlust eines Menschen zu beklagen, da doch alles im Leben nur auf Zeit geliehen ist? Julia, mehr als zwanzig Jahre jünger als Walter, war sich der Wahrscheinlichkeit bewußt, daß er vor ihr sterben würde, es sei denn, sie würde mit ihrem Renault auf der Straße nach Cadaquès in einer gefährlichen Kurve an einem der Berghänge abstürzen. In ihrer Fantasie war sie schon zahlreiche Tode gestorben und hatte keinen für wirklich möglich gehalten. Aber es gibt Grenzsituationen, auf die man sich einläßt, ohne ihren Ausgang vorauszusehen.

Vor Jahren hatte es für Julia eine solche Situation gegeben. Sie hätte Walter fast davon erzählt, weil er immer wieder neugierig fragte, wen sie denn vor ihm gekannt und ob sie jemals einen Menschen so geliebt hätte wie ihn. Er fragte sie oft nach ihrer Vergangenheit, eifersüchtig auf jeden Tag, den sie ohne ihn gelebt hatte.
Julia hatte ihm dann von einigen Männern erzählt, denen sie ihrem fast vierzigjährigen Leben begegnet war.
Eigentlich verwundert darüber, daß sie keinen geheiratet und es vorgezogen hatte, allein zu leben und nun schon viele Jahre lang glücklich zu sein schien mit ihrer Arbeit in der Bibliothek, beneidete er sie heimlich um ihre Unabhängigkeit.
Ich glaube, du liebst deine Bücher mehr als alles andere, sagte er einmal voller Selbstzweifel, als sie, versunken in den Roman „Malina", alles um sich herum vergessen zu haben schien.
Damals hätte sie beinahe ausgesprochen, daß es einmal etwas gegeben hatte, wofür sie alles aufgegeben hätte, wäre die Möglichkeit, die manchmal in Träumen scherzt, Wirklichkeit geworden. Aber sie verwarf diesen Gedanken gleich wieder. Walters Interesse hätte ohnehin nur der Frage gegolten, ob damals etwas gewesen wäre zwischen diesem Unbekannten und ihr, und Julia hätte keine eindeutige Antwort darauf gewußt, weil manche Fragen nicht einfach mit ja oder nein zu beantworten sind.
Es gibt Erinnerungen, die sitzen direkt unter der Haut, lebenslängliche Tätowierungen, die nie oder nur unter Schmerzen zu entfernen sind. Immer, wenn Julia etwas depressiv war, kamen sie an die Oberfläche.

Kurz nach ihrem dreißigsten Geburtstag hatte Julia sich endgültig von Jürgen, einem langjährigen Studienfreund, getrennt. Die ersten Tage des Alleinseins hatte sie euphorisch genossen. Danach kam das übliche Tief. Sie beschäftigte sich mit den Variationen verschiedener Todesarten, litt an sich und der Unfähigkeit, weder in ständiger Abhängigkeit noch in uneingeschränkter Freiheit leben zu können. Früher hatte sie in solchen Phasen Gedichte geschrieben, was sie jetzt als lächerlich empfand. Einige dieser melancholischen Produkte waren vor Jahren in einer Rundfunksendung veröffentlicht worden. Sie war völlig überrascht gewesen, als ihr der Sender Hörerzuschriften übermittelte. Die meisten fand sie fad oder langweilig

und fragte sich, wie man nur auf den Einfall kommen konnte, an einen wildfremden Menschen zu schreiben. Aber irgendwie hatte es sie dann doch mit Stolz erfüllt, interessant genug zu sein, um von Unbekannten Post zu erhalten.
Julia hatte trotz einer gewissen Scheu alle Briefe höflich beantwortet, einen aus der DDR sogar herzlich, weil er sich von allen anderen durch seine intellektuelle Klarheit wohltuend unterschied. So entstand bald ein intensiver Briefwechsel zwischen ihr und M. aus Leipzig.
Der Kontakt wurde schließlich von Julia abgebrochen, weil die intensive Arbeit in der Bibliothek und Jürgen ihre ganze Zeit für sich in Anspruch genommen hatten, und sie, jeden Tag ein bißchen unzufriedener mit sich, schließlich resigniert feststellte, daß ihre Fähigkeit, gleichzeitig zu arbeiten, zu lieben und zu schreiben, begrenzt war.

Die Briefe aus Leipzig fielen ihr nach der Trennung von Jürgen plötzlich wieder ein. Es schien ihr, als läse sie jedes Wort neu und zum allerersten Mal. Sie fragte sich, wie sie solange ohne diese Briefe hatte auskommen können. Wenn M. nicht so ein Nomadenleben geführt hätte wie sie, würde ihre Nachricht ihn in der Ernst-Thälmann-Straße in Leipzig erreichen.

Das gibt's in keinem fünfteiligen Russenfilm, waren die ersten Worte seiner Antwort. Er schrieb, als hätte es nie eine langjährige Schreibpause gegeben. Danach wechselten über ein Jahr fast jeden Tag Briefe die deutsch-deutsche Grenze. Für Julia wurde der tägliche Gang zum Briefkasten nicht nur eine Lebensnotwendigkeit, sondern fast eine Sucht, die bereits bedrohlich mit Entzug bestraft wurde, wenn an einem Tag die erwartete Post einmal ausblieb. Nach langer Zeit gelangen ihr auch wieder Gedichte, die sie M. voller Dankbarkeit widmete.

Es hätte viele Jahre so weiterlaufen können, wenn die Grenze menschlichen Handelns die Vernunft wäre, aber die Worte verwandelten sich von Brief zu Brief zunehmend in Bilder, und die Personen wurden Gegenstand von Gedanken und Träumen.
M. schrieb verbittert, er hätte in den letzten Jahren zwei Ausreiseanträge gestellt, allerdings ohne jeglichen Erfolg.

Gesa, eine alte Schulfreundin, seit fünfzehn Jahren mit Heinz, einem langweiligen Realschullehrer verheiratet, hielt Julia für verrückt, als sie sich ihr anvertraute.
Du landest noch in Bautzen wegen Beihilfe zur Republikflucht, und wir können dann sehen, wie wir dich da wieder rausholen, ängstigte sie sich, oder willst du etwa drüben bleiben und mit einem Mann zusammenleben, den du überhaupt nicht kennst?
Ich kenne ihn besser als jeden anderen, behauptete Julia, und wenn die ihn nicht rauslassen, gibt's in Leipzig auch Bibliotheken.

Mit dem Messevisum, Goethes „Italienischer Reise" und einer Packung Valium fuhr Julia mit dem Interzonenzug in Richtung Leipzig, ohne sich von den Freunden zu verabschieden. Sie versuchte, sich in die Reiselektüre zu vertiefen, aber ihre Gedanken waren längst am Reiseziel, als sie in Oebisfelde von einem Heer mausgrauer Uniformen jäh unterbrochen wurden. Der Zug hatte längst ödes Grenzland passiert; es gab nur noch ein befahrbares Gleis, das andere war von Gras überwuchert. In jeden Wagen stieg schlagartig ein Dutzend Uniformierter ein.
Sie wollen also zur Messe nach Leipzig, sagte ein Grenzer mit ungläubigem Blick auf Julia und ihren nagelneuen Paß. Weiße Riesenbuchstaben auf blutrotem Pappschild tanzten vor ihren Augen, formierten sich schließlich und signalisierten „Herzlich willkommen in der Deutschen Demokratischen Republik".
Ostwind wehte ihr kalt ins Gesicht, als der Zug nach mehr als zwei Stunden Aufenthalt Oebisfelde verließ. Auf dem Bahnsteig blieben zwei Reisende zurück, von der Grenztruppe in die Mitte genommen. Julia war davon überzeugt, daß M. trotz der Verspätung mit großem Stehvermögen geduldig auf sie warten würde, ganz vorne an der Lok, so wie sie es ihm vor einer Woche telegrafiert hatte.

Als der Zug endlich in Leipzig hielt, fing das Herzklopfen an, das jede Ankunft begleitet. Der mühselige Weg durch den engen Gang des Wagens, der Marsch auf dem Bahnsteig in Richtung Lok, das Gewicht des Koffers, die Menschen, die sich umarmten und ihr den Weg versperrten, nahmen Julia fast den Atem. Wie sollte man in diesem Gewimmel einen Menschen finden, von dem man nichts als Worte kennt?

Sie setzte sich erschöpft in Blickweite der Lok auf den Koffer, um zu warten, bis der Bahnsteig etwas leerer würde, und zündete sich eine Zigarette an. Ein Schatten, von schlurfenden Schritten begleitet, fiel auf ihr Gesicht.
Du bist sicher Julia, sagte eine fremde Stimme.
Als Julia aufblickte, glaubte sie an ihrem lautlosen Schrei zu ersticken. Vor ihr stand ein hagerer Körper mit gekrümmten Rükken, in dem der Kopf fast völlig versank, die Beine nach innen geknickt, eine Gestalt wie aus einem Film von Fellini, die sich als M. ausgab und ihr schließlich seine schweißnasse Hand reichte.
M. wußte gleich, daß sein wichtiger Brief Julia nicht mehr vor ihrer Abreise erreicht hatte.
Ich habe es dir geschrieben, als ich wußte, daß du kommen würdest, und vorher war es doch nicht wichtig, sagte er immer wieder und fragte, ob sie nun gleich abreisen wolle. Julia unfähig, irgend etwas zu sagen, fühlte sich in der Falle, eine Löwin mit Hasenherz, die sich zu weit ins Dickicht der Worte gewagt und sie gierig verschlungen hatte, bis sie schließlich gefangen war.
Ich bleibe, sagte sie endlich.

Die nächsten drei Tage lagen endlos vor ihr. Julia wurde von M. bei einer Familie H. in einem der großen Mietshäuser untergebracht, wo das Treppenhaus stark nach Bohnerwachs roch und das Klo auf halber Treppe zwischen den Etagen lag.
Die Familie saß vor dem Fernseher und sah West, als sie eintrafen, zunächst die Werbung und dann Wim Thoelke im ZDF, der stolz das Rekordergebnis von mehreren Millionen zugunsten der Aktion Sorgenkind bekanntgab. Julia wurde übel. Ich mache Ihnen eine Bemme, sagte die Frau und erkundigte sich, ob man denn drüben alles kaufen könne, was im Werbefernsehen angeboten würde.
Nachdem Julia sich vorschriftsmäßig ins Hausbuch eingetragen und ziemlich früh in das ihr zugeteilte kleine Zimmer mit dem schmalen Bett an der einzig trockenen Wand zurückgezogen hatte, schlief sie dank einer doppelten Dosis Valium gegen Mitternacht ein.

Am Morgen wusch sie sich am Waschbecken in der Küche. M. holte sie nach dem Frühstück ab, und beide waren sich unausgesprochen darin einig, daß die Situation nur durch viel Aktivität zu ertragen sei.
Julia fuhr in den nächsten Tagen mit M. endlose Strecken Straßenbahn. Er lief trotz seines beschwerlichen Ganges, der ihm immer wieder vor Anstrengung den Schweiß auf die Stirn trieb, mit ihr zur polizeilichen Meldestelle und durch die Straßen der Stadt. Sie versuchte, ihre Schritte seinen schleudernden Gehbewegungen anzupassen, fragte ihn, ob es denn noch ginge.
Er antwortete nicht. Sie begann, seine Behinderung zu ignorieren.
Im Klara-Zetkin-Park raschelte schon das Herbstlaub auf den Wegen. Einzelne Spaziergänger drehten sich nach dem ungewöhnlichen Paar um.
Gerastet wurde zwischendurch im Leipziger Hof oder Ratskeller, im berühmten Auerbachs Keller und natürlich in den Valuta-Restaurants.
Siehst du die Messemiezen? Die sitzen hier stundenlang vor einem Kaffee und warten auf zahlungskräftige Westler, sagte M. verächtlich.
Bei russischer Soljanka erkundigte sich Julia nach seinem Philosophiestudium bei Bloch, seinen Texten, Briefen und schließlich nach seiner Behinderung.
Unfall, spastische Lähmungen. Ich bin nicht nur ein Krüppel, nein, ich bin auch noch süchtig, sagte er zynisch, zündete sich eine neue Zigarette an der alten an und bestellte das fünfte Bier.
Abends saßen sie in Julias kleinem Gastzimmer und hörten von dem von M. mühsam mit einem Kabel durch das offene Fenster mit der Küchensteckdose verbundenen Plattenspieler die D-dur-Violinkonzerte von Beethoven und Tschaikowsky und die Arien der Callas. Die vertraute Musik klang fremd.

Die letzte Nacht kam, so wie alles ein letztes Mal hat. M. legte endlich die Manfred-Symphonie von Tschaikowsky auf, Julias Gastgeschenk, das sie fast schon vergessen hatte. Sie spürte, wie sehr diese Musik ihn erregte. Eine Zigarette nach der anderen verglühte in seiner Hand.

Laß mich bei dir bleiben, nur heute nacht, bat er schließlich mit erstickter Stimme.
Julia stellte sprachlos den Plattenspieler ab.
Wenn ich mir ein Ohr für dich abschneiden würde, du würdest es nicht einmal annehmen, sagte M. bitter, sei wenigstens Astarte, meine liebe Schwester, und töte mich.
Er begann sich langsam auszuziehen, stand schließlich nackt vor ihrem Bett und verlangte, daß sie ihn genau ansähe, damit sie wisse, was es bedeute, ein Krüppel zu sein.
Nein, ich bin kein Byron, auch kein Toulouse-Lautrec, sagte er, kroch zu ihr, fesselte sie mit seinen knochigen Armen und verschlang mit seinem Nikotinmund ihre Lippen, bis sie bluteten.
Sein schmächtiger Körper bebte, die mageren Schultern zuckten mechanisch. Julia hörte ganz nahe an ihrem Ohr das Klappern seiner Zähne, wie er aufstöhnte, als wolle er einen Schrei zurückhalten, bis er endlich weinte, unendlich viele Tränen der Einsamkeit, Qual und des Verlassenseins, sich ausweinte, bis er ganz leer war. Durch das offene Fenster hörte sie aus dem Hinterhof leise, aber deutlich Pussycat. Help me living on, flüsterte es von den kalten Wänden. Julia lag regungslos neben M. bis zum Tagesgrauen, vom Salzregen naß bis auf die Haut und gelähmt durch die Erkenntnis, ihre Grenzen längst überschritten zu haben und selbst auf furchtbare Weise behindert zu sein.

Nach ihrer Rückkehr fand Julia den Brief in ihrem Kasten, der alles hätte verhindern können. Sie meldete sich in der Bibliothek krank und verließ tagelang nicht ihre Wohnung. Die Briefe, die sie nach wochenlangem Schweigen dann doch wieder an M. schickte, kamen ungeöffnet mit dem amtlichen Vermerk „Empfänger unbekannt" zurück.
War es wirklich M. gewesen, der sie damals in Leipzig an der Lok erwartet hatte, oder nur eine Möglichkeit von M., wie sie in manchen Träumen jäh Wirklichkeit wird?
Wenn die Schachtel mit all den Briefen nicht wäre, den so lebendigen Worten, gäbe es überhaupt einen Beweis für seine Existenz? Es gibt Geschichten, die längst Geschichte sind, bevor sie erzählt werden. Julia hatte nie mehr mit einem Menschen darüber gesprochen. Als die politischen Grenzen plötzlich gefallen waren, hatte

sie sich ohne Probleme selbst widerstanden. Sie lebte bereits zulange im Niemandsland.

Julia blickt auf die Uhr. Walter wird längst die Grenze passiert haben und von seiner Familie freudig empfangen worden sein. Sie ist froh, daß sie seine Lügen nicht hören muß. Sie spürt, daß sie Palau bald verlassen wird, weil die Erinnerungen bereits wieder anfangen, ihr unter die Haut zu kriechen. Ein Brief, seit Tagen ungelesen auf dem Kühlschrank, fällt ihr ein.
Heinz und ich sind grenzenlos glücklich, schreibt Gesa. Stell dir vor, ich erwarte endlich ein Kind.
Das Leben muß eine Kette von Mißverständnissen sein. Noch vor wenigen Wochen hatte Gesa ihr in einem Gespräch anvertraut, daß sie es nicht länger aushielte mit Heinz und sich schon längst von ihm getrennt hätte, wenn sie nur den Mut dafür aufbrächte.
Julia, die erfahren hat, nicht den Erinnerungen, aber den Worten zu mißtrauen, den gesprochenen, geschriebenen und auch den gedruckten, weiß, daß es nur die Wahl gibt zwischen Jäger oder Beute, wenn man keine Silberdistel sein kann.
Panther schleicht mit leisen Pfoten die Treppe hinauf zur Terrasse, im Maul einen der Spatzen, der noch am Morgen unbekümmert vom Dach gezwitschert hatte.

DER TRAUMMANN

Bettina Wagner

Ich erinnere mich, als ich achtzehn oder zwanzig war, hielt ich Männer für eine ziemlich überflüssige Erfindung, nur dazu gut, Frauen bei ihrer Karriere im Weg zu stehen. Natürlich ändert man Ansichten, die man in seiner Jugend hatte, im Lauf des Lebens, und wenn man erst einmal dreißig ist, beginnt man sich sogar zu fragen, ob man nicht vielleicht doch etwas versäumt hat, wenn man auf der Straße jungen Frauen mit überquellenden Einkaufstaschen und brüllenden Babys in Kinderwägen begegnet.

Es wird allerdings mit zunehmendem Alter immer schwieriger, den richtigen Mann zu finden. Ich weiß das aus eigener Erfahrung:

Ich hatte es satt, alleine zu leben. Ich pfiff auf meine Selbstverwirklichung. Ich wollte abends nach Hause kommen und irgendetwas haben, woran ich mich kuscheln konnte. Damit begann meine Suche nach meinem Traummann.

Nachdem ich im Geist sämtliche Männer meines Bekanntenkreises durchgegangen war und samt und sonders als ungeeignet abgehakt hatte, kam ich auf die Idee, Kontaktanzeigen in Zeitungen zu lesen. Kontaktanzeigen sind wie ein menschlicher Supermarkt: Ich dachte mir, ich studiere die Angebote und suche mir aus, was mir am besten gefällt.

Für mein erstes Rendezvous ging ich sogar zum Friseur und kaufte mir ein neues Kleid. Ich bedachte nicht, daß ein Mann, der mich nicht kannte, auch meine alten Kleider nicht kennen konnte.

In der Anzeige hieß es: „Sportlicher Mittvierziger, sensibel und anlehnungsbedürftig, mit viel Familiensinn, sucht gleichgesinnte Ansprechpartnerin zwecks gemeinsamer Freizeitgestaltung."

Ich erträumte mir eine romantische Segelpartie im Stil von Grace Kelly und Bing Crosby in „Die oberen Zehntausend", ein leises „True Love" im Hintergrund.

Ich traf einen Zwerg. Der sportliche Mittvierziger hatte zu erwähnen vergessen, daß er nur 1,56 Meter groß war. Ich überragte ihn

um einen ganzen Kopf, als wir zu unserem Tisch gingen. Beim Sitzen war es glücklicherweise nicht mehr ganz so schlimm.
„Oh, das macht nichts", versicherte er mir. „Ich mag große Frauen. Ich habe auch nichts dagegen, daß eine Frau arbeitet. Ich denke da sehr liberal."
Ich lächelte höflich. Ich hatte nicht das Gefühl, daß die Beziehung allzu aussichtsreich war, aber ich wollte dem sportlichen Zwerg fairerweise noch eine Chance geben.
„Ich bin Staatsbediensteter. Verwaltungsbeamter. In zwölf Jahren pensionsberechtigt. Dann ziehe ich ganz in mein Haus aufs Land. Ich bin jetzt schon jedes Wochenende draußen. Es gibt dort ein wunderbares Fischwasser. Fischen ist nämlich mein Hobby. Interessieren Sie sich dafür?"
Ich versuchte mir vorzustellen, wie wir Seite an Seite unsere Angelruten auswarfen, mein Zwerg und ich. Wenn mir das Wasser bis zur Hüfte reichte, war er vermutlich schon ertrunken. – Ich schüttelte bedauernd den Kopf.
„Das macht nichts, ich bringe es Ihnen bei. Sie brauchen für den Anfang gar nichts zu besorgen, ich bin sicher, meine Mutter leiht Ihnen gerne ihr Angelzeug. Meine Mutter ist eine hervorragende Anglerin. Aber natürlich hat sie auf dem Land dazu viel mehr Gelegenheit, da ist das nicht schwierig."
In mir keimte ein Verdacht. „Ihre Mutter lebt bei Ihnen?" fragte ich.
Er sagte: „Natürlich."
Als er mir zum Nachtisch die Hand aufs Knie legte, gab ich vor, auf die Toilette zu müssen und verschwand durch die Hintertür.
Die zweite Annonce kam von einem Arzt. Ich habe Ärzte seit meiner Kindheit für seriös, gebildet und vertrauenerweckend gehalten. Ich dachte, ein Arzt müßte jemand sein, mit dem man über alles reden konnte.
Der Mann, den ich traf, war groß, schlank, braungebrannt, Mitte vierzig, leicht ergraut an den Schläfen, aber durchaus respektabel und ansehnlich. Leider entging mir sein Name, als wir uns vorstellten. Er führte mich an unseren Tisch und rückte mir mit einem zuvorkommenden Murmeln den Stuhl zurecht. Ich nahm Seezunge, was er bestellte, konnte ich nicht verstehen.
Dann faltete er die Hände unter dem Kinn, sah mich lange eindringlich an und sagte:

„Nnnnnmmmmggggnnnnmmmmsieben?"
Ich lächelte verlegen. Ich wurde sogar rot. Es ist mir seit Jahren nicht mehr passiert, daß mich ein Mann zum Erröten gebracht hat. Aber was antwortet man auf ein „Nnnnnmmmmggggnnnnmmmmsieben?"
Ich hob kokett die Schultern und lächelte noch breiter. Ich verfluchte mich dafür, das Rauchen aufgegeben zu haben. Das hätte mir etwas zu tun gegeben.
„Nnnnnmmmmggggllllmmmmnnnnüberhaupt?"
Ich sagte aufs Geratewohl: „Ja." Und löste damit eine neue „Nnnnnmmmmggggllllmmmmnnnnmmmm" – Flut aus. Glücklicherweise kam in diesem Augenblick meine Seezunge, die mich einer weiteren Konversation enthob. Über dem Kaffee begann der Doktor zu dozieren:
„Nnnnnmmmmggggmmmm Tocopherolacetatmmmmnnnnllllggggr rrrmmmmPhenobarbitalnnnnllllggggmmmmKyematopathiennnnmm mmnnnnllllnnnnEpinephrinmmmmggggllllnnnn."
Ich lauschte teilnahmslos. Die wenigen Worte, die ich ausmachen konnte, klangen zwar ungemein beeindruckend, dennoch hatte ich das Gefühl, daß wir uns im Grunde genommen nichts zu sagen hatten.
Der Doktor verabredete mit mir einen zweiten Termin, doch da ich ihn nicht verstand, blieb es mir erspart, hinzugehen.
Mein dritter Versuch sagte zur Begrüßung: „Guten Tag", und dann sagte er nichts mehr. Wir saßen uns in einem kleinen Café an einem Ecktisch gegenüber, lächelten nervös und schwiegen. Ich ergriff schließlich die Initiative.
„Sie sind also Computerfachmann", sagte ich. Die Antwort war ein Lächeln und vages Kopfnicken.
Ich sagte: „Das stelle ich mir sehr interessant vor. Leider verstehe ich selbst überhaupt nichts von Computern. Es ist wohl sehr schwierig, damit umzugehen?"
Lächeln und Kopfnicken.
In meinem Gehirn setzte sich der Gedanke fest, daß ich eine aufziehbare Puppe vor mir hatte, deren Kopf an einer Feder befestigt war, sodaß er ständig hin- und herpendelte. Ich verspürte das perverse Bedürfnis, meinen Finger auszustrecken und die Puppe anzustupsen. Bevor dieses Bedürfnis mit mir durchgehen konnte, erfand

ich irgendeine fadenscheinige Ausrede, stand auf und ging. Die Puppe lächelte zum Abschied und wackelte mit dem Kopf. Vermutlich sitzt sie heute noch an ihrem Platz.

Ich gab mir selbst eine allerletzte Chance. In der Anzeige sehnte sich ein „vom Leben enttäuschter Junggeselle, finanziell unabhängig, nach einer gutsituierten, verständnisvollen Frau fürs Leben."

Der vom Leben enttäuschte Junggeselle war fünfundzwanzig und arbeitslos.

„Also, wenn du verdienst, dann könnte ich ja tagsüber die Wohnung in Schuß halten", sagte er. „Und abends machen wir dann zusammen High Life. Was hältst du davon, Schatzi?"

Ich entschuldigte mich mit dem Hinweis, daß ich erst meine drei Kinder übers Wochenende zu meinem geschiedenen Mann bringen müßte, bevor wir mit dem High Life beginnen könnten und verließ das Lokal.

Auf dem Weg zur Bushaltestelle ging ich in das nächstbeste Lebensmittelgeschäft, kaufte drei Packungen Kartoffelchips und eine Schachtel Pralinen und sah mir abends auf Video „Casablanca" an. Und während ich Chips mampfte, meine Füße in einem Paar wollenen Socken hochgelegt und die Haare in Lockenwicklern hatte, da wußte ich, daß dies möglicherweise der Beginn eines wunderbaren Lebens war.

EIN NEUES JAHR

Helga Laugsch

Selbstverständlich waren die Platten mit den Lachs- und Roastbeef-röllchen bereits fast leergegessen, obwohl sich ihre Gäste nahezu ausschließlich vegetarisch ernährten. Die Reis- und Getreidebratlinge hingegen türmten sich unverändert hoch; eingelegte, fremde Gemüse glänzten in Öl, und das riesige Rad aus Brie begann auszulaufen.
Ja, es war warm hier, aber draußen lag Schnee, und viele der Frauen drinnen waren bauchfrei, tiefdekolletiert, mit bloßen Armen, in verschiedene Variationen des „kleinen Schwarzen" gekleidet, in Shorts, Bermudas, kurze Röckchen, Boleros, Korsagen, mit den passenden Schmuckstücken aus Straß, Jett und Messing. Lauter attraktive, halbnackte, reife Frauen, mit blendenden Figuren, wie sie selbst, wie Ann, mit einem Ausschnitt bis zum Nabel, der ihren Busen ins Licht der Kerzen rückte.
Eben hatte die Sambatruppe unter großem Applaus ihr Programm beendet und zwei Zugaben getrommelt, herrisch-vibrierend den Raum ausgefüllt. Ann versuchte, die Musiker zu zählen, aber es waren zu viele, mit wilden Gesichtern und ungebändigten Locken, deren Augen am Dirigenten und Einzähler hingen. Auch ihre Gäste schlugen auf Gläser, trommelten auf den Fußboden und stießen heisere Laute aus. Wo Ines wohl diese Gruppe aufgetan hatte? Ann wußte es nicht, denn Ines hatte ihr in letzter Minute die Organisation des Rahmenprogramms für die Eröffnungsfeier abgenommen, weil Ann überarbeitet schien; Ines, die eigentlich Ilse hieß, sich aber Ines nannte, weil sie sich so fühlte.
Ines reichte Ann gerade ein Glas Champagner, von dem es heute reichlich gab, weil nicht geknausert werden sollte, und hauchte einen Kuß auf Anns Wange. „Es läuft alles wunderbar. Die Leute unterhalten sich, das Buffet kommt gut an, und auch die Journalisten, die ich eingeladen habe, sind größtenteils schon da. Freu dich doch, Ann, du hast es geschafft."
Die Räume... ein Möbelgeschäft waren sie gewesen, noch dazu

eines, wo es Gebrauchtmöbel und zweifelhafte Antiquitäten gab. Ann meinte, den muffigen, abgestandenen Geruch noch zu verspüren. Soviel Arbeit war es gewesen, sie zu verwandeln, hell zu machen, Wände einzureißen und neue Mauern zu ziehen. Aus mehreren Durchgangszimmern war ein gutgeschnittener Raum entstanden, mit einem duftenden, honigfarbenen Parkett und sahneweißen, schweren Vorhängen aus Wildseide. Ann spürte die Arbeit noch in ihren Schultern, all das Spachteln, Dübeln, Tapezieren, Streichen, und fuhr langsam über ihre schmalen Handgelenke.
Von Anfang an, als sie auf Umwegen erfahren hatte, daß das Möbelgeschäft aufgebe, hatte sie gewußt, daß dies die Räume waren, auf die sie gewartet hatte, um ihre Pläne zu verwirklichen. Schon immer wollte sie eine Galerie eröffnen, in der auch Literaturlesungen stattfinden konnten, Vorträge, Diskussionen oder Konzerte, ein Kommunikationszentrum, das seinen Besuchern ein exquisites, experimentelles Programm bot, fernab vom seichten Kommerz Münchens, und doch mittendrin in einem seiner lebhaften Viertel, ein Programm auf dem schmalen Grat zwischen Avantgarde und Alternativkultur.
Es forderte Anns Organisationstalent, die bürokratischen Hürden zu nehmen, Gelder, Kredite und Zuschüsse aufzutreiben, aber es war ihr gelungen. Natürlich hatte ihr Freundeskreis gegen Bezahlung mitgeholfen, aber die Hauptlast trug Ann allein, trotz verschiedener Angebote von Maurice, ihr mehr abzunehmen.
Und so feierten sie heute abend die Eröffnung ihrer Galerie, zusammen mit Silvester und Anns neununddreißigstem Geburtstag.
„Prost", sagte Ann, „dies ist der letzte Geburtstag in den Dreißigern".
„Aber ich bitte dich", erwiderte Ines sofort, „du siehst mindestens zehn Jahre jünger aus."
„Stimmt", meinte Ann, „es fragt sich bloß, wie lange noch." Ihr Blick glitt zu Maurice, der schräg gegenüber inmitten einer Gruppe von Frauen stand, mit roten Wangen, einen Kelch in der Hand und seine Augen unter der schrägen Haartolle wandern ließ.
Maurice und Ann, Ann und Maurice... sie paßten gut zusammen, sie klein und zierlich, mit exzentrisch gestylten, roten Haaren und der kreideweißen Haut. Keine andere Frau sieht in Schwarz so gut aus wie du, sagte Maurice immer wieder, Mau-

rice, der gut einen Kopf größer war, schlank, blond und fast vierzehn Jahre jünger.
Ein Paar der Zukunft, für das die alten Regeln nicht mehr galten, nicht mehr für sie, wo Ann soviel Kraft und Übersicht bewahrte, den Mut hatte, der sich bei Maurice noch entwickeln mochte, oder auch nicht, denn er war sensibel und künstlerisch, er malte, er sang und tanzte, studierte Theaterwissenschaften, hatte aber mit dem Wissenschaftsbetrieb wenig im Sinn – dafür schauspielerte er, er dichtete und komponierte auch. Maurice war sehr vielseitig. Seit drei Jahren waren sie zusammen, und Maurice kam immer noch zu ihr, wenn sie ihn ansah, so wie jetzt, mit einem Glas in der Hand, für sie und nur für sie verließ er die anderen Frauen. Etwas in seiner genau bemessenen Beflissenheit irritierte Ann heute, er behandelte sie, als ob sie krank wäre oder Ehrfurcht gebiete oder der Schonung bedürfe. In der Öffentlichkeit zeigte er seine strahlende Seite, war aufmerksam, charmant und ungezwungen, doch Ann kannte seine Zweifel, die Unsicherheit, die dem Alleinsein vorbehalten waren.
Der Champagner schwappte aus den Gläsern, als Maurice und Ann anstießen; ein leiser Knall.
„Vom Feinsten für die Feinste", sagte Maurice.
Ann zog ihre Brauen hoch: „Mir schmeckt er gar nicht so gut, der Champagner, für den Preis eher enttäuschend fade."
„Dann bist du aber die einzige, die Champagner nicht mag. Genieß ihn doch einfach, laß es dir gut gehn."
„Vielleicht entfaltet er erst nach der ersten Flasche sein volles Aroma", sagte Ann. „Ich werde sehen, was ich tun kann."
Maurice lachte, er lachte sehr oft und sehr gut dosiert. Nie brüllend, nie leise. Maurice lachte melodisch und aufmunternd. Maurice war als Begleiter überhaupt ziemlich perfekt. Er sah auch die Bauchtänzerin nicht mit übergebührlicher Aufmerksamkeit an, die gerade zu lauten, orientalischen Klängen (aus Anns hervorragender Stereoanlage) in den Raum glitt, in einem Wirbel aus Schleiern; er betrachtete sie ohne Begierde. Dabei war sie eine schöne, dunkle Frau mit den Rundungen, die sich Ann vor mehr als einem Jahrzehnt weggehungert hatte, weil sie nicht zu ihrem Typ paßten, eine geschmeidige Frau mit üppigen Busen und fließenden Bewegungen, mit vollen Hüften, über die sich ein breiter Gürtel spannte.

Ann strich über ihr schwarzes Kleid und fühlte die Beckenknochen. Dann trank sie ein weiteres Glas Champagner. Ihre Augen lagen auf der Tänzerin und langsam wurde ihr die fremdartige Musik vertraut, obwohl sie die Rhythmen verwirrend fand. Sie begann, wie ihre Gäste, an geeigneten Stellen mitzuklatschen, und mit einiger Verspätung schloß sich auch Maurice an.

„Das ist eine tolle Frau", schrie sie Maurice ins Ohr, und sie mußte wohl zu laut geschrien haben, denn Maurice zuckte zusammen, nickte dann aber.

„Gefällt sie dir denn nicht", schrie Ann abermals, und Maurice meinte, daß sie ihm zu üppig, zu aufdringlich sei.

Während Ann noch darüber nachdachte, kam Ines herbeigeeilt. „Schnell, Ann, Miriam ist da, und Konny kommt gerade, und Jasmine möchte dich interviewen." Sie ergriff Anns Hand.

Ann löste sich von Maurice. „Gut, das machen wir im Büro, wie abgesprochen. Maurice, du willst dich wohl auf deinen Auftritt vorbereiten, alles Gute, und bis dann."

„Er ist sehr nervös", sagte Ann zu Ines, die sie durch die Gäste führte. „Er hofft, daß er heute entdeckt wird. Es sind ja mehrere Produzenten da."

„Er hätte es verdient, er ist ja so begabt", Ines sagte es sehr heftig, und Ann schwieg, wandte ihren Kopf aber nach links und rechts, um wichtige Besucher zu begrüßen. Viele Leute waren ihr unbekannt, schienen aber wiederum sie, Ann, sehr wohl zu kennen. Komplimente trafen ihre Ohren, über die Galerie, ihren Mut, ihr gutes Aussehen.

Am Buffet blieb Ann plötzlich stehen. „Ich hab auf einmal einen fürchterlichen Appetit, ja, genau, auf frische Brezn mit Butter."

Ines sah sie merkwürdig an. „Das ist das einzige, was es hier nicht gibt. Trink lieber noch etwas und komm vor allem zum Interview."

Ann trennte sich langsam vom Buffet, das sogar halbleer noch ordentlich wirkte, schön dekoriert und auserlesen. Nun gut, dann trank sie eben noch ein Glas, wahrscheinlich hatte die Journalistin auch Durst.

Die Frau, die Ann in ihrem Büro gegenübersaß, sah genauso aus wie Ann selbst, nur daß die kurzen Haare der Journalistin weißblond waren und sie kein schwarzes Kleid trug, sondern schwarze Hosen und ein enges Jäckchen. Auch war sie in Anns Alter.

Ann setzt ihr gelassenes Gesicht auf, als sich die Kamera auf sie richtete, sie hatten schon nachmittags geprobt und ausgeleuchtet, also keine Nervosität, keine Spannung; sie wirkte so jung, wie sie aussah. Auch die Fragen waren ihr bekannt; Ann wurde kurz vorgestellt und berichtete, wie sie das Projekt angegangen war, streute kurze Anekdoten ein über die Schwierigkeiten, auf die sie gestoßen war.

Ja, ein Zentrum für Begegnungen sollte es werden, nicht auf ein Medium festgelegt, hier zögerte Ann kurz, ihr Kopf war ein bißchen leer, aber gerade diese Pause wirkte gut, sondern eben alles könne hier stattfinden, bildende und darstellende Kunst, Musik, Tanz und Schauspiel. Das Ganze natürlich finanziell abgesichert, gut organisiert und kalkuliert.

Hier lächelte Ann, das war eindeutig ihre Stärke. Die Journalistin lächelte ebenfalls, wünschte Ann viel Glück, gab den Zuschauern einige Programmhöhepunkte bekannt, stieß mit Ann auf deren Geburtstag an, das neue Jahr und überhaupt, und gab Ann den Sendetermin bekannt.

Beide Frauen erhoben sich und wollten wieder in den Hauptraum gehen. Ann sah sich nochmals um, denn hier lag das Zentrum der Arbeit, und sie liebte es. Als sie sich umdrehte, stieß sie mit ihrer Schulter, genauer, dem eingenähten Schulterpolster, an den Türrahmen. Ann lachte, und dann biß sie die Zähne zusammen, entschuldigte sich kurz, um auf die Toilette zu gehen.

Auf dem Korridor lief sie fast in den Flamencogitarristen hinein, der sich auf seinen Auftritt vorbereitete, und entschuldigte sich abermals. Die Augen des Musikers waren kurz über ihr, und sie erschrak, weil das Weiße darin so gelb war. Dabei war er dunkel und arrogant, und sie sah die Verachtung in seinem Blick.

Hastig ging sie weiter und schloß die Toilettentür hinter sich, als gelte es, etwas auszusperren. Das Licht war gedämpft, aber hell, und die Fließen weinrot marmoriert. Auch dieser Raum, auch Toilette und Waschraum waren schön, so wie alles hier schön war, und auf einmal kroch Trauer in ihr hoch.

Sie sah sich im Jugendstilspiegel an; sie paßte so vollkommen hinein. Sie war schön, sie war traurig, und sie war ein bißchen beschwipst und nicht mehr jung.

Da zog sie den Reißverschluß ihres Kleides auf, griff nach der Nagelschere, die in einer Muschelschale bereitlag, und trennte mit kurzen Schnitten die voluminösen Schulterpolster aus dem Kleid heraus. Wenn sie es beschädigte, einerlei, sie würde es nie mehr tragen, das wußte sie jetzt schon.

Sie klopfte den Stoff an ihre Schultern; so war es besser. Schließlich war sie eine Frau und kein Eishockeyspieler, eine Frau mit schmalen Schultern, aber so war sie eben. Aufmerksam sah sie sich im Spiegel an. Und dann würde sie die Haare wachsen lassen, das ging schnell bei ihr, um wenigstens für ein paar Monate anders auszusehen, als all die Frauen draußen. Und vielleicht endlich ein paar Pfund zunehmen.

Ein höfliches Klopfen an der Tür und Ann schrak auf, nickte der Ann im Spiegel zu und verließ die Toilette. Draußen stand eine schmale, aparte Frau in Schwarz. Ann kannte sie nicht, aber die Frau kannte sie.

„Dieser Gitarrero, first class. Er spielt sich die Seele aus dem Leib. Das ist der Süden, das Eigentliche, die Leidenschaft."

Ann war versucht zu sagen, daß sie leider kein Gamelanorchester verpflichtet hatte, oder eine Rembetikogruppe, um noch mehr vom Herzen fremder Kulturen bereitzuhalten, aber sie nickte nur etwas mühsam und lächelte. Schließlich war es ein langersehnter Tag. Und es wäre verfehlt zu wünschen, daß all die Gäste wie durch Zauberhand verschwänden, damit sie ganz allein nachdenken oder fühlen konnte, vielleicht auch Bilanz ziehen oder gute Vorsätze fassen, wozu sie sich berechtigt glaubte, denn es war Silvester.

Sie ging in den Saal zurück. Der Flamencogitarrist entfachte tatsächlich ein kleines Inferno auf der Bühne, hart und treibend. Ann sah, daß er sein Publikum haßte, und sie verstand, warum. Er warf den Leuten noch eine Zugabe hinunter, und seine Mundwinkel verzogen sich in Richtung Kinn. Ann fror plötzlich und legte ihre Hände auf den halbnackten Busen, der von einer Gänsehaut überzogen war.

Nach den spanischen Rhythmen füllten sanfte Sphärenklänge den Raum, aber Ann war entfernt davon, sich beruhigen zu lassen. Diese Musik bot keine Angriffsfläche, schwebte an ihren Ohren vorbei und versickerte im Nirgendwo. Plötzlich wünschte sie sich andere Musik, echte, schweißtreibende, mit Bläsersätzen und lüsternen

Chören, eine, an der sie sich festhalten könnte. Das hätte sie dringend gebraucht.
Aus einem längst vergessenen Winkel spülte sich „Killing me softly" unter ihre Schädeldecke, und es war sehr lange her, fast zwei Jahrzehnte, und der Mann, in dessen Armen sie sanft gestorben war, fiel ihr wieder ein. Alles andere war Abklatsch gewesen.
Sie seufzte und zündete sich eine Zigarette an, obwohl Maurice und sie aufgehört hatten zu rauchen. Maurice, ach ja, Maurice, mit dem sie seit drei Jahren zusammen war, der heute, nein morgen, auf jeden Fall kurz nach dem Jahreswechsel, seinen großen Auftritt hatte, weil er entdeckt werden wollte, als Höhepunkt des Programmes. Programm. Sie hatte sich viel zuviel bei dessen Gestaltung aus der Hand nehmen lassen, von Ines, von Maurice. Irgendetwas lief falsch, sehr falsch, und nur sie schien es zu bemerken.
Aber zuerst mußte sie den Jahreswechsel hinter sich bringen und ihren eigenen Geburtstag feiern. Auch das würde ihr gelingen. Schon stiegen draußen die ersten Raketen auf, es krachte und dröhnte. Es mußte Mitternacht sein. Wo war nur die Zeit geblieben. Ann war sehr müde.
Tatsächlich war das Feuerwerk sehr hübsch und sehr bunt. Ann fand sich plötzlich von Ines und Maurice umringt, in die Arme genommen, sehr dezent natürlich, gefeiert. Viel Glück und alle guten Wünsche, und daß es immer so bleibt undsoweiter.
War das Feuerwerk nicht schön, war es nicht die reine Freude, wie Ines meinte? „Ich verstehe gar nicht, wie all diese Organisationen es verbieten wollen, um das Geld für wichtigere Dinge herzunehmen. Ich verstehe es nicht. Ein bißchen Freude soll man den Menschen doch lassen. Ein bißchen Freude möchte ich auch." Ines sagte es immer wieder, und Maurice stimmte zu, und Ann schwieg. Dann zupfte Ines Anns Crepeärmel: „Es gibt eine Überraschung, Ann. Stell dir vor, es gibt eine Überraschung. Maurice und ich haben eine Überraschung!"
Es stellte sich heraus, daß die beiden eine Tombola vorbereitet hatten, insgeheim hatte jeder der Gäste ein Los erhalten, und nun, kurz vor Maurices Auftritt, war Preisverleihung. Ann wurde noch stiller. Auf eine Weise war ihre Eröffnung zu einem bunten Abend gemacht worden, nicht von ihr, aber sie hatte es zugelassen. Sie mußte aus ihren Fehlern lernen.

Ann saß dann auf einem Ehrenplatz, einem zierlichen Sessel, und verfolgte die Verlosung. Es gab Gummitiere, Scherzartikel, kleine Computerspiele und eben keinen Hauptgewinn. Wie originell. Maurice spielte mit einem Mikrophon den Conferencier. Er machte sich ganz gut, fand Ann, er könnte auch auf den Jahrmarkt oder ins Fernsehen.

Ein Gewinn bestand aus einem aufziehbaren Plastikflieger, der schwirren konnte. Der glückliche Gewinner kam auf die gute Idee, das gleich auszuprobieren und schoß den Propeller los, geradewegs auf Maurice zu. Aufschrei und Lachen, Unruhe; Maurice versuchte, die Fassung zu bewahren, zu scherzen, obwohl Tränen aus dem getroffenen Auge liefen und es sofort anzuschwellen begann. Ann blieb sitzen, und Ann freute sich.

Ines dagegen lief auf Maurice zu. Ja. Ann nickte. Ines und Maurice. Ines mit der rabenschwarzen Igelfrisur. Maurice würde sich nicht allzu sehr umstellen müssen, würde nicht überfordert sein. Ja. Genau genommen paßten die beiden hervorragend zusammen. Ines war zwei Jahe jünger als Ann, und Maurice brauchte eine ältere Frau. So konnte auch dieses Problem beseitigt werden, und für jeden war gesorgt. Jedem das, was er brauchte.

Ines überschminkte die gerötete Stelle geschickt, und Maurice konnte sich dann für seinen eigenen Auftritt fertigmachen. Ann gab ihm einen letzten Kuß.

Maurice hatte nicht darauf verzichtet, seinen Hemdkragen zu lockern, die Lederkrawatte zu verschieben, auch seine wohlfrisierte Tolle war zerzaust; er hielt das für verwegen. So saß er auf einem Barhocker, und selbstkomponierte Musik kam vom Band: Maurice sang Lieder von Trauer, Suchen und Finden, von Verlust und Leidenschaft.

Ines Augen glänzten. „Er ist so gut. Ann, schau, der Produzent ist beeindruckt, Ann, schau doch nur. Schau."

„Gut möglich, daß er ein Angebot erhält. Ja, das würde passen. Schade nur, daß André Heller vor zwanzig Jahren dasselbe gemacht hat, bloß viel besser. Maurice hat keine Ahnung, wovon er singt."

Ines sah erschrocken und empört drein. „Du tust ihm unrecht, du verstehst ihn nicht. Das ist unfair. Und Maurice wirkt so gut, er ist so schön."

„Er ist hübsch", korrigierte Ann. „Hübsch und sehr teuer. Aber das wirst du schon noch merken. Und um dir noch eins zu verraten: Er heißt eigentlich Moritz und wurde im Schlachthofviertel geboren."
Damit ging Ann, und sie ging in ihr Büro, das leer war, dem Himmel sei Dank. Ihr geliebtes Büro. Sie versperrte es, setzte sich in den großen Drehstuhl und warf die schmalen Pumps mit den Stilettoabsätzen in die Ecke, legte die Beine auf den Schreibtisch, weitgespreizt.
Ein paar Tränen für Maurice, ein paar Tränen für Ines und ein paar Tränen für Ann. Sie fuhr mit den Fingern über ihr Gesicht, knetete ihre Haut. Keine Rücksicht auf mögliche Falten. Sie standen ihr zu. Sie war schließlich neunundreißig Jahre alt geworden.
Und ein anderes Konzept für ihre Räume; sie würde alles alleine machen, auf sich selbst konnte sie sich schließlich verlassen. Es gab noch eine Menge zu bedenken, und sie brauchte Zeit. Auch Rom wurde nicht an einem Tag erbaut, wie ihre selige Oma, eine ausgesprochen weise Frau, immer gesagt hatte. Aber sie hatte Zeit, und die Einzelheiten würden sich dann ergeben. Schließlich war der neununddreißigste Geburtstag nicht unbedingt ein übliches Datum, um schwerwiegende Entscheidungen zu treffen, da war sie der Zeit voraus, aber der Beginn von 1990 wäre auch besser gewesen für Veränderungen als der von 1991, da war sie der Zeit hinterher.
Letzten Endes glich es sich dann wieder aus, fand sie, letzten Endes hatte sie den richtigen Zeitpunkt erwischt. Und wenn sie jetzt einfach ihren Geburtstag zur Jahreszahl rechnete (das konnte sie schließlich tun), dann kam sie bis ins Jahr 2030.
So lange würde sie noch leben. Mindestens.

ZEIT IM BILDAUSSCHNITT

Christa Nebenführ

Es gibt Familienväter, die ihren Pflichten mit größter Sorgfalt nachkommen, die von ihren Kindern nie in betrunkenem Zustand ertappt werden und die auf einen Ruf ihrer Gattin hin jedwede Beschäftigung augenblicklich unterbrechen.
Für ihre Kinder verkörpern sie die Unbeweglichkeit eines geordneten Lebens, das Abziehbild eines verkümmerten Egos mangels Durchsetzungsfähigkeit und das schier unerreichbare Ideal bürgerlicher Selbstbeherrschung und Selbstverleugnung.
Manchmal läßt aber einer dieser älteren Herren dem Nachwuchs das Blut in den Adern gefrieren, indem er ihm mit einem zynischen Hinweis auf seine Pupillen den Wagenschlüssel verweigert oder beim Fernsehvortrag einer würdevollen Erziehungsberaterin in schallendes Gelächter ausbricht, weil diese vor fünfundzwanzig Jahren mit ihm in die Karibik durchbrennen wollte.
Mit solchen Vätern geschlagene Söhne fühlen ihre Mädchen ständig den unbeweisbaren Avancen ihrer Väter ausgesetzt. Sie müssen hilflos mitansehen, wie die Kleinen unter den Augen des potentiellen Konkurrenten zu zwitschern beginnen wie selbst nicht in ihrer intimsten Gemeinsamkeit, wie sie flattern, die Augen verdrehen, kurzatmig das dritte Glas Sherry leeren und ihm schließlich in die Küche nachschleichen, um diese losen Versprechungen aus Blicken, aus prompt gezückten Feuerzeugen und fürsorglich bereitgestellten Rückenpolstern dingfest zu machen. Was ihren Ärger aber zu ohnmächtiger Wut steigert ist, daß diese Väter die unvermeidlich folgenden Anbiederungsversuche konsequent übersehen, ohne deswegen ihre liederliche Haltung aufzugeben, daß keine ihrer scheinbar unvermeidlichen Berührungen lange genug währt, um dem Zweifel der Zufälligkeit enthoben zu sein, daß sie keine Gelegenheit zum Kampf um das Stück Fleisch oder die brennende Leidenschaft oder die verzehrende Liebe geben. Sie untergraben ohne ersichtlichen Zweck die Strategien der ehrlichen Anwärter auf Erfüllung ihrer Begierden.

Häufig geschieht es um das dreißigste Jahr, daß die Söhne rückblickend die perfide Taktik durchschauen.
Übersät von den Narben geschlagener Schlachten, verblüfft vom Glück, in keiner vernichtet worden zu sein, aber mithin geübt im Kampfe, entschließt sich der eine oder andere, Fortuna fürderhin nicht mehr zu versuchen. Doch wie um die selbstverschuldeten Qualen rückwirkend zu billigen, geht er nun her und träumt sich neue Siege, bewahrt sich vor der neuerlichen Einsicht, daß in der Nacht alle Katzen grau seien, und begnügt sich, wenn auf sein nächtliches Geschrei die eine gelaufen kommt, mit der Einbildung, es wäre auch die mit den weißen Pfötchen, die marmeladenfarbene oder gar die mit dem aristokratischen Perserfell seinem Ruf gefolgt.

Helene gewann ihre Einsicht im vierunddreißigsten Jahr. Die Bequemlichkeit sonnenbeschirmter Strandliegestühle und weißbezogener Hotelbetten verlor ihre Anrüchigkeit gegenüber der Romantik unzulänglicher Lager unter freiem Himmel. Die weiterhin unstillbare Neugier beschränkte sich auf das Motiv vor ihrer Kamera und ihr Ehrgeiz auf Bildausschnitt, Lichtwirkung und den Ruf und die Finanzkraft der Zeitschriften, an die sie ihre Arbeiten verkaufte.
Sie enthob die makellose Schönheit katalanischer Frauen und den Grind senegalischer Aussätziger für einen Augenblick der Beiläufigkeit und fand keinen Makel darin, die Hoffnung ihrer Objekte auf Erlösung zu nähren, bis die sichtbaren Teile ihrer Seele aus dem besten Winkel auf den lichtempfindlichen Streifen gebannt waren. Sie wußte genau, das wievielte Glas Whisky zuviel sein würde, wenn sie sich für ihre Reportage über Einwanderer mit Unternehmern betrank, um diese dann beim Empfang von Schwarzgeld zu fotografieren. Sie scherte sich nicht um ihren Ruf, wenn eine Diva ihr Neigungen zu weiblichen Gespielinnen unterstellte, um sich in aufreizender Pose an einen Bettpfosten gefesselt fotografieren zu lassen. Sie erwiderte den hungrigen Blick aufgelöster Bereitschaft mit dem selben unverbindlichen Lächeln, mit dem sie das entscheidende Glas Whisky ablehnte. Sie war sich ihrer Neigung so gewiß, daß sie keinen Bedarf hatte, diese der Welt mitzuteilen.
Einzig er war ausgenommen vom Abwägen des Vorteils. Einzig bei ihm berührte sie der Erfolg oder Mißerfolg seiner Geschäfte.

Einzig bei ihm entledigte sie sich ihrer Wachsamkeit, lag zuckend, weinend, lachend im Hafen, schmückte sich, um ihm zu gefallen, und nicht, um ihm ein unbedachtes Vertrauen zu entlocken, das ihr nützte.

Vielmals gehäutet vom fruchtlosen Versuch, zum Kern des Seins vorzudringen, schwindlig von der endlosen Mühsal, die Liebe da zu erfahren, wo sie hinfiel, hatten sie vor neun Jahren erkannt, daß man den Glauben an eine erwiderte Liebe mit sich tragen kann wie einen Wasserkanister, um die Wüste damit zu durchqueren.

Die Frau, die ihn vormals verlassen hatte, konnte nur aus Unerfahrenheit gehandelt haben, denn Helene, die ihre wahrhaftigsten Einsätze bislang für Falschgold verschleudert hatte, wußte, welches Juwel sie in ihm hütete.

Die Hauptsache, die sie einander zu geben hatten, war die Unerschütterlichkeit ihrer Liebe. Und indem sie ihren immerwährenden Hunger nach Selbstauflösung wie ein Mäntelchen abstreifte, um sich in ihrer Hingabe an ihn selig zu verlieren, entrann sie im übrigen der Gefahr, in irgendeinem anderen Ansinnen aufzugehen als in dem ihres eigenen Vorteils. Allzuoft war sie hinter einem Zipfelchen Liebe hergelaufen, sodaß sie dieses Zipfelchen nun der Welt vor die Nase hielt, um sie für sich zu gewinnen, ohne selbst danach zu schnappen. Sie hatte den Wasserkanister.

Den einzigen Liebesbeweis, den ihr die Welt erbringen konnte, war, vor ihrer Kamera zu posieren und ihre Fotos möglichst teuer zu kaufen. Jede andere Schmeichelei wurde nur von ihm angenommen, jedweder Hunger nur an ihm gestillt. Angeekelt von der Gefräßigkeit, die ihre Zugeständnisse an die Schönheit vergangener Liebschaften in diesen auslöste, hatte sie sich entschlossen, den Spieß umzudrehen und mit seiner Hilfe vom trunkenen Zauber der wundenschlagenden Menschheit unanfechtbar zu bleiben.

Nun aber, in diesem vierunddreißigsten Jahr, als ihr Glück den Gipfel der Vollkommenheit erreicht hatte, überfiel sie plötzlich und unvorbereitet der Höhenkoller, und sie begann dem festen Boden unter ihren Füßen zu mißtrauen.

Den Anfang machte die Vergabe eines Journalistenpreises, bei dessen Empfang sie sich die Frage stellte, ob ihre Freude wohl ebenso groß wäre, wenn er sie nicht mit strahlendem Lächeln teilte und zu dem Schluß kam, daß dies nicht der Fall war. Der Preis wäre dann

eines der berühmten Zipfelchen Liebe, die man mit der doppelten Anstrengung zu rechtfertigen und festzuhalten trachten mußte. Die Vorstellung ihrer unterwürfigen Dankbarkeit, um auch noch dem letzten Mißgünstigen ein wohlwollendes Wort der Anerkennung zu entlocken, trieb ihr Schweißperlen auf die Stirn. Unter der Sonne seines Wohlwollens jedoch konnte sie selbst die Mißgunst anderer genießen. Eben diese Mißgunst gefror ihnen zur Unsicherheit, da sie sich nicht genötigt sah, ihnen ihr Glück zu beweisen.
Sie konnte das Interesse apollonischer Schönheiten ebenso unbefangen entgegennehmen wie das alternder Geldsäcke, um ihm im Bewußtsein der nicht in Anspruch genommenen Möglichkeiten nächtens zu schwören, daß jeder Quadratzentimeter ihrer Haut, jede Öffnung ihres Körpers, ja ihre sämtlichen Möglichkeiten Lust auszutauschen, unter seiner, und ausschließlich unter seiner Verfügungsgewalt standen. Sie bannte den Schrecken von Unfreiheit und Abhängigkeit durch diese selbstgewählte, souveräne Abhängigkeit, die einem soliden Geschäft mit einem verläßlichen Partner glich und sie davor bewahrte, auf windige Betrügereien hereinzufallen.

Doch die magische Auslieferungsformel, die ihnen immer noch klaglos den letzten Genuß spendete, hatte über all die Jahre immer mehr den Klang von Abrakadabra angenommen. Und wie ein Kurzsichtiger die Brille auf seiner Nase sucht, weil sein Nasenrücken ihr Gewicht nicht mehr fühlt, so suchte sie plötzlich nach fühlbaren Beweisen für eine lebendige Leidenschaft inmitten ihrer professionellen Bildausschnitte.
Sie legte die Gewohnheit ab, die Beschwörungsformel mit geschlossenen Augen zu flüstern und suchte sich an seinem ertrinkenden Blick zu sättigen.
Der einzige Erfolg dieser Veränderung war aber eine beginnende Ungenauigkeit ihrer Lust, da sie statt der erwarteten Willenlosigkeit eine ernste Gefaßtheit des Blickes vorfand. Und knapp dahinter schien ihr, weit beängstigender noch, ein triumphales Leuchten zu lauern, wie es bei ihr durch das Klicken des Objektivverschlusses ausgelöst wurde.

Sie drehte den Spieß um. Sie verlangte die Beschwörungsformel von ihm. Er stimmte ohne Widerrede zu.
Doch da sie nicht so weit gehen konnte, für ihn wirklich existenzgefährdende Schritte zu setzen – es hätte ihr vernünftiges Glück zur Farce werden lassen – legte gerade seine Bereitschaft den Verdacht einer Gleichgültigkeit nahe, der nicht dazu angetan war, ihr Mißtrauen zum Schweigen zu bringen.
Sie kannte ihre eigene, schier endlose Geduld, ihre Gewohnheit, Machtproben zu meiden, und wußte doch, daß dieser Gleichmut nur von ihrem Ziel genährt wurde, die Menschen so zu fotografieren, wie sie sich nicht unbedingt zeigen wollten.
Was war sein Ziel?
Es gab Menschen, die immer noch herauszufinden versuchten, was sie eigentlich von ihnen wollte, obwohl sie ihr Foto längst in der Tasche hatte und bereits mit dem unverdächtigen Rückzug beschäftigt war. Sie verdiente ihr Brot mit der Eitelkeit der Menschen, die immer bereit waren, sich für wichtiger und geliebter zu halten, als sie es vernünftigerweise sein konnten, die sich, um ihre Illusion aufrecht zu halten, für sie entblößten.

Vor wenigen Jahren noch hatte sie, von ihrer Einsamkeit überwältigt, einige Male versucht, ihre Opfer über den wahren Zweck ihrer Freundlichkeit aufzuklären, doch diese hatten es stets eher fertiggebracht, ihre Enthüllung zum Beweis besonders inniger Verbundenheit umzudeuten, als daß sie es fertiggebracht hätten, der Wahrheit ins Auge zu sehen.
Welchen Grund hatte sie also, seiner Liebe zu glauben?
Die Erkenntnis von der Unbeweisbarkeit seiner Liebe fror all ihre unwillkürlichen Fähigkeiten gewissermaßen ein. Jede zärtliche Geste, jedes freundliche Wort geriet ihm zum Judaskuß; wie um ihm Fallen zu stellen, verbarg sie ihre Angst und wartete darauf, daß er sich verrate, daß er verrate, daß sie nur der Kompromiß war, der mit ihm (und mit dem er) vorlieb nahm, da die erste Frau seiner Wahl ihn verschmäht hatte.
Helene war nicht blöd und erinnerte sich, daß er ein Jahr, wie er sagte, ein Jahr lang beinahe täglich geweint, nachdem jene gegangen war. Ihn verlassen hatte. Kurz und stumm.
Über die nächste hatte er sich schon leichter getröstet.

Mit einem Schlag fand Helene ein Maß für die Liebe. Sie fand es in seinem Schmerz.
Wie lange würde er um sie weinen?
Und nun, da sie sich sein Entsetzen ausmalte, wenn sie plötzlich und unverhofft das Ende ihrer Liebe behauptete, gewann seine Zärtlichkeit neuen Zauber. Der Betrug auf ihrer Seite verlieh ihr wieder die Stärke, sich in seinen Umarmungen sicher zu fühlen. Sie suhlte sich in der Vorstellung seiner Scham, schon wieder verlassen worden zu sein. Sie träumte von der Ohnmacht, mit der er ihre Zahnbürste in seinem Badezimmer vermissen würde.
Während er seinen Kopf vertrauensvoll in ihre Armbeuge schmiegte, wählte sie die Worte, mit denen sie ihn aus seiner Geborgenheit zu schleudern imstande wäre. Sie sah sein ungläubiges Lachen zu staunendem Ärger, zu verletzter Bösartigkeit und schließlich zu fassungsloser Verzweiflung werden.

Noch sprach sie die Worte nicht aus, sondern begnügte sich mit der Vorstellung, die sie so rührte, daß eine Welle von Liebe beinahe ihr Herz erstickte und ihre Lust aus einer unbekannten Richtung angerollt kam.
Sie rechnete sich ein phantastisches Übermaß seiner Liebe aus, wie einen Lottogewinn.

Aber auch dieser stille Betrug, der sie eine Weile erleichtert hatte, erlöste sie nicht. Es war nun, als würde sie in Gedanken die Bildausschnitte seines Liebesschmerzes ausprobieren.
Ihre Angst hatte sie weitergetrieben als beabsichtigt, hatte sie endgültig von der Wirklichkeit abgeschnitten. Und so in die Enge getrieben, blieb ihr keine Möglichkeit, als ihn wirklich zu verlassen. Sie zögerte noch, diesen größenwahnsinnigen Entschluß in die Tat umzusetzen, denn sie machte sich nichts vor. Über kurz oder lang würde sie sich um ebenso unbeweisbarer Liebesbruchstücke willen ausbeuten, erpressen und demütigen lassen, was ihr diesmal zumindest erspart bliebe, müßte sie sich nicht so hoffnungslos dringend Gewißheit verschaffen.
Er gestand alles.
Am folgenden Tag gestand er ihr, blumenstraußbewehrt und beinahe schalkhaft – wie ein Bub, der die Mutter besänftigen will, aber

zugleich zu verstehen gibt, daß er nicht ernsthaft eine Strafe befürchtet – einen Betrug.

Und was nun?
Die Gemeinheit ihrer geplanten Tat war gebrochen.
Selbst wenn sich bei ihm der Schmerz über ihren Verlust vernichtend einstellen würde, das Entsetzen über dessen Sinnlosigkeit bliebe gering.
Denn wenn der Bub die Strafe auch nicht ernsthaft befürchtet, so fühlt er doch eine Erleichterung, daß diese ausbleibt.
Und ebenso würde ihn nichts daran hindern, ihren Abschied mit seiner so unbedeutenden Tat zu begründen.
Er, so würde er sagen, hätte den Anlaß zur Trennung gegeben, auch wenn sie diese aussprach.
Was also blieb ihr?
Sie verzieh.
Und alles wurde wie früher.

IL MALE DEL BLUES CANTATO DI UNA DONNA

Bessie Brühl

„...Eines aber ist sicher,
wir sind soviel verwundet worden,
Reisende, aber wir sind erfahrene
Seeleute. Wir singen den anderen
ein Lied vor. Kein schönes – ein wahres."
(Auszug aus „2 Augen für die Nacht"
B. B. 90)

„...ich gebe ihnen zu fressen, so sie machen das Maul zu." Maria schnurpst halbdicht durch die Wohnhalle in Richtung Papageienkäfige. Das Geschrei hätte einen töten können.
Mich nicht. Ich bin schon tot.
Maria spricht ticinese, italienisch mit französischem Dialekt. „Eine aparte Frau, der man die Fünfzig nicht ansieht". – Abgesehen von dem blauen Auge, das ihr der Ex-Alte zum Abschied verpaßt hat bei seinem Versuch, die Ehe zu retten. („...die Frau zur Vernunft bringen..."). Ja ja. Weibergeschichten. Diese Hyänen! Die Männer seufzen am Tresen. Bei der Arbeit. Das Geld ranschaffen. Ist ja alles nicht so einfach. Bla bla bla. – Na was denn!? Was denn? – Machs Maul auf, wenn ich mit dir rede! Was? Der Ex-Alte betritt die Szenerie. Blablabla durch die Wohnhalle aufs Klo. Blablabla das liebe Geld. Sein Zimmer will er wieder zurück. Seine Frau. Seine Spaghetti. Da sitzt er jetzt und liest Zeitung. Vom Schicksal gebeutelt. Blättert die Sportanzeige durch. Giro d' Italia. Seufzt sich durch die Druckerschwärze und kriegt wunde Finger bis zum Kreuzworträtsel, als wäre er hier zu Hause bei sich, dabei ist es ihr Haus. Ihr Geld. Ihr Krebs. Ihre Nerven. Sechzehn Jahre hat sie ihn gehabt. Geputzt. Die Tiere für seine Show versorgt. Seine Assistentin gewesen. Seine Mama. Seine Hure. Seinen Sohn hat sie aufge-

zogen, bis der so alt war, daß er zu ihr ins Bett gekrochen kam. Das hätte er auch noch gerne gesehn, der Herr Papa. Hat sie gefragt, warum sie zu unmodern ist für das kleine bißchen Ödipus. Aber was soll ich erzählen? Die Geschichten ähneln sich doch alle.

Ob du als Putzfrau oder als Königin weinst, der, der dir wehgetan hat, wird dich sicher nicht trösten.

– Wieviele Männer lassen sich scheiden, weil sie von ihren Frauen geschlagen wurden? („...und da ist mir eben die Hand ausgerutscht, Herr Amtsrat, ich bitt schön, des kann ja amal passieren, gell...?")

Ich sing für dich, Maria. Sonst muß ich schreien. Ich sing dir den Blues: Il male del blues cantato dI una donna. Es ist wichtig, daß wir alle das Maul aufkriegen. Es hat keinen Sinn, für Afrika zu spenden, während nebenan die Nachbarin verprügelt wird. Da muß man hinüber und sagen: So geht das nicht! Denn so geht das wirklich nicht. – Was würde der Angestellte sagen, wenn ihm sein Chef täglich nach Feierabend eine überbrennt? – Danke? – Eigentlich wollen wir es nur warm haben, Kinder sein dürfen, aber in den Beziehungen sind die Männer die Kinder, sonst gibts Streß. Jetzt geht er die Papageien versorgen, „...er putzt die Papagei..."

Sie hat ihnen Spaghetti gegeben, die sie manierlich mit den Händen essen. Sie holt mich, damit ich mir das ansehe, und erzählt mir die Geschichte von dem grünen Papagei, der ‚Papagei' heißt und der keine Federn hatte, als sie ihn bekam: „...weißt du, die Leute haben ein Tuch über seine Käfig, weil er ist laut, er ist eine Papagei, und die Leute wissen nicht. So sie machen ein Tuch über seine Käfig und sie lassen. So er war alleine und er hat gebissen alle Federn von seine Körper. Dann sie haben mir gebracht..."

Ich könnte heulen, der Papagei erinnert mich an mich selber: ...bis daß der Tod euch scheidet... Menetekel und Tagträume von früher. Ich bin eine Zeitreisende, mir fehlen sieben Jahre. Sieben magere Jahre zu zweit. Jetzt kommen sieben fette Jahre, das weiß ich, denn lieber reiß ich mir sämtliche Federn aus dem Körper, bevor ich noch einen Kerl an meinen Käfig lasse. Es stimmt nämlich nicht, daß der erste Schnitt der tiefste ist („the first cut is the deepest..."), es ist eher so, daß dich der zweite umbringen kann. So ist das.

Sing the Blues, Baby! – Wenn ich groß bin, geh ich nie wieder putzen, nie wieder auf den Strich, nie wieder kaputt. Jedem Mann sage ich jetzt als erstes: „Bitte laß uns einander nie wirklich weh tun!" – Aber jeder Anfang ist verdammt noch mal der Anfang vom Ende, das ist der Lauf der Welt, da können auch Schläge nichts dagegen ausrichten! Einem hab ich dann geschrieben: ...sind wir denn Soldaten, daß wir einander umbringen, ohne uns zu kennen? – Muß ich mir ein Feindbild zurechtzimmern, um für die Schlacht der Männer:Frauen gerüstet zu sein? Ist meine Seele eine Durchgangshalle, mein Körper ein Trampelpfad, platt von den Spuren der Männer auf der Suche nach der Wasserstelle Frau? Beine auseinander: Tor auf? – Pfui Deibel!

Wenn der Mensch kämpft, verliert er seine Würde. Wenn er nicht kämpft, auch. Die Männer sind Götter, bis sie sich als Stiere verkleiden, um die Frauen zu kriegen. Plötzlich haben sie Hörner auf und riesige Geschlechtsteile, mit denen sie einem vor dem Gesicht herumfuchteln... Präsentiert das Geweeeehr!! – Wickelkinder – und ist die Mutter ausgesogen, begeben sie sich auf die Suche nach einer neuen Batterie, die Herren Söhne.

Was soll's. Die Welt ist Wanderschaft. Ein Zug kommt an, ein Zug fährt ab. Wiedersehn ist Freude, Abschied Schmerz. Laßt uns als Freunde scheiden, Feinde nehmen keinen Abschied.

Amen.

DIE ERSTEN WEIHNACHTEN OHNE IHN

Edith Schreiber-Wicke

Die ersten Weihnachten ohne ihn.
Sie stand vor seinem Schrank. Öffnete ihn. Zum ersten Mal, seit er davor gestanden war und mit hastigen Bewegungen Hemden, Pullover, Socken, Anzüge, Krawatten in einem Koffer verstaut hatte. Nicht diesen Blick. Bitte nicht diesen waidwunden Blick. Hatte er gesagt. Versuch mich zu verstehen. Ich kann und ich will ohne diese Frau nicht mehr leben. Weißt du übrigens, wo meine blaue Krawatte ist? Die mit den grünen Streifen?
Die leeren Fächer waren mit Zeitungspapier ausgelegt. Die Schranktüren knarrten. In einer Ecke lag noch etwas. Es war eine dunkelblaue Krawatte mit olivgrünen Schrägstreifen. Sie begann automatisch, die Krawatte glattzustreifen, hörte auf, knüllte sie wieder zusammen und warf sie in das Fach zurück.
Die ersten Weihnachten ohne ihn.
Sie würde bei Freunden feiern. Bei guten alten Freunden, die er nie hatte leiden können. Eine Schulfreundin, die Kinderbücher zeichnete. Ihr Mann, der Werbetexte schrieb. Zwei Kinder, zwei Katzen, ein Hund. Sie sah sich um. Trotzdem – es wäre schön, auch hier in der Wohnung einen Christbaum zu haben. Der Christbaum-Markt war gleich ums Eck in dem kleinen Park rund um das Schiller-Denkmal. Auf den Straßen war graubrauner Matsch, der sich an den Stiefeln festsaugte. So war Weihnachten in der Stadt. Sie mochte die Stadt trotzdem. Auch zu Weihnachten.
Die Christbaumverkäufer hatten alle rote Nasen und wässrige Augen von der Kälte. Sie sahen aus wie eine eigene Menschenrasse mit dem besonderen Merkmal rote Nase und wässrige Augen.
Die ersten Weihnachten ohne ihn.
Sie ging langsam zwischen den wenigen Bäumen durch, die noch zu haben waren. Er hatte immer gesagt: Eine Tanne muß es sein, die nadelt nicht. Und groß und gerade gewachsen. Das ist wichtig. Der Christbaumverkäufer mit der roten Nase und den wässrigen Augen lächelte freundlich, als sie bezahlte. Ein schöner Baum,

sagte er lobend. Vor zwei Wochen hat der noch um hundert Schilling mehr gekostet.
Zufrieden stellte sie die kugelrunde kleine Fichte auf einen Tisch und betrachtete sie von allen Seiten. Welcher Schmuck paßte zu ihr? Wenig, aber mit Stil, hatte er immer gesagt. Lametta, weiße und blaue Kugeln, weiße Kerzen. Das ist am schönsten.
Sie holte mit einiger Mühe den Christbaumschmuck ihrer Mutter aus dem hintersten Regal im Abstellraum. Dann begann sie, die kleine Fichte mit Weihnachtsmännern, Trompeten, Nüssen, Laternen und Engeln aus zartem, buntem Glas zu behängen. Es war viel Christbaumschmuck da. Die Fichte war klein und rund und bunt wie alle Christbäume ihrer Kinderzeit. Und sie duftete nach Wald, Weihnachten, Erinnerungen.
Die ersten Weihnachten ohne ihn.
Ob sie sich umziehen sollte? Klassisch, hatte er immer gesagt, klassisch steht dir am besten. In ihrem Schrank hingen immer noch sieben klassische graue Faltenröcke aus klassischem Flanell.
Die ersten Weihnachten ohne ihn.
Sie sah auf die Uhr. Ungefähr eine Stunde noch. Dann würde sie gehen. Sie hatte versprochen, früher zu kommen und zu helfen. Die Kinder von allen Plätzen fernhalten, die sie interessierten. Mit dem Hund spazierengehen. Den Salat herrichten. Sie war ja im Freundeskreis berühmt für ihre Salate. Bunte Teller nachfüllen. Bei ihr gab es heuer keine bunten Teller. Sie mochte Kekse nicht besonders. Und hatte nie eingesehen, warum man zu Weihnachten plötzlich ungeheure Mengen von Nüssen, Zucker, Honig und Eiern zu Bergen von Süßigkeiten verarbeiten mußte. Aber sie hatte jedes Jahr wieder gebacken. Zumindest gefüllten Lebkuchen und Vanillekipferl. Die hatte er besonders gern.
Die Geschenke für Freunde, Kinder, Katzen, Hund waren schon eingepackt. In einer großen Papiertasche zur Tür gestellt. Eigentlich konnte sie gehen.
Das Telefon läutete. Wahrscheinlich wollte noch jemand im letzten Augenblick frohe Weihnachten wünschen.
Nein.
Er war es.
Es war ein Irrtum, sagte er. Es war eine riesige Dummheit von mir. Meine Koffer habe ich schon gepackt. Ich kann in einer halben

Stunde zu Hause sein. Warum sagst du nichts? Was willst du hören? Na schön, es tut mir leid. Genügt das? Sag doch endlich etwas. Nein, sag nichts. Ich kaufe jetzt noch ein paar Mimosen – siehst du, ich habe nichts vergessen – und eine Flasche Champagner. In einer halben Stunde bin ich zu Hause.
Er hatte aufgelegt. Ein paar Augenblicke stand sie noch völlig erstarrt. Dann begann sie hastig, sich umzuziehen. Olivgrüner Overall, breiter roter Gürtel. Ein bißchen Wimperntusche, Rouge auch, weil sie gerade jetzt besonders blaß aussah. Sie schlüpfte in ihre dick gefütterte Jacke, nahm die Tasche mit den Geschenken, zog die Wohnungstür hinter sich ins Schloß.
Frohe Weihnachten, sagte die Nachbarin, die auch gerade mit Paketen beladen aus ihrer Wohnung kam. Frohe Weihnachten, antwortete sie.
Die ersten Weihnachten ohne ihn.
Nichts und niemand würde sie um dieses Vergnügen bringen.

MANFRED KOMMT

Regina Nössler

Zeigen soll er ihr den Manfred, er soll ihn symbolisieren und verheißungsvoll ankündigen: als würde er, Manfred selbst, dort in diesem Kasten stehen, den sie gerade geöffnet hat, da unten, wo sonst immer die Post draufklatscht, steht Manfred, klein und heftig winkend, aus der Ferne, aus vollem Herzen ihr zu.

Kreszentia öffnet den Briefkasten, wie jeden Tag; statt eines Briefes ist da ein menschliches Wesen, nur viel kleiner. In einem sonnengelben Ganzkörper-Kapuzenanzug. Mit orangefarbenen Gummistiefeln (ganz kleinen) steht es da. Und strahlt bis zu den Ohren, beinahe im Kreis, und winkt und winkt. Und ruft:
Hallo, ich bin es doch, dein Manfred. Ich habe meine wärmende Kapuze aufgesetzt, denn das Blech des Kastens strahlt soviel Kälte ab, ich lache dich an: haha.

Jetzt geht die Sonne wieder auf. Sie öffnet den Briefkasten, wie jeden Tag, sie kennt seine Schrift wie die Bewegungen beim Geschirr-Abspülen, wie andere gewohnte Bewegungen, wie gewöhnliche Gedanken, wie den Anblick ihres Körpers beim Duschen (sie ist neunundzwanzig geworden, sieht dieser Körper nicht neuerdings von Tag zu Tag...? Niemand bleibt verschont).

Sie kennt seine Schrift wie etwas, wovon sie täglich umgeben ist, wie das Gefühl des Einschlafens und dabei die gleichzeitige Angst vor dem Einschlafen, das Sich-Wehren gegen das Einschlafen, die Angst vor dem Ausgelöscht-Sein. Wer braucht sonst noch mindestens eine halbe Stunde zum Einschlafen, selbst alkoholisiert? Manfred jedenfalls nicht, wie sie über Jahre hinweg verärgert, aber neidlos, immer wieder feststellen konnte.

Um seine Ankunft anzukündigen, hat er eigens buntes Briefpapier benutzt. Ein gelber Umschlag, wie die liebe Sonne soll ihr der Brief

entgegeleuchten aus dem tristen Kasten, das hat Manfred sicher bezweckt.
Wenn er nicht wäre, was wäre dann. Gelb. Und die Sonne, die Sonne, die ist er! Sie anstrahlen, ihr zulächeln soll der Brief, sie froh und heiter machen. Voller Erwartung soll sie sein und voller Freude. Sie soll ihm entgegenfiebern. Es wird wieder schön werden, wie jedesmal. Ihr zulächeln soll der Brief, sie frohmachen und anstrahlen!
Sie soll hecheln, atemlos soll sie sein und alles Unwichtige kurzerhand über Bord werfen, Pflichten, Bekanntschaften, Lasten, denn alles zu seiner Zeit. Denn ohne ihn gibt es doch nichts. Ihr zulächeln, sie frohmachen. Sie anstrahlen!

„Liebste Zenzi!
In Simulakrum ist soeben Smog, und ich möchte zu Dir. Von meinen Freunden, Bekannten und Bekannten habe ich erst mal die Nase voll. Alles zu seiner Zeit.
Ich komme am Montag um 13.55 Uhr, hole mich bitte vom Bahnhof ab.
Wir sollten endlich zusammenziehn, damit wir uns für immer haben und nicht mehr bangen müssen. Wegen so etwas. Warum zögerst Du, komm doch in mein dunkles, schummriges Reich, in meine behagliche und bedrückende Höhle. Du bist begehrenswert, das bist Du. Dann hätten wir nämlich jemanden und müßten uns nicht mehr sorgen, wegen so etwas. Findest Du nicht auch? Ich drücke Dich, ganz fest,
Dein Manni".
Das Papier, auf dem dies steht, ist blau. Wie die Unergründlichkeit der Nächte, in denen sie, bald, wieder miteinander verbunden sein werden.
Sie nimmt zunächst einfach nur zur Kenntnis, daß er kommen würde, daß er also wieder kommen würde, währenddessen steht sie noch im Hausflur vor dem Briefkasten, wo sie den Brief sofort aufgerissen hat; bei dem Wort „begehrenswert" ist sie auf der Treppe vor dem Haus, in der Wintersonne dieses Vormittags, ihr fällt dabei nicht der Anblick ihres Körpers beim Duschen ein, auch nicht der Anblick eines anderen Körpers beim Duschen und auch sonst nichts.

Sie hat den Brief in ihre Tasche gepackt und geht zur Straßenbahnhaltestelle.
Immer sucht sich Manfred den Zeitpunkt aus. Auch die Dauer seines Aufenthalts. Er sagt, eigentlich hätte er ganz viel zu tun, schon gar nicht sei er auf sie angewiesen, aber alles zu seiner Zeit. Schon gar nicht sei er auf ihre Zuneigung angewiesen.
Seit über zehn Jahren kann er ihr nicht widerstehen. Schon seit mindestens fünf Jahren wünscht er sich, nachts nicht auf das vergessene, abgestellte Sofa im kalten Flur verbannt zu werden, seit Jahren, schon seit Jahren.
Einmal schlief er sogar im Badezimmer unter dem Waschbecken. Der Hahn tropfte unentwegt, und sicher war der Boden voller unsichtbarer, winziger Pilze.
Besonders schlimm ist es geworden, seit er abends, wenn er bei ihr ist, nur noch Tee trinkt, keinen Wein mehr, vielleicht ein kleines Glas Likör? Er braucht dann mindestens eine Stunde, bis er endlich einschlafen kann, und währenddessen wird der Flur immer kälter, und er denkt angestrengt über seine Verbannung nach. Als er noch Wein trank oder Bier, schlief er stets sofort ein, fest, traumlos röchelnd, ausdünstend. Ihr Charme zerstört jedesmal seine finsteren Beschlüsse: jetzt endlich, nach diesem Mal, nie mehr wiederzukommen, bloß nicht mehr wiederzukommen, nein – nicht mehr wiederzukommen. Daran denkt er auf dem Sofa, verärgert, aber sich fügend. Seit er seine schwere Reisetasche nicht mehr so gut alleine tragen kann – dabei ist er noch keine Vierzig, nun, aber das ist ja schließlich nicht mehr jung – ist er nahezu darauf angewiesen, daß sie ihn vom Bahnhof abholt, um die Tasche zu tragen. Alleine wäre er, wenn er mit der Tasche bei ihr ankommen würde, schweißnaß, und das, wo bei seiner Ankunft die schöne Begegnung doch erst beginnt. Beim nächsten Mal wird er sich endlich emanzipieren und ein Taxi nehmen.
Aber es ist so schön, vom Bahnhof abgeholt zu werden, man fühlt sich so erwartet, ersehnt und gebraucht. Er nimmt sich jedesmal vor, beim nächsten Mal Tacheles mit ihr zu reden. Es kommt dann nie dazu.
Sie nimmt sich, unabhängig von ihm, jedesmal vor, ihm beim nächsten Mal endlich alles zu sagen.
Er möchte ihr gern sagen, daß er den Eindruck hat, sie habe ihn

gar nicht mehr so gern wie noch vor einigen Jahren. Sie möchte ihm sagen, daß nun alles ganz anders ist, daß sie aber auch nicht wisse, wie.
Manfred meldet sich immer ganz kurzfristig an. Manchmal paßt es ihr dann gar nicht. Und sie muß hin und her überlegen, schwierige, höchst schwierige Entscheidungen treffen, Organisatorisches erledigen, alles ist so dicht, so viel, so dichtgedrängt, so sagt sie zumindest. Schließlich entscheidet sie sich immer dazu, ihn kommen zu lassen, sie hängt an ihm, und außerdem konnte sie noch vor etwa fünf Jahren mit ihm über fast alles sprechen, vor etlichen Jahren noch, oh ja, über einfach alles. Während der verbleibenden Zeit bis zu seiner Ankunft ist sie vollauf damit beschäftigt, so denkt sie, die wenigen Menschen und alle Gegenstände der wenigen Menschen, die Manfred wehtun könnten, aus dem Sichtfeld ihrer Wohnung zu entfernen. Sie nimmt sich vor, ihm diesmal endlich zu sagen, daß jetzt alles anders ist.

Ganz so wie im Film! Fallen ihr nun auf ihrem Weg zur Straßenbahnhaltestelle episodenhaft all ihre gemeinsamen Erlebnisse ein, oder zumindest manche davon, in einem dramaturgisch wohldurchdachten Aufbau, in einer erdachten Abfolge, die es so nie gab, die fern der Wirklichkeit liegt und die daher umso mehr die Wirklichkeit ist.
Wie sie sich, einst, liebevolle Peinlichkeiten ins Ohr geflüstert haben müssen und einst, so wie aber auch manchmal noch heute, wenn sie ehrlich ist, sich an netten, liebens- und bekümmernswerten, an bedauerlichen Körperstellen angefaßt haben müssen, weil sie beide wissen, daß man das so tut und daß der andere es jetzt erwartet, wenn nicht jetzt sofort, dann gleich, bestimmt, daß der andere es, gleich bestimmt, erwartet, feste.
Widerliche kleine Scheußlichkeiten, die beschämen, ach. Die zum Losgrölen sind. Wenn sie einem am nächsten Tag ganz plötzlich und überraschend einfallen. Und dann wie kranke, bleiche (ganz wie ein nackter Körper), wie unanständige, weiße, häßliche, kleine, eklige Monster in Gedanken vor einem stehen, als unüberwindbarer, jedes andere, gewohnte Denken verhindernder Wall: wenn es einem wieder einfällt, wie unangenehm, am nächsten Morgen.

Während ihr wieder einfällt, wie es einem einfällt, kauft Kreszentia unterwegs eines dieser Rosinenbrötchen und holt es sofort gierig aus seiner Tüte, kaum, daß sie die Bäckerei wieder verlassen hat, wirft die Tüte weg, stolz schwillt das Rosinenbrötchen an, die Rosinen weich und faulig, auf eine unerklärliche Weise trocken und matschig zugleich, das durch Kreszentias Biß entblößte weiße, ganz weiße, verletzliche Innere des Rosinenbrötchens schmeckt nach fahlem Teig, aber immerhin doch auch so, daß man sich stets wieder ein Rosinenbrötchen kauft.
Sie hat die Haltestelle erreicht und muß nicht lange auf die Straßenbahn warten, die erst eine Treppe zum Emporsteigen hinausfährt und dann, dann, ihre Türen öffnet.

Manfred kommt herein und schaut sich furchtsam um, aber so versteckt, daß es keiner merken kann. Es soll bloß keiner merken. Sie sollen alle nur IHN sehen und vornehmlich das, was er selbst gern über sich denkt, und in dieses Gebilde paßt kein plumper Schritt, keine täppische Furcht. Er trägt das neue Sakko. Das ist leider schon ganz zerknittert. Die schwarze Hose auch, sie hat bereits gar keine Bügelfalte mehr, keine Spur davon. Dabei hat er angestrengt versucht, die Bügelfalte in langer Arbeit an seinem Küchentisch, mangels eines Bügelbretts, in die Hose hineinzubekommen, ungeachtet dessen, daß es eine Hose ist, in die keine Bügelfalte hineingehört, sie war schon beim Kauf nicht drin.

Sie wird diesmal alles ganz schön machen. Zwar wird der Fisch tiefgefroren sein, auch die Kräuter, aber das wird Manfred nicht merken.
Wenn sie ihn anlächeln wird, wird sich darin alle Verkniffenheit dieser Welt zeigen.
Manfred wird fressen und fressen, wie eine Maschine. Komisch, daß ihr das füher nie aufgefallen ist.
Als sie einen Sitzplatz gefunden hat, leider dichtgedrängt neben einer unangenehmen Person, sagt sie sich im Geiste das vor, was sie nahezu auswendig kann, das, was sie immer, wenn die Sprache auf Manfred kommt, den wenigen Menschen, die sie kennt und die Manfred wehtun würden, wüßte er von ihnen, sagt:
„Dies ist mein Manfred! Er ist empfindsam und klug. Das Foto trifft

ihn nicht so gut. Wo findet man schon solch einen empfindsamen Mann, so verletzlich. Dies ist mein Manfred. Er kommt aus der Großstadt Simulakrum, die bekanntlich das Zentrum allen geistigen und körperlichen Lebens, jedweder Kultur und von allem sonstigen ist. Und da, in diesem brodelnden Schmelztiegel, da lebt er, und natürlich besuche ich ihn oft. Oh, Simulakrum. Ich werde ihn behalten. Auf dem Foto sieht er leider ein bißchen unvorteilhaft aus. Ich habe ihn seit über zehn Jahren. Ich will ihn behalten, das habe ich mir vorgenommen.
Hast du etwa keinen Manfred?"

Bei all ihren Freunden, Bekannten und Bekannten (und deren hat sie nicht viele, neue findet sie nur schwer, aber auch die alten zu behalten, ist nicht leicht) sagt sie das. Bei all seinen Freunden, Bekannten und Bekannten (und er hat noch weniger) sagt er ähnliches.
Sie lobpreisen sich als. Was sie beide nicht sind. So passen sie wieder recht gut zusammen. Nur mögen sie sich gar nicht mehr so gern.
Sicher sind sie sich aber wiederum auch nicht, daß sie sich NICHT mögen, und darüber reden sie nie. Genaugenommen wissen sie es nicht mehr, es ist ihnen entfallen. Wie hatte es nur angefangen? Aber meist ist ihnen schon eher so, als würden sie sich mögen, oder ist das einfach nur eine undeutliche Erinnerung an etwas Früheres, Vergangenes? Halten sie sich für irgendetwas warm? Schon seit etlichen Jahren muß Manfred in Kreszentias kaltem Flur liegen. Wie die bleiche, in den Keller verbannte, kalte Leiche.
Kommt er nicht, so bin ich gleich ganz traurig und frage mich: Was ist nur? Kommt Manfred einmal nicht, so kommen statt seiner gleich meine dunklen, angsterfüllten Ahnungen.
So abgeschoben. So gar nicht warmgehalten und gemocht, gar nicht liebgehabt, nicht erhöht, wie es einem solchen Verhältnis doch eigentlich anstünde.
Ob wohl etwas nicht stimmt?

Montag ist schon bald!, denkt Kreszentia. Sie würde ihm im Flur ein Lager machen, oder würden sie diesmal etwa in einem?
Eine alte, wacklige Frau erklimmt mühsam die Treppe der Straßen-

bahn und krallt sich im Innern, hineingekommen, an einer Haltestange fest. Alle Kräftigen, Sitzenden tun so, als hätten sie sie nicht bemerkt, und sehen geschäftig zu Boden oder aus dem Fenster oder auf ihre Fingernägel. Kreszentia auch.
Sie fragt sich tatsächlich ernsthaft, so als wäre das ein ganz eigener und neuer Gedanke, den nur sie, ausgerechnet, jetzt in diesem Moment, zum ersten Mal als erster Mensch auf dieser Welt so formuliert und durchdringt:
Ist es nicht ganz einerlei, ob man in diesem oder jenem Raum schläft? Ist es nicht ganz gleich, wo man wohnt? Ist nicht überall alles ganz genauso? Gibt es nicht überall die gleichen Menschen, die die gleichen Zwecke für mich erfüllen können? Trifft man nicht überall die GLEICHEN? Sind es nicht immer die GLEICHEN?

An ihren Knien bilden sich keine Strumpfhosenfalten, sondern -beutel. Ihre Unterhose sitzt nicht und rutscht immer wieder und weiter in die natürlichen Falten des Körpers und wird so zu einem ständigen Quell neuer und fortdauernder Unerträglichkeit.
Sie kann an beinahe gar nichts anderes mehr denken als an ihre sie einkneifende Unterhose, warum nur hat sie nicht eine andere angezogen, deren Gefälligkeit und Anschmiegsamkeit sie kennt, warum nur die falsche, zum Wechseln ist es nun wirklich zu spät, der Zug wird gleich einfahren. Sie kann sich auf nichts konzentrieren, weder auf das, was sie gleich sagen wird, noch auf die Liebe. Der Zug hat zwanzig Minuten Verspätung. Sie könnte jetzt wegrennen. Dann müßte sie gar nichts mehr sagen. Dann würde er ein Taxi nehmen, und es gäbe nur eine unwesentliche zeitliche Verzögerung. Ich will ihn behalten, denkt Kreszentia zornig und schlaff, ich will ihn behalten. Ich habe einen Manfred.

NUN KOMM ICH NOCH DIESMAL

Felicitas Kohring

Es gibt in jedem Hotel blinde Flecken. Gäste suchen und finden sie nicht. Von Kinderhänden gezogen triffst du auf Sperrholzkisten voller Kachelreste, die Vorgeschichte deines Fayence-Badezimmers und, wer weiß, auch auf den Nachruf, auf Fossilien ehemaliger Toiletten, auf Rifiuti, Abgedanktes, Verweigertes aller Art. Auf Gärten, die man längst vergessen hat.
– Mutti, schau mal, der Kürbis! –
Da liegt er, riesig, nackt und glatt, der Augapfel eines orangefarbenen Gottes. Dein Kind lehrt dich Andacht. Du stehst und verkettest den Kürbis mit den chromatisch gefärbten Tomaten zu einer Erntedanksmelodie.
Und der Kürbis geht unter, und die Umrisse deines Kindes werden durchlässig und lösen sich auf, und durch den Maschendraht winden sich Passionsblumen, Christi Marterwerkzeug im Carlo-Calucci-Design. Früchte bilden sich wie phallische Tränen, und endlich ist es Zeit für deinen fünf Uhr Campari.

Nach dem Erwachen darfst du keinen Augenblick zögern. Das Bewußtsein darf nur soviel Licht hereinlassen, daß es bis zum Waschbecken reicht. Zwei Finger breit Kirschwasser in das Zahnputzglas, mit links die Schmerztablette durch die Folie drücken. Und schlucken. Dann den Laden hochziehen und hinaus auf den Balkon. Sofort den Nebel röntgen. Sofort durch das weiß-graue Getue das knöcherne Gerüst des heutigen Tages erkennen. Manchmal helfen die einfachen Dinge. Dort, die gelben und roten Verleihfahrräder, die gab es noch nicht. Das geht. Das ist gut. Eine waffenlose Miliz. Ein Heer in Friedenszeiten.
Es tut nicht weh, sie zu betrachten, es... die Kinder hätten diese Fahrräder benutzt! Sie wären mit ihnen in die Colli gefahren. Hinauf schieben. Hinab sausen. Hier durch den Park flitzen. Fahrradverstecken spielen. Sie hätten... Sofort hineingehen. Noch zwei Finger breit. Duschen. Heiß, kalt. Abtrocknen. Feste. Eincremen.

Einmassieren. Nackt vor den Spiegel. Alles ok. Fast die Alte. Das Gesicht läßt du aus. Da ist im Spiegel eine Leerstelle. Wie bei einer Untoten. Auf den Knopf drücken. Weil noch das Lämpchen glüht. Die Camerièra weiß, was sie bringen soll. Caffé senza latte. Ein Croissant. Ein Brötchen, beinhart, mit warzigen Spiralen. Skulpturbrötchen. Mit Zahnstochern haben die Kinder aus den Brötchen Tiere gebaut. Einen ganzen Zoo. Mit Essen spielt man nicht. Ach Mutti. Am Ende kam der Zoo in einen Karton und reiste mit nach Hause. Und überlebte lange mit sich lockernden Knochen. Und wurde ohne Wehmut weggeworfen. Man würde wieder hinfahren, man würde neue Skulpturbrötchen vorfinden, man würde andere Tiere bauen, kompliziertere, man war geschickter geworden. Der Kleine würde jedes Jahr ein bißchen besser an den Mittagstisch passen, würde nicht mehr durch die nierenförmige Öffnung hinten im Stuhl rutschen zum Gaudium der italienischen Kassenpatienten, er würde auf die Flasche verzichten und die ersten Spaghetti wickeln, wie vor ihm sein Bruder es getan hatte... einen Daumen breit noch.

Und jetzt den Tag planen. Auf Millimeterpapier. In allen Einzelheiten. Jede Stunde. Nein, jede Viertelstunde. Der Feind lauert ruhelos und überall. Aber du bist gewappnet. Du bist teilnarkotisiert. Der Schmerz, dieser feige Heckenschütze, wird dich nicht unvorbereitet treffen. Er kommt verzögert, wie eine unbeholfene Welle, vor der man eben noch das Ufer erreicht.

Die Welle flutet zurück mit tückischem Grinsen und hinterläßt um deine Füße breite Flossen. Schatten der Füße, Seele der Füße. Schwimmflossen, blaue, orange, Flügelchen, so schwer aufzublasen, Taucherbrillen, die man mit Spucke einreibt. Und da kommt das Frühstück.

Du nimmst es auf dem Balkon ein. Wie die anderen.

Da sitzt ihr, weißgefiedert in euren weißen Bademänteln, einsam in euren vergitterten Nestern, und pickt mit scharfen gelben Schnäbeln in euer aufgeweichtes Croissant.

Du betrachtest den Verkehr auf der Ameisenstraße vom Balkon ins Badezimmer. Unsympathische Tiere, staatstreu und massenhaft. Alle im Stechschritt. Die magst du nicht, die gut funktionierenden Insekten. Auch die Bienen nicht, die die Kantenlänge ihrer Waben mit dem Zollstock messen. Bauen alle ihr optimistisches Manhatten.

Und wehe, so 'ne Biene kriegt Sozialhilfe, die wird alsbald als nutzloser Fresser abgestochen. Unwertes Leben. Du hast sie schon gesehen, die Drohnenleichname vor dem Schloß der Königin nach der spätsommerlichen Bartholomäusnacht.
Du mußt hinunter zu den Anwendungen.
Du mußt noch warten. Dafür ist ein Zimmer vorgesehen. Ein Zimmer zum Warten. Ein Zimmer, das von zerwarteter Zeit vibriert. Die Zeit mag es nicht, daß man sie nur erträgt. Die Zeit will verbracht werden. Ständig braucht sie was zwischen die Zähne. Da haben wir hier den Espressoautomaten. Gettone rein. Erst quillts blutig langsam, dann schießt das bräunliche Wundwasser hinterher. Und füllt den Bruchteil eines Bechers zu einem Bruchteil. Zucker aus der Blechschublade. Den die Kinder hier immer geklaut haben. Du siehst die kleinen konzentrischen Muster ihrer Fingerabdrücke auf dem Metall. Und schluckst den Espresso. Im Bruchteil einer Sekunde.
Und schnell weg hier. Den Gang entlang auf den achselhöhlenwarmen Marmorfliesen und hinein in Gottes Reparatur-Werkstatt. Hier hat Adriana eine Heils-Planstelle inne.
Gelehrig hat sie deinen Körper aus Schlamm geformt, den Rumpf skizziert, dem Hintern, den Knien rundliche Polster bereitet und drückt dich rein ins Heiße, begütigt dein Protestgeschrei in allen Zügen. Und hüllt dich zum Kokon. Und sagt: – E come ieri, quando suo piccolo figlio è andato nel bagno con Lei. Non sappeva appena camminare. – Und entfernt sich mit teuflischem Gelächter. Verflucht. Du sitzt in der Falle. Schweiß und Tränen. Schweiß und Tränen. Und Musik aus dem Radio. Ein italienisches Potpourri. Potpourri gehört zu den sieben Todsünden. Eingebettet zwischen Hoffart, Wollust und Neid.
Und ein kleiner, runder, nackter durchsichtiger Geist tritt ein und setzt vorsichtig Fuß vor Füßchen die Stufen hinab ins beige gekachelte Ozonbad. – Mutti, wir baden in Sinalco. – Adriana, komm, komm schnell, nimm den Schlauch, spül mich ab, spül mich weg, spül mich durch den Ausguß, zu den Unterirdischen, die nichts mehr spüren als das Nichts.

Nach der Massage ein Glas Rotwein von den Colli. Aus dem Kleiderschrank. Und zehn Minuten Erschöpfung, in denen auch der Schmerz einmal die Augen schließt.

Und dann, während der Nebel schon dünner wird, rasch die Sachen packen für die Piscina, keine Matchboxautos, vergiß die Matchboxautos, und hinaus in den Park.
Mittelirdischer Dampf über dem lebendigen Fango. Und du murmelst Hexensprüche. Und nimmst Kontakt auf zur großen Göttin im Erdmittelpunkt. Es ist anzunehmen, daß sie dich hört, hier, wo das Magma blubbert, wo sie den Dampf von ihrer Capuccino-Tasse pustet. Aber sie sagt zu dir: – Etwas mehr Glaube, Liebe, Hoffnung, meine Gute. Dann leih ich dir auch mal meinen Sonntagsbesen. –
Und damit kannst du nicht dienen und du bekreuzigst dich stumm und gehst weiter.
Am Beckenrand liegt die Nonne aus schwarzen Segmenten und liest als einzige. Es ist aber der Fahrplan. Vor dem Klofenster stimmbrüchige Lustschreie der ragazzi, die ihre freilaufenden Fahrräder zähmen.
Im Wasser schwimmen einige Intendanten mittlerer städtischer Bühnen, und Dominikanermönche im weißen accapatoio umschreiten den Beckenrand.
Die Sonne hält sich den ganzen Morgen die Augen zu, und du tauchst ein in das Wasser, so warm wie dein Blut, so sagt das Thermometer.

Ring-Kampf geht so: Du preßt den prallen Weiberleib in den prallen Schwimmring, das Kind (das erste?, das zweite?) den reptilienglatten Knabenkörper in den seinen.
Und ihr versucht, euch gegenseitig aus dem Ring zu drücken. Du sitzt fester, das Kind ist schneller. Du steckst drin wie der Korken im Sekt, das Kind federt und spiralt. Ihr umkreist euch, den Gegner im Augenwinkel, landet heimtückische Fußtritte unter der Wasseroberfläche, tut gleichgültig, trefft den anderen unvermutet, daß er kopfübergeht und vor Lachen fast ertrinkt. – Nur einmal noch, Mutti, einmal noch! – Na gut, noch einmal, ich muß mich noch fönen. – Und die gekitzelte Wasserhaut kichert Dampfwölkchen und die Pinien im Park wachsen schwarz zusammen.
Aber es ist heller Tag und du stürzt aus dem Wasser.
Du trocknest dich ab und wechselst den Badeanzug.
Und machst dich gelassenen Schritts auf zur Bar für den Aperitif.
Du gehst zur Bar am Schwimmbadrand entlang. Unter den Blinden

bist du noch hinreichend einäugig. Ein Mann schaut dir unzüchtig auf deinen braunen Busen.
Aber du bist nur ein Täuschungsmanöver. Du bist die Schöne vom Kirchenportal, lieblich anzusehen, und aus dem Rücken kriechen Würmer, neunundvierzig Würmer, für jedes Lebensjahr ein Wurm. Du riechst unmerklich nach Verwesung, und da hilft auch keine Transfusion aus einem Fünf-Minuten-Schwanz.
Zuviele Verbrennungen. Nicht mehr anfangen mit Sprühverband aus Sperma. Geh weiter, Schwanz, der Markt ist ja gut bestückt. Alles Sonderangebote wegen des knappen Verfallsdatums. Greif hinein ins volle Menschenleben. Halt ihn geschmeidig, Bruder, laß ihn täglich seine Liegestützen machen, daß das Blut kräftig in die Schwellkörper strömt, und entleere ihn sanft.
Er ist vielleicht die letzte Droge, der letzte Schluchzer, mit ihm zeigst du ein letztes Mal Flagge, liegend auf Charons Barke. Er ist das letzte von dir, das aufrecht steht, wenn du wohlverdient am Galgen endest und vielleicht das einzige überhaupt.

Auf dem Trainingsfahrrad sitzt das Kind (das erste?, das zweite?). Es kann mit den Füßen nicht die Pedale erreichen.
Nur mit dem großen Zeh Viertel- und Halbkreise initiieren. Du setzt dich dahinter, trittst anstelle des Kindes, der Tacho suggeriert Erfolg, das Kind beugt sich über die Lenkstange, ab geht die Fahrt, durch sämtliche Schikanen, die Fans kreischen, das Kind kreischt. Die Siegerehrung findet auf dem gekachelten Treppchen statt, das Kind wird mit einem Schwimmring bekränzt. Trinke, trinke etwas, irgendetwas, Grappa, achte nur auf die Wärmewellen, die aus dem Magen aufsteigen, die das messerscharfe Bewußtsein sanft erblinden lassen. Laß das Gehirn sich mit Fell bedecken, mit Schleim, laß es sich zurückbilden zu Protoplasma.
Du mußt zum Mittagessen.

Direkt unter dem Balkon der immer gleiche rote Opel. Im Lackglanz seines Daches spiegelt sich das Gefieder des Ahorns und manches Blatt wird den Bäumen schon zu gelb, und nach dem letzten Walzer krümmt es sich auf dem Dach des Opels, bis der Nachttau seine Leiche glättet.
Der rote Opel ist ein Kombi mit fünf Türen, von oben her wirkt das

kastenförmige Gehäuse leicht geböscht, ein fröhlicher Bestattungswagen. Im Dach ein Fenster, das den Himmel spiegelt in Agfacolor und durch das man den/die Tote sieht. Und du, Voyeurin von oben, schaust ins Innere und siehst dich liegen und hast die Zeit überrundet und lächelst Triumph.
Du hast dich in den Finger gestochen und alles ist erstarrt. So stehen seit hundert Jahren die Nelken in den Nelkenvasen, so krümelt der Parmesan unverweslich in seinem silbernen Tabernakel, so schnitten die Messer schon damals nicht, so beschlagen auf immer dieselbe Weise immer dieselben Wasserkrüge...
Seit hundert Jahren lächelt der frischgeschliffene Portier den Gästen zu, die durch die Tür gedreht werden wie auf einer Spieluhr. Seit hundert Jahren kämpfen die beiden Fernsehgeräte ihren kreischenden Kampf, angefeuert von immer denselben Fußballgreisen.
Nur die vergehende Zeit hat man dir ganz allein zu tragen gegeben. Und schau, da erwacht Dornröschen und sabbert zahnlos hinunter auf den Fladenbusen und hat den Finger in der Vagina zwischen den hundertjährigen Schenkeln mit Orangenhaut.
Merkt ihr nichts, schreist du, die ihr da sitzt mit euren Patiencen, mit eurem Campari, eurem Geplapper, die Zeit geht! Lauft, lauft, vielleicht können wir sie einholen, vielleicht wir alle zusammen, wir halten sie fest, wir knien uns auf ihre Oberarmmuskeln, wir lassen sie nicht los, ehe sie nicht verspricht...
Ach, sie sind betäubt, Gute, sie sind in Narkose, so wie du in Narkose warst, als du deine Kinder großzogst zu diesen netten jungen Herren, diesen netten Bekannten, die du gelegentlich triffst, und mit denen es sich so angenehm plaudert. Sie hören dich nicht.
Vergiß es, pack deine Handtasche, steig in den Bus, mach dir ein paar schöne Stunden, fahr nach Venedig. Denk, du wärst auf der Hochzeitsreise.
Auf dem Titelblatt einer Zeitschrift erblickst du eine vom Blitzlicht erschlagene Frau. Mit der Gesichtshaut einer Walnußschale und künstlichen Hauern, die aus wurmdünnen Lippen wuchern. Und liest die Schrift: – Mit fünfzig beginnt das dritte Leben. –
Beim dritten Mal wird alles gut. Der dritte Wunsch beschert das ewige Leben. Beim dritten Mal kommt der dritte Prinz und küßt dich mit seinen dritten Zähnen.
Nun komm ich noch dreimal und dann nimmermehr.

Eine Reporterin des Corriere della sera hält dir das Mikrophon hin – Sie schreiben doch? Haben Sie irgendetwas Gültiges zum Thema Venedig zu sagen? – Nein. Nichts. – Sie wissen, daß Pasternak gesagt hat, Venedig sei eine Stadt, die von Gebäuden bewohnt wird. Oder Goethe: Ihm erschien der Canal Grande als „die schönste Straße der Welt". Dem haben Sie nichts hinzuzufügen? – Zwei kleine Jungen auf dem kleinen Platz mit dem Grundriß eines Tortenstücks. Du öffnest die Blende: der eine Junge schwebt wenige Zentimeter über dem Boden, der rechte Oberschenkel wächst ihm rechtwinkelig aus der Hüfte, der Unterschenkel pendelt nach hinten zum äußersten Punkt und schießt vor, trifft den Ball, den Aufprall hörst du nicht mehr, der Vaporetto ist vorüber, aber du befürchtest das Schlimmste.
Du sagst der Reporterin: – In Venedig können kleine Jungen schlecht Fußballspielen. – Die Reporterin zerfließt magermilchblau und verliert sich im September. Lange Schatten haken um deine Beine, es ist 16.30 Uhr in Mitteleuropa. Eine linksabbiegende Gondel schluchzt auf, den Schwanz mit Rasiermessern geschmückt, den schwarzen Sargdeckel vorn mit lila Astern. Du fühlst glatt und buchdeckelartig den Flachmann, mit Grappa gefüllt, in der Handtasche. Und du gehst entlang an der Lagerhalle für göttliches Stückgut und trittst ein ins hochbeinige Innere. Dort oben schwebt das Wunderbild, die schlechtgelaunte Maria dei Miracoli auf rotem Grund. Und hat ein Kind im Arm. Du bist allein in der Aquariumskirche, du sitzt wie unter Wasser und läßt den Grappa in den Hals laufen aus der kleinen Taucherflasche. Und du tauchst wieder auf aus der grünflutenden Kirche und betrachtest die schlingernden Kreise, die sie alle beschreiben, der Laden mit den Masken, die Tischlerwerkstatt und den Mann mit der rosigen Gazetta dello sport. Ihr schwebt wie Blasen über der Lagune und zündet die Zigaretten an am Abfackelungsfeuer von Mestres Schornsteinen.

Du betest, daß der Laden noch geöffnet hat. Sie holen schon die Obstkisten rein. Und schauen unwillig. Da, türkischer Honig. Du hast ihn überall gesucht. Für die... Rasch zu den Getränken. Und blind den Grappa tasten. Scheiße. Die Flasche rutscht dir aus den Händen. Und fällt auf die Fliesen. Säuferin, Säuferin.

– Scusate mille volte. La pago, si capisce. Si, prendo altra. Mi dispiace tanto...– Raus, raus, raus.
Die Plastiktüte an sich drücken. In den Fahrstuhl. Und ins Zimmer. Und aufs Bett. Und endlich weinen. Und endlich sagen: nein.

Du denkst: Komisch, immer hat dir der Arzt nur zehn Halcion gegeben. Und jetzt zum ersten Mal zwanzig. Vielleicht hat er die Ferien einkalkuliert. Sehr vorausschauend. 20 mal 0,5. Und die 0,25 helfen auch schon. Du nimmst meistens nur ne halbe. 20 mal 0,5 gleich zehn. Zehn was? Auf jeden Fall genug.
Du duschst. Heiß, kalt. Und cremst dich ein. Und ziehst das besagte, besungene kleine Schwarze an. Und den neuen, schwarzen geflochtenen Ledergürtel. Saufen macht schlank. Und schwarze Strümpfe mit kleinen Rosen und hohe Haken, wie die schönen Italienerinnen, die du auch bei einer Feuersbrunst nicht ohne solche antriffst. Oh, Candlelight-Dinner. Tomaten mit Mozzarella, Minestra, Hähnchen mit Salbei, Eis, Feigen. Rotwein von den Colli. Du trinkst züchtig ein Glas. Stehst auf und lächelst dem Piano-Mann zu. Und gehst in den Park. Setzt dich auf die Hollywood-Schaukel. Da hast du immer Gitarre geübt. Und singst leise: Blue is the colour of the sky – y – y. Du hast viel Zeit. Nach zwölf kommen erst die Pornos, und da sitzen dann immer noch welche. Und endlich sitzt du am Beckenrand und hältst die Füße ins Wasser samt den Schuhen. Und schüttelst die Flasche, damit die Tabletten sich gut auflösen. Und trinkst. Und die Nacht sitzt neben dir und erzählt von Oleanderblüten. Und da plätschert es und wirbelt es, und ein kleiner Körper formt sich im Wasser.
– Mutti, eine Fledermaus hat mich gestreift! Mutti, komm ins Wasser, wir schwimmen noch einmal zu den Pinien.
Und die Grappaflasche ist fast leer und du sagst: – klar, Schatz, – und rutschst über den Beckenrand.
Und tauchst ein in das Wasser, so warm wie dein Blut.

NACH DER HITZE

Ingeborg Jaiser

In jenem Jahr ließ der Sommer außergewöhnlich lange auf sich warten. Als dann nach Monaten des ungemütlichen Dauerregens, der klammen Kälte und der nicht enden wollenden Nächte schließlich eine verbrennende Gluthitze eintrat, die die Gärten versengte und die Häuser aufheizte, da endlich erwachte Linda aus ihrem watteweichen Schlaf. Was andere umwarf, wirkte auf sie wie eine Wiederbelebungsspritze: überhitzte Tage, schlaflose Nächte und ein dauerndes, pulsierendes Aufgeputschtsein.

In dem Jahr, als der Sommer ungewöhnlich lange auf sich warten ließ, geriet Lindas mühsam geordnetes Leben vollends aus den Fugen. Ihre Vergnügungslust trieb sie hinaus auf die Terrassen, in Biergärten und Straßencafés, von denen sie erst in tiefer Dunkelheit zurück nach Hause fand. Oft war sie betrunken von all den eisgekühlten Cocktails, die doch das Brennen in ihrer Kehle auch nicht lindern konnten. Noch öfter war sie zumindest so angeheitert, daß sie wahllos und ziellos Fremde am Nebentisch oder auf der Straße ansprach, ohne immer auf Verständnis zu stoßen.

Nach all den Monaten der verfremdenden Vermummung fühlte Linda sich nun durch die Spärlichkeit der Kleidung wohltuend befreit. Euphorisch trug sie pinkfarbenen Nagellack, Riemchensandalen und einen Hauch zu kurze Röcke. Ihre Sonnentops bestanden mehr aus Dekolleté denn aus Trägern, und an ihren unverschämt sonnenbraunen Armen klimperte eine Batterie silberner Reifen. Die ungeheuerliche Wärme versetzte ihre gelösten Glieder in weiche, katzengleiche Bewegungen.

Beim ersten Mann, den sie in diesem Sommer probeweise verführte, war sie noch erstaunt über die Leichtigkeit und Schwerelosigkeit ihrer Tat. Die Hitze hatte jegliche Scham, jede Hemmung und Befürchtung von ihr gerissen. Blicke, Gesten, Berührungen flossen sanft und widerstandslos. Schon als sie sich im Biergarten zu ihm setzte, war sie sich ihres Ziels bewußt: Sie wollte diese blaße Sommersprossenhaut, dieses weiche, weizenblonde Kinderhaar, diese kräuseligen Lippen und alles, alles andere besitzen, wenigstens für ein paar kurze Stunden besitzen – und anfassen, betasten, befühlen. Der Mann trug selbst in dieser Sommerhitze lange schwarze Kniestrümpfe, faltete seine Kleider beim Ausziehen sorgfältig und akkurat zusammen und reiste nach zwei Tagen ab, in eine andere Stadt, wo er anderen Mitarbeitern seiner Firma eine Einführung in die Benutzung der neuen PCs gab. Linda trug sentimental noch eine Weile seine Visitenkarte mit sich herum, benutzte sie schließlich als Lesezeichen und verlor sie irgendwann in der Straßenbahn, noch ehe sie die darauf angegebene Telefonnummer gewählt hatte. Kurze Zeit später hatte sie auch den Namen des Mannes vergessen.

Als die ungewöhnliche Schwüle auch nach einer Woche noch anhielt, stellte sich Linda auf einen Jahrhundertsommer ein, ließ die Balkonmöbel auch über Nacht draußen stehen, kaufte mehrere Kisten Sprudel auf Vorrat ein und verbannte die warmen Klamotten in den Keller. Schon nach wenigen Tagen stieg ihr die anhaltende Hitze wie eine gleichbleibende, warme Beschwipstheit zu Kopfe. Wie in Trance verspürte sie eine unglaubliche Lust auf Männer, der sie sich blind und bedingungslos überließ.

Igor hatte seinen Bus verpaßt und versuchte von der Haltestelle aus zu trampen. Unverschämt jung und unverschämt frech war er, mit gesträhntem Strupphaar, das ein folkloristisch anmutendes Tuch kunstvoll aus der Stirn hielt, mit riesigem schwarzem T-Shirt und Jeans in Elefantengröße. Als er „Spliff" aus Lindas Radiorecorder tönen hörte, schnalzte er anerkennend mit der Zunge und blies eine verirrte blondierte Strähne zur Seite. Ein herrlich befremdender Geruch nach jungen Hunden ging von ihm aus, lähmend und anregend zugleich, so daß Linda blindlings die Stadt verließ, ohne nach seinem Ziel zu fragen. Erst an einem Waldparkplatz machten sie halt, wo sie sich schnuppernd, tastend, japsend einander näherten, ohne viele Worte zu verlieren. Wahrscheinlich hätten sie sowieso keine gemeinsame Sprache gefunden. Die Haut unter seinem XXL-Shirt war glatt und weich und fühlte sich wie gewaschene Seide an. Als er kurz nach Mitternacht darauf bestand, doch noch zu seiner Disco gebracht zu werden, fuhr Linda ohne Widerrede hin. Der Geruch der Jugend und Wildheit blieb noch Tage in ihrem Auto kleben.

Nur selten, zwischen all den angefüllten, von Verabredungen und Erlebnissen überladenen Tagen, dachte Linda mit einer gewissen Wehmut an Robert, der trotz seiner Abwesenheit genügend Hinweise auf seine Person hinterlassen hatte: einmal benutzte Hemden und Pullover, die verknittert auf einen Stuhl geknüllt waren; kalte Bierflaschen im Kühlschrank; nachlässig ausgequetschte Zahnpastatuben; ein benutztes Kopfkissen auf der anderen Seite des Bettes. Daß er gerade diesen einmaligen, herrlichen Jahrhundertsommer geschäftlich in den USA verbringen mußte, verzieh ihm Linda kaum, auch wenn sie ohne ihn genügend Spaß hatte. Manchmal, mitten in der Nacht, wenn die noch dampfende Hitze keinen Schlaf zuließ und schriller Insektengesang die Stille zerschnitt, schlich sie sich ins Bad und träufelte Roberts Rasierwasser aufs Handgelenk, in der irrwitzigen Hoffnung, wenigstens durch den vertrauten Duft einschlafen zu können – doch an ihr selbst roch es fremd und anders.

Glücklicherweise war die Schwermut meist am anderen Morgen verflogen, wenn Linda von einem glühend roten Sonnenball geweckt wurde, der gelassen aus dem Morgendunst auftauchte. Schon wenige Stunden später war sie wieder angefüllt von einer aufbrausenden, aufwallenden Hitze, die ihre Lebenslust am Kochen hielt. Sie lackierte ihre Nägel perlmuttfarben, um sie noch intensiver aus der gleichbleibenden Mokkabräune herausblitzen zu lassen. Ihre Röcke hatten die Ausmaße von breiteren Gürteln, und wenn der Träger einer ihrer Oberteile verrutschte, schob sie ihn nicht mehr zurück. Sie schien den ganzen Tag unter ungewöhnlichem Hochdruck und vibrierender Spannung zu stehen.

Daß ihr in dieser ausgeflippten Zeit der Turbulenzen ausgerechnet noch Marco über den Weg lief, verwunderte sie kaum; Marco, mit dem federnden, wippenden Gang, mit der wallenden Lockenpracht, mit den undefinierbaren Augen, die sich seiner Kleidung, seiner Stimmung, seiner Umgebung anpaßten. Vor unendlicher Zeit, als sie beide noch zur Schule gingen, waren sie in einer engen, hilflos erotischen Beziehung aneinandergekettet gewesen, hatten einander aber durch ihr Studium aus den Augen verloren. Jetzt stand er plötzlich an der Kasse im Supermarkt vor ihr, zehn oder fünfzehn Jahre nach ihrer letzten Begegnung, warf wie früher den Lockenschwall nach hinten und wippte unruhig, wie sprungbereit, mit den Füßen auf und ab. Als sie ihn ansprach schien die Zeit stillzustehen. Seine Umarmung war weich und intensiv, wie das drückende, drängelnde Anschmiegen eines Katers. Sie nahm ihn gedankenlos mit nach Hause, als ob er schon immer bei ihr gewohnt hätte. Endlich, endlich fanden sie die Muße und Gelassenheit, all das nachzuholen, was sie früher verpaßt hatten. Doch als Linda am nächsten Morgen diesen breiten, muskulösen Rücken neben sich vorfand, wurde ihr schmerzlich bewußt, daß dies nicht Robert war, nicht der Mann, mit dem sie sonst zusammenlebte. Die Lust zu weinen überkam sie – doch stattdessen schloß sie die Augen, tastete nach dem schlafwarmen Körper neben ihr und tauchte besinnungslos in einer heftigen, innigen Umarmung unter.

An manchen Tagen, wenn das Maß der Überhitzung voll war und das aufdräuende Gewitter förmlich körperlich zu fühlen war, fiel die ganze Überzogenheit von Linda ab und ließ nur eine unendlich schwere Mattigkeit und Schwäche zurück. An solchen Tagen wollten ihre Haare nicht recht liegen und ihre unverschämte Sonnenbräune war von einer fahlen, kränklichen Blässe überschattet. Alle inneren Energien schienen verheizt und verbrannt zu sein, lediglich einen grauen, deprimierenden Aschehaufen zurücklassend. Robert hatte sich noch nicht aus den Staaten gemeldet, was Linda ihm böse ankreidete, auch wenn sie wußte, daß sie in ihrem Vergnügungswahn und ihrer Ausgehlust kaum erreichbar war. Sie ahnte, daß er mit seiner Sekretärin gereist war. Alle weiteren Visionen und Vorstellungen versuchte sie tunlichst zu verdrängen, auch wenn die ungnädigen Bilder in schwachen Momenten schreiend aus ihren Verstecken hervordrängelten und boshaft über sie herfielen.

Je staubiger die Straßen, je vertrockneter die Gärten wurden, desto unheimischer fühlte sich Linda in diesem aufgeputschten Leben. Die wechselnden Affären hinterließen nur noch vage Langeweile und Überdruß. Sie wußte, nach welchen Mustern die Anmache funktionierte, sie hatte Spielchen und Strategien ausgekostet, sie kannte den Anblick dieser fremden, käsebleichen Rücken im Bett neben ihr. In ihrer Verwirrung wußte sie schon nicht mehr, auf welche Person sie ihre Sehnsüchte und Träume richten sollte, welcher Mann überhaupt noch als Ruhepol auf dem rotierenden Karussell ihres turbulenten Lebens gelten konnte. Plötzlich blieb sie abendelang zu Hause, stöpselte das Telefon aus, nagte den splitternden Lack von ihren Fingernägeln und ernährte sich von Chips und billigem Kuchen. Wenn sie sich dann doch in der Nacht noch hinauswagte, war ihre Aufgedrehtheit eine geliehene, künstliche, mit der kein Opfer mehr geködert werden konnte.

Der Sommer war längst über seinen Höhepunkt gekippt, als Robert zum ersten Mal aus Los Angeles anrief. Seine Stimme klang prüfend und unsicher, als ob er es gar nicht wahrhaben wollte, daß Linda jetzt doch einmal zu Hause und damit erreichbar war. Linda verhielt sich kühl und zurückhaltend, teilte nur patzig einige verletzende Spitzen aus und legte viel zu früh den Hörer auf. Ihr war klar, daß sie diesen Mann verlassen mußte.

Mitte September wurden die Abende kürzer und kühler und man begann zu frieren, wenn man noch draußen bleiben wollte. Linda saß jetzt lieber stundenlang stumm vor dem Fernseher, ohne recht zu bemerken, was sie anschaute. Selten einmal nahm sie das klingelnde Telefon ab. Fast all ihre Liebschaften waren zu einem Nichts zerflossen, verblaßt wie der vergangene Sommer. Auch Roberts in der Wohnung verstreute Besitztümer schienen nur noch Relikte aus einer toten Zeit zu sein.

Eines Tages besaß Linda keine Kraft mehr, um morgens aufzustehen. Zwei Tage lang blieb sie liegen und beobachtete vom Bett aus, wie die beginnenden Herbststürme an den fahlen Laubbäumen rüttelten. Als sie sich wieder zum aufrechten Gang fähig fühlte, fischte sie aus ihrem Briefkasten einen Abholschein für ein Telegramm. Sie zerriß ihn fein säuberlich und warf ihn mit all den angesammelten Briefen, Rechnungen und Mahnungen in den Müll. Da Roberts Rückkehr in schmerzliche Nähe gerückt war, gab sich Linda einen letzten Stoß. Sie bestellte noch für den selben Tag einen Handwerker zum Austausch ihres Wohnungsschlosses.

WALDVIERTLER ROMANZE

Hannelore Fischer-Knuth

Ein Mohnblumerl auf einem Restauranttisch im Schloß Ottenstein in einer kleinen silbernen Trichtervase, bewegt sich hin zu ihr, getragen durch seinen Atem, und zittert zurück zu ihm – weil sie, die Dame, so seufzt und leise stöhnt.
Das Mohnblumerl steht genau zwischen den beiden – und merkt so vieles – erregt wackelt es und bebt – es kann seine überreifen rötlichen Blütenblätter gerade noch am Kelch festhalten – sein biegsamer Stiel bewegt sich hin und her – her und hin – die beiden am Tisch – die sehen nichts, die haben nur Augen für einander. Und das eigentlich seit fast fünf Jahren... Damals haben sie sich in der Akademie im Konzerthaus zum ersten Mal gesehen – und nie mehr voneinander lassen können. Er, angesehener Maler und Professor für angewandte Kunst, verteilte in einer sehr eindrucksvollen Feier mit Kammermusik, Perserteppichen, Champagner, den Preis der Stadt Wien für den besten Nachwuchs – und sie war die Freundin der Preisträgerin.
Unter den vielen Leuten entdeckten sie sich und schauten einander an. Sie waren fasziniert und elektrisiert voneinander. Er von der Widersprüchlichkeit in ihrem Gesicht – von den Zügen – gewöhnlich, ordinär, schwanger – eine trächtige Äffin, selbstzufrieden, abstoßend. Dieser rechte aufgeblähte Nasenflügel, arrogant und abweisend... Aber der Mund, diese vollen Madonnenlippen, sinnlich, heilig, bereit, jungfräulich, empfangend, ununterbrochen. Eingerahmt ist dieses Phänomen in lange, wehende, blonde Haare. Und dazu gehört noch ein schlanker Körper... Und ihre großen wasserblauen Augen, die ihn einfach anschauen, grundlos... Und jetzt hier im Schloß Ottenstein bei Wein und Mineralwasser, schaut sie ihn genau so an wie damals, in dem großen Saal im Konzerthaus – außer dem riesigen Zinken mitten in seinem Gesicht hat er immer noch den selben Ausdruck, den verlorenen, verletzten. Seine Augen sind noch immer so feucht wie früher, seine Tränen sind immer noch drinnen, in all den fünf Jahren hat sie so wenig bei ihm

lösen können, so bemüht hat sie sich, angestrengt. Vielleicht hat sie sich, damals in der Akademie, beim Kennenlernen, zuviel vorgenommen. Eigentlich hat sie gar nichts bei ihm bewirkt und sie ist so müde. Sie seufzt tief – und das kleine Mohnblumerl wackelt und dehnt und sehnt sich hin zu ihm.

Seine Finger sind sehr fahrig – unkontrolliert, nähern sich gefährlich dem Blumerl, daß dieses nur so zittert und bebt. Vor Angst läßt es ein Blütenblatt fallen. Langsam geigelt es auf den Restauranttisch im Schloß Ottenstein. Der Mann sieht es sowieso nicht. Er starrt sein Visavis an, hängt mit seinen Augen an diesem Gesicht – als müßte da drüben die Entscheidung fallen.

Mucksmäuschenstill ist es – sie atmen nicht einmal mehr. Das Mohnblumerl steht etwas ramponiert mit seinen nur noch drei Blättern da und wartet, fast gelassen, auf sein Schicksal. Die großen Augen der Frau schauen durch ihn durch. Sie denkt an die Zeit vor fünf Jahren… an ihre gemeinsame Konsequenz… an das Hinschmeißen des Vertrages mit der Volksoper… Tänzerin mit Soloverpflichtung… an den Riesenkrach mit ihren Eltern… an die Auseinandersetzung mit der Freundin aus der Akademie… Sie denkt an… seine Entschlüsse… seine Trennung von der ersten Frau… seinen Verzicht auf die Kinder… sein Aussteigen aus der Akademie… und ihr gemeinsames Auswandern ins Waldviertel – eineinhalb Stunden von Wien entfernt. – Sie denkt an die Holzhütte, die sie günstig von einem Primarius aus Zwettl erwerben konnten… an den Steg, der in den Wanzenauerteich führt… an die Holzbank vor dem Häuschen.

Dort saßen sie beide – monatelang – Jahre – und schauten einander an – wollten einander begreifen – erfassen. Fassungslos! Sie wollten sich so gerne näher kommen, mitten in einer Sumpflandschaft – versteckt zwischen dem Uferbereich und den Landungsinseln, umgeben von Igelkolben und Oberweidensträuchern und anderen Feuchtpflanzen.

Niemand störte sie, außer den Gelsen – aber auch die merkten sie nicht, ließen sich stechen und kratzten sich halt. Ihre Augen suchten nur einander. Ab und zu hörten sie den Schrei eines Teichhuhnes und das einsilbige Rufen der Unken – das von der verborgenen Lebensfülle kündete.

Wenn sie zweimal in der Woche mit ihrer Klapperkiste nach Zwettl fuhr, um die Bauernkinder im Ballett zu unterrichten, dabei ein wenig Geld zu verdienen, malte er inzwischen wie besessen – sie. Immer wieder sie, die Madonna – die Äffin, behaart, nackt. Von hinten, da ging's besser. Aber ihr Gesicht gelang ihm nie. Verzweifelt schmiß er seine Werke in den Wanzenauerteich und sah sie langsam im Wasser versinken, verschrumpelt und höhnisch – grausam.

Das Mohnblumerl bewegt sich am Tisch im Schloßrestaurant Ottenstein hin und her. Es wird wieder geatmet – schwer und langziehend – sie schauen sich an. Da geschieht's endlich. Endlich zuckt's in ihrem Gesicht.

Wie Wellen fließt's auseinander – ineinander... formt sich urplötzlich zu einem Ganzen zu einem einzigen Ausdruck. In ihren wasserblauen Augen stößt er auf Grund, und er merkt es sofort. – Seine Finger zappeln und zupfen an dem behaarten Stengel vom Mohnblumerl.

Die Würfel sind gefallen. Sie hat sich entschieden: AUS – es ist aus – zwischen den beiden. Sie schauen einander an und wissen noch nicht, wie sie weiterleben werden ohne diesen Blick.

Und trotzdem und gerade deswegen beruhigen sich seine geschmeidigen Hände, fühlen das Mohnblumerl. Seine Fingerspitzen tasten es ab, betupfen's zart – das Blumerl – liebkosen es – endlich, endlich schaut er sie an, die kleine Waldviertler Blume... und findet sie scheußlich, diese verwelkte, stinkende Mohnblume, fast zum Kotzen. – Packt sie, zerdrückt, zerreibt das feuchte Pflänzchen, zerdrückt's genüßlich in seinen inzwischen glitschigen Händen und haut's in die Ecke des Restaurants, dabei heult er zum ersten Mal wie ein Schloßhund, im Schloß Ottenstein.

AUSGELIEBT…
…VIER FELDER VOR.

Antje Weyss

jim wachte plötzlich auf.
sein gesicht ein schneefeld.
die koteletten raine zwischen
gesehenem und gehörtem.
im traum war er immer am liebsten die
amsel.
die stumme.
die, die nie vorkommt.

laß es uns hinter uns bringen.
was soll denn das?!
was soll denn das wieder
mit diesem ewigen „was soll was"?!

nimm hier das netz.
sofort schlägt er die augenlider nieder.
laß es uns hinter uns bringen.
rücksichtsvoll will er sein,
abwesend hinkünftig.

rücksichtsvolle abwesenheit.
laß es uns endlich hinter uns bringen…

er kann jetzt nicht mehr zurück.
diese lügen…
er schlüpft aus der haut seines drittepersoneinzahl-
ichs, jäh, blitzartig.

angestrengt sieht er auf seine füße,
als müsse er nachdenken, wessen schuhe er trägt.
ich sehe angestrengt auf meine füße,
erkenne die meinen.

also gut. ich.
da stakst es schon durch den flur,
der wohnungstür zu.
es trägt koffer, wirft einen letzten blick
zurück aufs namensschild.
es erlaubt sich ein lang aufgespartes lächeln.
was soll denn das?!
was soll was?!

laß es gut sein. lassen wir's gut sein.
ein stück zurücklassen, alten kram,
um neues zuzulassen.

alte menschen. neue menschen. neue menschen,
hör ich mich sagen, sind bloß leute mit
anderen Schuhen.

also, ich geh jetzt.
ja, issgut...
lassen wir's gut sein.

ich blieb die ganze nacht auf.
nur fernsehen, ein kind ohne regeln.
nur bier trinken, nur für sich sein.
ich konzentrierte mich darauf, all die
händchenhaltenden pärchen im TV, die
engumschlungen liebenden, zu beneiden.

versuche mit dem alleinsein.
looking through a glass onion.
wollte mich eröffnen, öffnete
den eisschrank.
joghurt, mettwurst, eine vergammelte knoblauchzehe.
starrte auf das versal-C einer käsepackung, als
könnte ich die ganze wahrheit über lebens-mittel
erfahren,
während die welt weiterlief, wie ein fernseher, den
man vergessen hat abzuschalten.

im radio: udo hubers zeh'n.
unter der tuchent: die meinigen, unpedikürt.

tränen, meine augen veranstalteten weltuntergang.
ich hatte die entscheidung zwischen radio und
fernsehen.
ich entschied mich für einen spritzer in weiß.
die möglichen geschichten standen in meinem kopf
schlange.
das ausschalten der geräte als rettung,
dankbar für ein bißchen funktionieren.
klick, und schon ist's vorbei.
bringen wir's hinter uns.
nicht die themen ändern sich, nur die zeiten wechseln.

gleich nach dem frühstück ein bier.
ich trink einen vorsichtigen schluck,
empfind es als akt der freiheit, um diese zeit bier zu
trinken. trinke gleich noch
ein zweites, als sei's eine vernünftige handlung.

werd anrufen, den umzug organisieren.
ich werd es ihr sagen, ob sie es hören will,
oder nicht.
sie will's nicht hören.
so eine geste des abstreifens. ich sag's ihr trotzdem.
und sie hört tatsächlich nicht zu.

umzug:
ein katalogisieren der fahrnisse in
o nützlich
o weniger nützlich
o unnütz

eine einladung kam dazwischen. ein banker, den ich von früher kannte, feierte die nächste karrieresprosse. einmetersechzig, glatze, ein kennen vom sehen. hallo, und wie geht's. flüchtigkeiten, zum austausch parat. ich bedauerte mich.
bedauer dich doch nicht, so freunde, die paar. die, die ich besser kannte. sei froh, endlich frei, nicht mehr an der kandare (die männer). die frauen schwiegen, versuchten ein vielsagendes lächeln. ich steuerte auf einen tisch mit biertrinkern zu, verschworene in hopfen und malz.
ich setzte mich, war für ein glas bier lang verschworener unter verschworenen. ich hielt's aber, so gut es ging, geheim, daß ich ihr verschworener war, sonst hätten sie mich nicht mehr länger als verschworenen akzeptiert.
die gastgeberin tänzelte vorbei, schon leicht vom alkohol gezeichnet. na?!, ihr habt ja nichts mehr zu trinken...
sie betrachtete die zimmerdecke durch eine leere weinkaraffe. nichts trübte den plafond. es kam nichts schönes, nichts entsetzliches in ihm vor. für eine weile war das sehr angenehm.
die gastgeberin kehrte mit einer vollen karaffe zurück, verschüttete rotwein über meinen schoß. sie schleppte mich in die küche, rubbelte ausführlich, bis es mir zu blöd wurde.
war's nicht gut baby?, säuselte sie mir noch hinterdrein. hab ich mich verhört, sagte die doch tatsächlich baby?
der gastgeber, hausherr, banker, ist schon lang nicht mehr im bilde. jetzt tritt meterglatze auf, grinst blöd, als könnt ihn nichts mehr überraschen.
das tageslicht bemüht sich in einer ersten frühschicht. ein rot schreiender himmel plötzlich über dem grau verfließenden wörtergebrabbel. kommt, laßt uns was spielen. ja, laßt uns was spielen.
einer geht hinaus, und von uns wird einer bestimmt. der, der zurückkommt, fragt nun, was wäre die person, wenn sie einbaumeinstein-

einefarbe wär. alles ist denkbar. laß uns das einfach probieren. peter, du gehst hinaus. wir bestimmen natürlich die gastgeberin. schon aus höflichkeit. sie ist eine ameise, ein glimmer, ein tiefes wasser. keiner errät's. jeder weiß es. ein architekt wird sofort als birne, gelb und chamäleon erkannt.
eine blonde schnepfe kichert sich halbtot zu den kommentaren, die sie entlarven sollen: trabi, gans und marylin monroe. ich bin der, der draußen war, hab leichtes spiel.

für einen kurzen moment empfand ich in einer art frivolität glück, als ich auf mein auto zusteuerte. ich ging, wo kein weg war. klingt ja so einfach: ein neues leben beginnen. himmel über mir, das auto vor mir. schaute beides lange an, fragte mich, was ich mit dem bloßen schauen versäumte. so viele bedeutungen, die schon durch meine wörter jagten. pralle kommas, vollgestopfte schachtelsätze, sauer gestockter sprachfluß. das anlassen des motors erlebte ich vorgewußt, startete hinaus in eine fürchterlich fertige welt. ich sehnte mich nach einem ort, an dem nicht gleich alles und jedes auf alles und jedes verweist. ich hatte mich halbwegs eingerichtet, achtete auf die aneignung von eigenheiten. in einem ungenützten raum meines fotoateliers war rasch eine dusche, eine waschmaschine installiert, ein bett aufgeschlagen, ein kleiderschrank von ikea aufgebaut. ich fotografierte weiter meine packshots, befriedigte mit glanzlichtern, hübschen arrangements und accessoires die eitelkeiten der markenartikler. models bekam ich höchst selten vor die linse, ab und zu verirrte sich vielleicht ein handmodel zu mir, das dann gierig nach windeln zu greifen hatte. fand auch bald in die mechanik der alltagsroutine.
freitag abends wäschewaschen. sonntag früh zum kulturjournal im fernsehen: bügeln. anschließend großes saubermachen in küche und studio. führte ein richtiges leben in meiner falschen welt. jetzt tat's mir leid, daß man mich nicht beim waswärewenn-spiel raten hatte müssen. chamäleon, magnolie, katzengold? naja, wer weiß, was mir erspart blieb.

dachte mir meine biografie immer als ein primleben, durch nichts teilbar. hallo, altes haus. max hier. max? max? ahh max, natürlich: turnte ich mich über floskeln. helga und ich würden dich gern zu unserem vierziger einladen... helga (!), also dieser max! max der

journalist, max der ruhelose. und helga. helga, die hausfrau. hatte sie ganz scharf vor meinem geistigen auge. der blonde pony, ein paar kilo zuviel, das aber dafür an den stellen, die eine frau zur frau machen. gern... und wann steigt die fete. ja, das paßt gut. nein, nein, ich komme allein.
ich bestellte eine tageszeitung mit dem exakten datum von helgas bzw. maxens geburtstag (der jahrgangswein war mir zu teuer), machte hübsch artige schleifchen um die rolle und hatte das gute gefühl, über vergangenes zu verfügen.

es waren viele da, die mir noch von meterglatzens und babys festivität bekannt waren. meterglatze wirkte in anderer umgebung äußerst unsicher, nervös, fahrig. baby trug dekolleté bis zum nabel und machte auf direktorsgattin. auf meine frage: wie geht's! kam ein einsilbiges „gut". mehr wollte ich ehrlich ja auch gar nicht hören. da schwebte auch schon helga an. in ihrem schlepptau ein aufgeräumter max: ah, endlich, da bist du ja... küßchen links, küßchen rechts. zwischen händeschütteln, fragen und antworten wurde ich endlich die rollen los. max schaute ständig in der gegend herum, als wüßte er nicht, woher er das viele, diesen abend noch nötige lächeln hernehmen sollte. du siehst gut aus, helga. ich wußte schließlich, was ich mir schuldig bin. entschuldigt mal, machte max auf wichtig.

helgas danke klang tatsächlich aufrichtig erfreut. sie sah aber in ihrem weißen, feinrippigen kaschmirkleid im jackie-o.-stil und einer duftigen creme-caramelfarbigen organzabluse wirklich toll aus. ein partyservice-pinguin reichte getränke. ich nahm ein glas sekt vom silbertablett und tat so, ohne daß man darüber ein wort zu verlieren hatte, daß jeder sehen konnte, daß ich konnte, was ich tat.
ein wenig lasziver als beabsichtigt erhob ich mein glas in richtung helga. auf euch beide. schön, daß du da bist. so bläst man sonst nur auf flöten.
wir kamen etwas ins stocken. jeder sah in sein glas, als eröffnete sich darin das orakel des nächsten satzes. was macht die liebe? helga wußte ja von meinem hinauswurf. ach, wie soll ich sagen... helga, kommst du mal schatz, fuchtelte max über sämtliche gästeköpfe dringlichkeit. gott sei dank.

helga und max. sie waren ein unauffälliges paar. so mittendurch. kein sensationsgespann wie gärtner und model. oder sänger und gräfin. reeder und witwe. max, unruhig, rastlos, ganz rasender reporter. nach der WU stolperte er gleich in die redaktion eines geldjournals á la so spanndend kann wirtschaft sein. helga jobbte jetzt wieder als ultimokraft in einer bank. sie hätte eine hübsche lilie abgegeben, ein reh, als farbe beschloß ich beim zweiten glas sekt, daß nur orange für sie in frage käme. die ehe kinderlos, weißderteufel. beide jetzt also vierzig. beide zwillinge. und typischer fall von paarlauf.

hast du mal eine minute für mich, ich ahnte bedeutungsvolles, legte doch max seinen arm um meine schulter, zog mich ins abseits.
äh, wie soll ich sagen... hast du die brünette im roten kleid gesehen... die mit dem stechenden blick... ja, genau. also, wie soll ich sagen... du verstehst, also ich mein, unter männern...?!
schieß los. dienstag ist theater. abo, du verstehst?! langsam ging mir maxens „du verstehst" auf den nerv. ich versteh, und du bist verhindert, oder was. ich hab ja gewußt, auf dich ist verlaß.
ich bin ja kein trottel, verstehst. war mir auch wurscht, ob er. ob er tatsächlich verstand. ich stellte mir max als grizzly vor. seine brünette als glühwürmchen. mir sollt's recht sein. und was gibt es? hab mich nie darum gekümmert, verstehst du, mußt helga
fragen. helgaschatz...
spielte also mit. wollte ja kein spielverderber sein. es gab eine wolf. kein ort. nirgends. helga im eleganten schwarzen abendkleid. ich tanzte in jeans an. wir waren ein bißchen verlegen, aber helga prustete sofort los: hätt ich mir doch denken können, und jetzt schau nicht so verzwickt. helga hakte sich unter und ein billeteur wies uns die plätze. kein ort. nirgends. vierte reihe parkett. oben: kleist und die günderode. ein glassturz. viel gerede. und natürlich der drink danach. und natürlich brachte ich helga noch vor die haustür. und natürlich ließ ich max grüßen. und natürlich bedankte sie sich für den netten abend. und natürlich war dies nicht der letzte theaterabend. dem wolf folgte ein strauß. dem strauß ein achternbusch. dem achternbusch ein peymann'scher clavigo. es war nach dem bernhard, als helga mich fragte, ob wir nicht noch zu mir undsoweiter. helga hatte das mit max und seinem glühwürmchen in rot

längst gespannt. ich kann natürlich nicht über nacht, du verstehst. das hatte sie wohl von ihrem grizzly: du verstehst. als ob es da etwas zu verstehen gegeben hätte. mann, frau und die prämien der natur. und viel weiße haut. alles kam wie von selbst. wir verabredeten uns zum tennis. zum kino. das theater-abo hatte ich ohnehin schon geerbt. wurde zum diener von helgas rachegelüsten. und hatte die freiheit, nur zweiteres von ihr zu genießen. es war alles so herrlich unverbindlich. mir war's recht, nahm, was sich bot. hatte die befähigung zum alleinsein verloren, die am geselligen beisammensein noch nicht erworben. helga, mein idealfall von liebe. helga, damit auch meine ideale hilflosigkeit vor dem bierernst des lebens. so, daß es mir nicht bewußt wurde, spiralte eine niedergeschlagenheit mich auf nullbock. mutlosigkeit bis an den punkt, wo mir der kauf von einwegrasierern bereits als gesellschaftlicher aufwand vorkam. die launigen phasen dazwischen dann auch immer kürzer und kürzer. dennoch. jeder einigermaßen saubere weiberrock versetzte mich in aufruhr. mich wunderte es, hatte ich doch sonst keinen blick für nichts. ich trainierte sachlichkeit. nahm meinen kopf als innentasche der seele, so steckte ich meine orientierungslosigkeit, mein manisches sichausgesetztfühlen immer wieder weg.

tamara ist ein kapitel für sich. sie trat just in einer trafik in dem moment in erscheinung, als ich nach meiner ‚zeit' fragte. sie hatte ein mitleidiges lächeln für mich, als ich ein paar visitkarten, die ich lose im portemonnaie stecken hatte, ausstreute. ich revanchierte mich mit der feststellung, daß sie in der falschen zeitschriftenzeile suche, die strickmoden seien ganz oben. sie blies sich eine dünne haarsträhne aus dem gesicht, das lächeln behielt sie. weil ich's grad zur hand hab, für den fall, wenn dir mal besonders langweilig ist, reichte ich ihr eine meiner visitkarten, mich eben aus der gebückten haltung aufrichtend. mir gefiel, daß sie nichts sagte, die karte aber dennoch annahm. ich war sicher, ich würde sie lieben, wie mondrian malte. ich war sicher, mit ihr quadratmeter für quadratmeter den gerasterten himmel mit nutzlosigkeit zu erobern. ich war sicher, ein fester knoten in ihrem leben werden zu können. die sache hatte nur einen haken. sie hatte meine karte, ich aber null von ihr.

vier tage später die karte in der briefbox. aber es ist nur die schwester, die von der rückseite einer italienischen ansicht grüßen läßt. nach weiteren zwei tagen dann der Anruf. es ging alles sehr schnell. alle ihre fragen endeten mit einem ausrufungszeichen. sie hatte streit mit ihrem freund. das kam gelegen. sie war noch am selben abend mein kolibri. später einigten wir uns noch auf silberpappel und gebirgsbach. alles schwemmte sie fort von mir. ihr blieb das schlechte gewissen. aber das könnte sie meinetwegen fortan ruhig öfter haben. mir blieb das gute gefühl ihrer gottvollen brüste unter meinen händen. prall, spitz, nun ja, einfach... ja. einfach gottvoll.

tamara kam mit kurt, ihrem freund, jetzt offenbar besser aus. umso öfter hatte ich sie bei mir. brauchst du nicht mal ein model. das war ein angebot. ich bemühte mein drittes auge, bis mein zeigefinger wund war. sie hielt mir einen breitkrempigen roten hut vor die linse und gab in einem spiegel unter ihr einen im selben rot geschminkten mund preis. ihren großen goldenen ohrring inszenierte ich als ersatzauge, zur ablenkung vor bösen blicken.

eigentlich hasse ich klassentreffen. alle reichen sie ihre fotos von ihren ehefrauen, ihren kindern, ihren autos, ihren urlauben, ihren häusern herum. was sollte ich vorzeigen? windelpackungen, das foto von tamara mit dem roten, breitkrempigen hut? die reportage vom gewerkschaftskongreß?
ich ging dennoch hin. vielleicht um wieder festzustellen, um wieviel ich seit dem letzten treffen nicht älter geworden war. und schließlich waren da auch noch die „mädels". die 8b. ich warf mich in den letzten schrei vom mexikoplatz, – das macht immer eindruck, zumindest mehr als das übergestylte, – und schwang mich aufs city-bike. wenn ich schon nichts vorzuzeigen hatte, wollte ich wenigstens den alternativen groß heraushängen lassen.
war ich vor fünf jahren noch der einzige „ohne ring" gewesen, so glich dieses treffen schon eher einem ball der einsamen herzen. auch katja, mein erster leidenschaftlicher jugendschwarm, saß ohne mann, dafür aber mit dem vermächtnis eines sehr ausländisch klingenden namens, zwei kindern und einer eigentumswohnung da.

katja keilt versicherungen. davor hatte sie im betrieb ihres gatten, einer kleinen handelsagentur, modegroßhandel oder so, mitgearbeitet. die zwanzig jahre haben sie kaum verändert. ein weißtdunoch gibt das andere. ich nütze den aufbruch einiger eiliger und bekomm katja als gegenüber. hallo, du mein schwarm. hallo, du bist doch der, der... der bin ich. mit dem bart, na sowas... sie blitzt mir ihr keuschestes strahler-90-lächeln zu.

es ist fast vier uhr morgens. wir hatten über der nacherzählung unserer biografie, den tratschslaloms gemeinsamer schikurse und dem austausch von lehrer-schülerschnurren – doch glatt die zeit vergessen. gemeinsam mit dem harten kern verließen wir das lokal. scheiße, es regnete schusterbuben. ich konnte mein rad im lokal einstellen, und katja brachte mich. du entschuldige, i kenn di... und wir grinsten, wie eben aus den großen zehn entsprungene kids. ich hatte es befürchtet, trotzdem: ich genoß katja, auch wenn ich schon ziemlich getankt hatte. aber allein sie zu spüren, war schon eine sensation für sich. da warens also drei.
nach reh und kolibri nun also, – nun ja, ich war noch nicht ganz sicher. vielleicht schmetterling. vielleicht frettchen (das vom schaukasten im naturkundekammerl). vielleicht schwänin. ich wollte nichts überstürzen. katja so erhaben. also schließlich doch: frau schwan.

bei nummer vier war ich mir auf anhieb sicher. igel. es war bei der vernissage eines befreundeten malers. sie fand seine bilder grauslich. sie sagte tatsächlich grauslich. und dieses grausliche grauslich meinem freund direkt auf den kopf zu. ich kenn meinen pappenheimer, schon hatte er einen hochroten kopf.
und ich den igel am arm, verstrickte sie in eine abschweifung. wie heißt du eigentlich...? was mich das anginge? egal, also für mich bist du frau igel. ich glaub, du hast sie nicht alle.
solche dialoge können endlos so weitergehen. ich brach also diesen hier ab. wenig später kam aber dann igel auf mich zu. entschuldige, bist eh ein netter kerl. ich bin die kiki, ok?
kiki, der igel, ok? hast wohl in deiner embryonalen phase zuviel brehm mitbekommen... kann schon sein. kiki, die lehrerin (englisch, geschichte), kiki, die kommunardin. auch das noch.

aber sie erzählte alles ganz freiwillig. immerhin etwas. so erfuhr ich etwas über die liebesfähigkeit von schwarzen. und über das häuslputzen in weges. ungefragt. und igel sprudelte launig weiter, als wär's ein test für fernsehsprecherinnen. bist mit dem auto da?! kannst mich nach hause bringen, aber schlafen tu ich nicht mit dir heute. so kam's dann auch. und es geschah erst am tag darauf. ich hab noch nie einen mann mit so steifen brustwarzen gekannt. nun ja, jetzt konnte ich mir selten vorkommen.

helga, tamara, katja und kiki: ein gar wundersamer garten. igel und reh, kolibri und frau schwan. dazu der grizzly, das glühwürmchen und mittendrin ich. ich, das chamäleon.

ich war da aufs freie feld, in die leere der gesammelten herzensidiotien entlassen worden. stand zwischen klosterneuburg und schwechat, zwischen der brigittenau und bad vöslau frei zum beschuß. mit der größe des reviers wuchs auch die verwahrlosung meiner gefühle. dabei hatte ich mir doch die schöne verwilderung durch vereinsamung verordnet. der splitter in meiner seele wäre schon nach und nach ausgeeitert. da hätte ich sicher sein können. verlust der liebe? daß ich nicht lache. sollte ich wie max auf den täglichen büroanruf eines glühwürmchens warten. oder wie kurt den kilometerstand des autos kontrollieren, um zu erfahren, daß seine beste nur rasch mal zum naschmarkt 100 km brauchte. neinnein, mitmirnicht. sich verlieben hieße ja bloß, ein übel mit dem anderen zu vertauschen. so aber, so ging's auch nicht, so konnt's auch nicht lange weitergehen. gastritis, bluthochdruck und herzrhythmusstörungen stellten sich ein. liebesstreß also, wo keine liebe war. nein, so konnt's nicht mehr lange weitergehen.

heute tamaratag. ich schlief unruhig, wachte mit dem ersten tageslicht auf. ich fuhr so um fünf uhr früh auf die donauinsel. sah dem strom beim fließen zu. das wasser da in der donau wußte offenbar nur zu genau, was es zu tun hatte, um ständig zu fließen. der verblassende mond sah aus wie die antiquarische volksausgabe eines lampions vom letzten donauinselfest. mir fielen lauter so komische bilder ein. die aufgehende sonne sah ich als notbeleuchtung in einem altersheim, nachdem der strom ausgefallen war. aus meinen

augen wuchs zähigkeit. die häuser am gegenüberliegenden ufer dunkle klötze, aus den rissen der stadtlandschaft wagte sich da und dort grünes. ich erfuhr, wie das ist, wenn ein 38jähriger mann dasitzt, und sich ihm gegenüber ein 5jähriges mädchen dazusetzt, das den mann unentwegt ansieht, bewundernd.
da ist so alles, was wärme und kälte enthält. sollte ich mich auch noch für mein erwachsensein schämen?! wie heißt du denn... ihre gestik, die der kindlichen geziertheit. das gesicht als garnierung zu ihrem arabella. und schon lief sie fort. ich habe das damals sehr ernst genommen.
am nachhauseweg, – es mußte früher nachmittag gewesen sein, – dann der österreichische schrecken in all seinen gestalten: die bausparer und die schrebergartenbesitzer, die schicken und die schicksen, die spießer und die verspießten punks.
zu hause sammelte ich im atelier eine vergammelte vute auf, zeichnete vier bahnen mit je zwanzig feldern nebeneinander. auf pappe stilisierte ich rehlein, kolibri, igel und frau schwan und pinnte die ausgeschnittenen figuren an den start. so.

tamara lag sich wieder einmal mit kurt in den haaren. er wollte ferien an der nordsee. sie den süden: griechenland. weißt du, der süden ist für mich weiß und hat blaue fensterläden, er schmeckt nach retsina, schmeckt nach moussaka und oliven. also denn, was hält uns heute noch auf. auf zu unserem griechen. so spielt man die schönsten frauen in die hände der liebhaber.
mit den kleidern hatten wir auch all unsere probleme abgestreift. nur noch körperliches. tamara über mir. ihre blicke pilgerten von weit innen auf den plafond, während sie meinen brustkorb für ein heimspiel ihrer hände nützte. dank unseres eifers wurde die welt sämtliche namen los. ich empfand eine absolute sympathie mit dem weiblichen nichtich in mir. und tamara attestierte mir größte sprachfühligkeit. hör zu: sie eröffnete sich ihm mit einem erstickten schrei... bist wohl so ein reservehandke, oder was...
neinnein, warte, es geht ja noch weiter... wo war ich: schrei, also: sieeröffnetesichmiteinemerstickten s c h r e i, so wie der tunnel sich der lokomotive öffnet. der augenblick, als er gesträubt in dich kam, und du ein nadelkopf der wonne wurdest.
iss von der sontag. oder von der... von mir aus von freitag, iss ja

schrecklich. sowas kann man halt wahrscheinlich gar nicht beschreiben. man muß es tun, gurrte tamara, schmiegte sich als rolliges schmusekätzchen in meine bauchwanne. duu... das war eindeutig eine sechs, traf auch ein rotes feld: zwei felder vor.

kiki nervte zusehends. wollte ständig was unternehmen. gemeinsam versteht sich. kino, beiseltouren. war jetzt am emanzentrip. ausbeutung, lustobjekt, das vokabular war mir ein bißchen zu abgelutscht. kiki trug überweite sweater, um nur ja keinen geilen blick zu provozieren. gab sich nachlässig, als hätte sie schon alles hinter sich. wenn wir einander in ihrem achteckigen bett (kika? leiner?) trafen, liebte sich da kein paar, sondern wieder einmal nur jeder für sich allein. behielt dann auch immer so ein paar töne im ohr, die mühevoll bis langweilig gequält klangen.
ich gestand meiner pädagogin eine zwei zu, war auch genau das schwarze feld, auf dem man die nächste runde auszusetzen hatte.

ein sexuell glückliches paar schläft mindestens dreimal die woche miteinander, kommt immer zum höhepunkt (möglichst gleichzeitig) und hat ständig lust aufeinander. wie ist das mit max und dir eigentlich? hast du getrunken, fragte mich helga aufrichtig besorgt. ein paar bierchen maximal. und vom bier ist noch keiner alkoholsüchtig geworden. unbeholfen grapschte ich nach helgas weiblichen vorzügen. weißt du, helgalein, die einen trinken, weil sie keine frau haben. und die anderen trinken, weil sie eine haben. die einen wollen in jeder sekunde ihres lebens ihre biografie selbst bestimmen. unter diesen gibt es trinker und nichttrinker, die anderen lassen ihr leben passieren. unter diesen gibt es auch wieder trinker und nichttrinker. siehst du, helgalein... sag nicht immer helgalein zu mir! also siehst du, helga –..., es ist wahnsinnig schwierig, da unter solchen und solchen zu unterscheiden. alles mischlinge, verstehst du (ich sagte tatsächlich verstehstdu), mischformen. und drum ist alles so kompliziert. der abend war zu vergessen. der nächste abotag nicht in sicht. helga klebte am start. warum konnte sie auch kein kind kriegen von max. oder so. ich hatte eine geliebte verloren, aber eine krankenschwester, die ab und zu ihre erotischen defizite an mir auslebte, gewonnen. alltag erzeugt alltag. bierdunst erzeugt bierdunst. rehlein blieb letzte. mit einer eins.

von dreimaldiewoche war schon lang keine rede mehr bei mir. multiple orgasmen nur noch thema von bornemans und perners. katja, frau schwan, machte sich rar wie mauritius. kannst du mit der kleinen mal bruchrechnen üben? sohnemann hat reitstunde, bringst du ihn mal geschwind? die ratgeber meinten es gut: jeder mensch muß zu seiner eigenen, ganz individuellen sexualität finden. was ergibt eigentlich reitstunde mal bruchrechnen dividiert durch bett...?! aber immerhin: verständnis brachte ich noch auf. ich ließ frau schwan eine drei würfeln. da lag sie noch hübsch mittendrin.

die tage zerrannen zu unansehnlichen wochenflecken, exkremente eines rohrschach-herzens blockierten. mein kolibri steuerte einem unangefochtenen start-ziel-sieg auf dem liebesparcours entgegen.

schlußlicht war jetzt katja. gestern im schönsten mittendrin platzte sabrina, ihre tochter, ins schlafzimmer. reklamierte bauchschmerzen, stand da, gar nicht überrascht, nein: – aber unendlich jünger, als man sich selbst je in erinnerung hat. wir mußten von vorne beginnen, katja und ich. so eine scheu hatte sich dazwischengeschoben. so eine scheu, die nicht einmal durch ausführliches lachen wettzumachen ist. eine scheu, die nichts mehr körperliches als gegenleistung forderte. katja auf den start zurückversetzt.

der spätsommer wurde von colaschildern und rotblauen eisgirlanden beherrscht. ich bestand für mich auf ein anständiges schicksal, nahm mich heraus, fuhr auf ein mehrtägiges seminar. zwischen den einzelnen vorträgen blieb genügend zeit, auf der seeterrasse zu entspannen. fühlte mich auch sogleich als statist in meiner eigenen filmstory, bei der die letzte szene als erste gedreht wird. überlappende zeitlose kopfgeburten als imitation für leben. ein geräusch setzte aus, das von einem rasenmäher irgendwo aus der näheren nachbarschaft herrührte. mit der stille merkte ich auch, daß es auf der seeterrasse leer geworden war. terrassen hatten für mich immer die anmutung von vergangenem. heraufziehendes himmelsgrau drohte mit regen.

das geräusch dieses rasenmähers setzte wieder ein. eilig. ein wenig stotternd. ich antwortete prompt mit den doors. in den stöpseln des walkmans tönte es eben inbrünstig: mr. mojo risin'/keep on risin'/got to keep on risin'/risin' risin'...

eine alternde kellnerin strich dem wohl um viele jahre jüngeren koch, der gelangweilt nahe der terrassentür saß, über kopf, schulter und arm.

jetzt war die zeit, die tatsächlich ganz mir gehörte, in der ich kein lächeln aufsetzen brauchte, und wenn, dann war es kein falsches, sondern eines, das mir, – wie die zeit damals, ganz allein mir gehörte.

erste dicke tropfen.

ich schloß die augen. sah den weißen süden, das geile, seltsam falsche rosa von garnelen. wie sag ich zu dir...

five to one, baby
one in five
no one here gets out alive.
die texte gehen leicht von der hand, von zunge und
bauch.
das sprechen bleibt aus.

der sprung war mehr ein vornübertaumeln. er glitt ab, suchte halt, als wollte er sich's noch einmal überlegen. nein, keiner dieser albernen flugversuche eines gestörten, kein vogelimitatorschicksal. lag da, die gliedmaßen weit vom körper gespreizt. sah aus, als wär ihm das alles zu schnell gegangen, als wolle er gleich wieder aufstehen, um einen neuen versuch zu wagen.

jim, jim,... – hörte er da noch eine dringliche reststimme in seinem ohr, und dann ganz leise: hast du's so bekommen, wie du es wolltest...

richtig. ich hatte eine bahn zu wenig gezeichnet. jetzt aber konnte ich tamara nicht mehr einholen.

BELLO BRUNO

Anneliese Schodl

Die Schritte verhallten im Stiegenhaus, aus weiter Ferne hörte sie den Knall der ins Schloß schnappenden Haustüre. Böse starrten ihr die leeren Messingknöpfe der Kleiderablage entgegen, auch die Kette am letzten Haken erzitterte leise, Glied für Glied bis zu ihrer ledernen Schlaufe.

„...Jetzt werde ich eben... Er ist sonst immer hinunter mit ihm..." Doch sofort brannte ihr die Erkenntnis in den Augen, „...das ist ja nimmer nötig..."

Ein kalter Luftzug erinnerte die erstarrte Frau, daß die Balkontüre offenstand, und plötzlich kam Bewegung in den runden, gedrungenen Körper. Erstaunlich flink trippelte sie über den hochpolierten Parkettboden, dann dämpfte der hohe Flor eines Perserteppichs ihre Schritte. Ein Schwall klebriger Watteböllchen quoll bei der offenen Türe herein, schlitterte über das spiegelnde Schwarz des Flügels, um sich dann im Muster des Teppichs zu fangen. Morgen würde sie mit der Hausverwaltung erneut reden, die hohe Pappel mußte weg, außerdem stand sie vollkommen fehl am Platze in der Reihe der Kastanienallee, und wenn die Pappel wegkam, würde auch endlich die steinerne Bank gegen eine normale Parkbank ausgetauscht werden.

Obwohl. – Obwohl Bruno dort oft... Brigitte verdrängte den Gedanken.

Ein dumpfer Schlag, mit vorgebeutem Körper spreizte sie beschwörend ihre langgliedrigen Finger, die so gar nicht zu ihrer sonstigen Erscheinung paßten, doch unweigerlich schlug ihr die Türe entgegen. Auf der Straße heulte ein Motor auf, der Lärm wurde vom Wind aufgefangen und setzte sich in einer Welle in der Glasscheibe fort – die zerbarst.

Ungeachtet der tausend funkelnden, spitzigen Vielecke, die unter ihren bloßen Sohlen knirschten, riß sie die Türe auf und hetzte über den von der eben hinter einer Wolke verschwindenden Sonne noch warmen Terrazzoboden.

Der rote VW-Käfer, den er von seinem Vater zur bestandenen Matura bekommen hatte, stand noch unter der Pappel; es war nur der graue BMW des Hauswartes, der soeben aufheulend aus der Reihe ausscherte. Der war ihr egal, wichtig war, daß ER noch nicht fort war!
Hinter dem roten Wagen tauchte plötzlich die große, schlanke Gestalt eines jungen Mannes auf, der sich vergeblich mühte, die klebrigen Pappelsamen von den Trittbrettern zu wischen. Die Frau auf dem Balkon lächelte, seit sie ihm Unterricht gab, und das waren nun schon elf Jahre, mußte sie immer wieder seine Unfähigkeit gegenüber alltäglichen Verrichtungen feststellen.

Elf Jahre. – Am selben Tag, als ihr Mann ihrem Sohn dieses kleine, zerzauste Etwas heimgebracht hatte, mit der Bemerkung, „...Einzelkinder vereinsamen sonst..." und nach einem bezeichnenden Seitenblick, „...Er wird ja nun keine Geschwister mehr bekommen?... Oder?"
Die Frau auf dem Balkon straffte den Nacken, hob stolz das Kinn. Das schmerzhafte Zucken in der langen Narbe, quer über ihren Unterbauch – ignorierte sie.
An den Tobsuchtsanfall nach ihrer Mitteilung, daß sie einen Schüler hätte, konnte sie sich noch genau erinnern.

Er schien die Trittbretter nicht sauber zu bekommen, und so mühten sich jetzt schlanke Finger, die an den Scheiben klebenden Wischerblätter loszureißen.

Seine Hände... Hände, die am Anfang nicht einmal eine Oktave greifen hatten können, waren oft Anlaß gewesen, daß ihr Mann, der Musikprofessor, die Sinnlosigkeit ihres Unterrichts in einem fort betont hatte. Doch die flehenden Augen des Freundes ihres Sohnes hatten sie immer wieder umgestimmt. Welches Kind kommt schon aus eigenem Antrieb – um Klavier spielen zu lernen?
Und dann diese Entwicklung, als sich seine Glieder zu strecken begannen und immer flotter über die Tasten geglitten waren. Sogar das zur stattlichen Größe herangewachsene, ehemalige zerzauste Etwas wurde zutraulicher und war aus der Küche gekommen, wo-

hin es sich sonst immer sofort verzog, wenn ein Kind in der Eingangstüre stand. Später mußte der Herr Professor den Hund zum täglichen Abendspaziergang sogar direkt unter dem Klavier hervorholen. Dann waren die beiden oft unten bei der steinernen Bank gewesen und hatten den virtuosen Tönen aus dem Hochparterre gelauscht.

Nur der Sohn hatte sich immer protestierend die Kopfhörer des Walkman über die Ohren gestülpt und sich maulend in sein Kinderzimmer zurückgezogen, um auf den Freund zu warten, der den Kummer des Vaters über die Unmusikalität des eigenen Sprößlings nur so schürte. Später hatte er dann durchgesetzt, gegen den Willen des Herrn Professors, daß er in einen Fußballverein eingeschrieben wurde. Gleich nach seiner Matura war er zum Leidwesen seines sensiblen Freundes zu einem Animateurkursus nach Frankreich abgerauscht.

Die Frau, oben ans Balkongitter gelehnt, schluckte. Das war vor über einem Jahr gewesen. Vor einem Jahr, da glaubte sie sich noch zu kennen, da war die Welt nur kurz ins Wanken geraten gewesen – in der lauten, geschäftigen Flughafenhalle, unter dem anthrazitgrauen Schild mit seinen sich immer wieder verändernden Buchstaben und Ziffern.

„...17 Uhr 10... boarding... Paris..."

Der Musikprofessor hatte gebrüllt, „...wie immer bist du fast zu spät..."

Der Blick des Paßbeamten blieb von der Umarmung der beiden jungen Männer ungerührt, während ein Mutterherz fast zerbarst.

„...Papa, Mamilein, Ich schreibe sofort... Du paßt jetzt auf sie auf... gell Kumpel?"

Stumpfer Beamtenblick – zuschwingende Türe.

Weit weg hinter einem Tränenschleier hatte es gebrummt und gesummt.

„Na ja... Ich habe jetzt einen Termin..."

Zehn – oder waren es zwanzig Schritte gewesen? – hatte sie hinter dem bulligen Rücken des Musikprofessors Richtung Ausgang geschafft, mit hocherhobenem Haupt. Contenance!

Dann war nur mehr ein Rauschen um sie gewesen, dennoch ein eigenartig wohliges Gefühl in einem feinen Duft, der aus der schwarzen Seide eines Lumberjacks aufgestiegen war. Zum erstenmal nicht Seite an Seite vor Elfenbeintasten, sondern ihre Herzen trommelten hier nebeneinander gegen ihre Rippen, und plötzlich war Musik um sie gewesen, und noch heute fühlte sie seine schlanken Finger durch ihr Haar gleiten...

Eine nervöse Zunge befeuchtete die spröden Lippen, während ein neuerlicher heftiger Windstoß den roten VW einzuspinnen versuchte. Unwillig wurden die Scheibenwischer zurückgeklappt, die Wagentüre resignierend geöffnet. Sein Blick wurde zu ihr hochgeweht. Kurz spannte sich noch einmal der Bogen, ein aufseufzendes Nachfragen nach Endgültigkeit versuchte den Faden zu ihr zu spannen, doch sie hob winkend ihre Hand.
Der Unterricht war beendet, sie konnte ihn nichts mehr lehren...
Fragender Blick nach dem Warum, das sie sich doch selbst nicht erklären konnte, jetzt – wo sie doch seit gestern – angeblich „frei" war?
Loslassen! Ihre Hand zerschnitt die für die Jahreszeit viel zu kühle Luft.
Die schlanke Gestalt des Jünglings klappte in sich zusammen und die Türe schlug zu. Zorniges Aufheulen des Heckmotors, der Wagen setzte sich in Bewegung. Würde er noch einmal winken? So, wie er es getan hatte, seit er...

Deutlich hörte sie seine junge Stimme:
„Stellen Sie sich vor, beim ersten Mal bin ich durchgekommen! Unten steht er... „
Und quer durch die Wohnung hatte er sie an den Händen gezogen und stolz unter die Pappel gezeigt. Unten von der Bank hatte der Herr Musikprofessor gewunken und auf das rote Auto gedeutet, während er seinen Begleiter hinter den Ohren kraulte. Eine junge Hand war zaghaft an ihren Hüften entlang geschlichen und sie hatte nichts dagegen unternommen...
„Wir sollten das Stück für die Aufnahmsprüfung nochmals durchnehmen... Du weißt, mein Mann wird doppelt streng sein... am besten fangen wir mit Mozart an, im heurigen Gedenkjahr wird er darauf herumreiten..."
Würde ihr Mann ihre zaghafte Auflehnung merken?

Sie hatte absichtlich eines der beiden Klavierkonzerte in Moll gewählt. Die Melodie war offensichtlich in ihren Augen gestanden, denn kein Notenblatt war umgewendet worden, der letzte Akkord war auf ihren sich leicht öffnenden Lippen verhallt...

Weit mußte sie sich nun vorbeugen, um noch das Rot zwischen den Blättern der Allee zu erahnen, noch einmal würde sie es deutlicher beim Abbiegen sehen. Würde er? Endlich schob sich ein langer Arm aus dem Fenster, leicht bewegte sich die Hand hin und her, bis das Auto verschwunden war.
Die Spannung in ihren Waden ließ nach, die Ferse kippte auf den Boden. Zwei freie Parkplätze vor einer leeren, steinernen Bank. Der Herr Musikprofessor würde dort auch nie mehr sitzen... und sein Begleiter? – Bruno.

Bruno, genannt nach dem Altkanzler Österreichs, den er nun schon über ein Jahr überlebte. Ob diese Namensgebung des Herrn Professors Verehrung für den Kanzler und seine damalige Entscheidung im Falle seines Kronprinzen gewesen war oder reiner Protest gegen die sozialistische Alleinregierung, hatte sie nie ergründet. Auf jeden Fall würde sie diese bernsteinfarbenen, treuen Augen sehr vermissen, obwohl eigentlich Bruno die Tennissocken unter dem Ehebett hervorgezerrt hatte.
Der Herr Musikprofessor trug nur graue Socken, aus merzerisiertem Baumwollgarn!
Warum es jetzt auch Mode bei den jungen Leuten war – manchmal ohne Socken in die Schuhe zu fahren?
Der erste dicke Tropfen traf genau ihr rechtes Brillenglas.

Schon vor dreißig Jahren, als sie knapp nach ihrer Hochzeit hier eingezogen waren, war die nach Westen ausgerichtete Lage des Balkons von ihrem Mann beanstandet worden.
In das große Rechteck der Balkontüre ragten nur mehr einige Splitter. Der zu erwartende Schlagregen würde die Politur des Flügels ruinieren...
Jetzt erst bemerkte sie, wie weit verstreut das Glas herumlag. Vorsichtig hob sie ihre Sohlen, um sie möglichst flach auf die knisternden Scherben zu setzen.

„Ohne Hausschuhe rennt man nicht in der Wohnung herum..."
War es die Stimme ihres Mannes oder die ihrer Mutter, die durch den sich bauschenden Vorhang zischte?
Scherben...
„...Ich zerdresche tagtäglich etwas... natürlich..."
Die ersten Tränentropfen malten ihre Regenbogenkreise, sie mußte etwas unternehmen!
Vielleicht eine Decke zwischen Türe und Türstock klemmen? Oder das Klavier vielleicht mehr in die Mitte des Zimmers schieben? Würde Kratzer auf dem Parkett abgeben – aber, schließlich: Nun war es IHRE Wohnung! Mutig stemmte sie sich gegen den Klangkörper, doch das schwere Ding rückte keinen Zentimeter.
„Wenn ich die Messingräder – öle?"
Im Abstellraum müßte doch irgendwo eine Ölkanne sein?
„Oder ich nehm einfach Salatöl..."

Als sie an der offenen Schlafzimmertüre vorbeieilte, sah sie die zurückgeschlagenen Decken....
Sah auf dem Biedermeiernachtkästchen die Sektflasche mit den zwei Gläsern stehen.
Tief holte sie Luft und vermeinte seinen Geruch zu fühlen, der immer aus seinem Haar hochgestiegen war, wenn er sich an sie geschmiegt, um ihre Zärtlichkeit zu suchen, die der Herr Professor schon lange abgelehnt hatte. Langes und ausgiebiges Streicheln hatte er mit geschlossenen Augen über sich ergehen lassen, sich wohlig auf den Rücken wälzend mit weitgespreizten zitternden Beinen, seine Hoden ihr präsentierend. Wenn sie knapp unter seinem Nabel die zarte Haut leicht massiert hatte, vibrierte jedesmal sein Penis, dessen zartrosanes Mündchen ihr begierig zugelächelt hatte....
Ihre Brustspitzen erigierten, und die Spannung ließ ihre Brüste sich leicht anheben. Kurzentschlossen riß sie eine Decke vom Leintuch und gab dem Hundekorb einen wütenden Tritt! Ihr einfach Bruno wegzunehmen, nur mehr das Besuchsrecht hatte sie!

Ein greller Blitz erleuchtete eine auf einem Bein hüpfende Frau. Der Schmerz in ihrer großen Zehe erinnerte an – Schuhe.
„Wo hab ich sie denn..."

Unter dem Bett fand sie den lila Seiden-Body, der als erstes das Mißtrauen ihres Mannes geweckt hatte – in ihrem Alter!
„...Was soll der Fummel?"
Strümpfe, ihre schwarzen Lacklederstöckelschuhe, die sie sonst nur ins Konzert getragen, aber gestern...
Der neue, viel zu kurze Rock – gekauft auf seinen Wunsch... die durchsichtige Voilebluse.
Ein Krachen riß sie hoch und erinnerte sie, daß sie das, was ihr noch geblieben war, zu verteidigen hätte...

Im Vorzimmer unter dem Bänkchen vor der Kleiderablage müßten doch die Pantoffel sein? Endlich, hinter den Winterstiefeln, die natürlich noch immer nicht weggeräumt waren, aber nun keine Debatte mehr heraufbeschwören konnten, fand sie sie. Beim Aufstehen erinnerten der Stich im Kreuz und der darauffolgende ziehende Schmerz durch ihren Oberschenkel bis zum Knie an die spitzen Bermerkungen ihres Mannes über ihr Alter!
Ihr Blick blieb an der am letzten Haken baumelnden Hundekette hängen.
Über der Klavierbank war ein Eisenhaken für den Adventkranz. Extra fest verdübelt von ihrem Mann, der selten etwas im Haushalt erledigt hatte, aber wenn! Dann pedantisch genau und für die Ewigkeit haltbar.
„...unter dem können noch unsere Enkel Weihnachten feiern!"
Langsam entglitt die Decke ihren Händen, das kühle Metall der Glieder beruhigte das Zittern in ihr.

Die Pappel wiegte sich im Gewittersturm, als sie den mit Tränenschlieren verschmierten, schwarzen Klavierdeckel schloß. Dann quietschten die Federn der Bank unter dem Damast, als ihr Fuß Halt suchte. Sich ganz durchstreckend, versuchte sie die Lederschlaufe in den Metallhaken zu schieben, doch immer wieder klappte das Leder in sich zusammen.
Zehn Zentimeter – zur Ewigkeit – machten schlapp! Fehlten ihr.
Zornig klatschten ihre Zehen auf die Klaviatur und vier tiefe Töne brummten; mutiger geworden, erklangen sofort darauf schrille Klimpertöne.
Die Schlaufe hakte ein.

Den dünnen Seidenmorgenrock raffend, versuchte sie nun die Tragfähigkeit des schwarzen Spiegels.
Nässe unter ihren Sohlen.
Langsam beugte sie ihren Hals der Kette zu, zwang die Glieder auseinander, die sonst Bruno am Zerren hindern sollten.
Plötzlich ein Prasseln, eisige Kügelchen hämmerten auf ihr Hinterteil.
Schwefelgelbe Helligkeit blitzte durch die Balkontüre, kurz darauf ein gewaltiger Schlag, ein Krachen der Pappel, die kippte, wie auch die Frau am Klavier...

Inmitten von Scherben und schmieriger Samenwatte stellte sie verdattert fest, daß der Haken – nicht gehalten hatte.
Draußen im Vorzimmer läutete das Telefon.

Die Frau mit der Hundehalskette um den Hals nickte, dann lächelte sie.
„...natürlich kannst du ihn bringen... der Korb steht noch im Schlafzimmer... ja, ja... Leine hab ich auch noch", lächelnd zog sie sich dabei die Kette über den Kopf, „natürlich kannst du zum Abendessen dableiben..."
Sie hängte ein und ging um Besen und Schaufel, um die Scherben zusammenzukehren.

FRAU ADAM IM FARNHAUS

Angelika Stein

Du hättest mich finden können, wenn du mich gesucht hättest unter dem weichen Kuppenfarn, dem gesägten Vogelnestfarn, dem gelblichen Moosfarn, dem wuchernden Doppelstreifenfarn, dem schierlingsartigen Dachfarn, dem Sumpf- und Eidechsenfußfarn, aber du hast mich nicht gesucht.

Es tropft von den Blättern unter der Kuppel, von den Stämmen, den dicken Rippen in Gelb, aus versteckten Rohren in künstliche Teiche, in denen Goldfische schwimmen, orange, gelb, weiß, beinahe schwarz.
Die Luft ist feucht, nach kurzer Zeit tränen die Augen. Zum Glück gibt es nur wenige Besucher, ein Vater mit zwei Kindern, ab und zu ein Mann oder eine Frau, die sich tief und lange über ein Blatt beugen, ohne daß ich mir vorstellen könnte, was sie sehen wollen.

Da ist wieder der Schmerz, als hättest du mir ein Bein abgetrennt, nein, einen Teil meines Körpers. Und trotzdem bin ich sicher, daß mein Bein noch zu mir gehört, mein ganzer Körper, schon, weil beide so weh tun.
Nur deswegen habe ich einen Hocker ins Farnhaus mitgebracht. Ich habe mich auf den Hocker gesetzt und auf dich gewartet, obwohl ich dich gar nicht sehen will, obwohl ich wußte, daß du mich niemals hier vermuten würdest und daß du auch dann nicht kämest, wenn du wüßtest, daß ich im Farnhaus auf dich warte. Ich habe mir trotzdem vorgestellt, daß du plötzlich da bist. Was würde ich tun? Würde ich mich unter den Bootsfarn ducken, oder würde ich dir entgegengehn?

Wir könnten meinen Mantel auf den Kiesweg breiten und ein paar Palmblätter, die ich aus dem Palmhaus holen würde, vielleicht sogar, ohne daß jemand es merkt. Wir würden den Bootsfarn beobachten, sein neues gelbgrünes Blatt, dessen Spitze eingerollt ist wie ein Wanderstab oder wie eine Schlange.

Vor Jahren haben wir zum ersten Mal auf dem Waldboden gelegen. Das trockene Wintergesträuch war hart, aber ich hatte es weich in deiner Armbeuge, und am Waldrand blühten die ersten Primeln. Wie lange hatte ich nicht mehr auf einem Waldboden gelegen. Ich wußte es nicht. „Das wird sich jetzt alles ändern", hast du gesagt, und mich mit einem Ruck auf die Füße gezogen.

Noch einmal haben wir auf deiner karierten Decke gelegen, nah an der Autobahn, auf dem Rückweg von Pernes, in einem Meer von Anemonen – sie lassen gleich ihre Köpfe hängen, wenn man sie pflückt – aber ich konnte nichts sehn. Wir hatten uns gestritten am Tag vor der Abfahrt, ich weiß gar nicht mehr, warum. In der Nacht hatten meine Augen zu schmerzen begonnen, als hättest du mich geblendet, damit ich nichts mehr sehen kann ohne dich, damit ich nicht mehr gehen kann ohne dich, damit du mich führen mußt, und ich sehe was du siehst.

Ich habe mir überlegt, was alles wir nicht zusammen getan haben – wir haben kein Haus gebaut, wir haben nicht geheiratet, wir sind nicht gemeinsam alt geworden, wir wollten mehr arbeiten, viel mehr lachen – und daß die Geschichte weitergehen könnte, wenn wir es täten. Aber wahrscheinlich haben wir es nicht getan, damit die Geschichte ein Ende hat. Es war ein böses Ende. Und wahrscheinlich war die Liebe nur durch dieses böse Ende zu retten. Nicht jetzt, später, wenn die Erinnerung wieder hell wird, werden wir uns nacheinander sehnen.

Ich muß an die Hände in Stein denken, die Hände der indischen Prinzessinnen in der Festung von Jodpur. Während ihre Männer an den Toren bis zum letzten Atemzug gekämpft haben, haben sich die Prinzessinnen im Palast umgebracht, nachdem sie ihre Hände abgedrückt hatten auf dem Festungswall. Ich habe die Größe dieser Frauenhände mit meinen Händen verglichen. Wie klein meine Hände sind. Ich habe die mit Henna geschmückten Hände fotographiert und die Blütenkränze, die über ihnen an Nä-

geln befestigt sind und die je nach der Stärke des Windes die Hände streicheln oder schlagen.
Ich habe mir immer gewünscht, daß wir uns einmal an einem Bahnhof treffen würden. Als Erkennungszeichen trüge ich ein weißes Kleid. Es ist warm. Ich sehe dich sofort und schon von weitem. Zuerst deine blauen Augen. Ich dränge mich durch die Menschenmassen, denn du lachst mir entgegen.

Das Farnhaus ist eine große Höhle. Wenn ich meinen Hocker ganz an den Goldfischteich stelle und meinen Kopf in den kletternden Tüpfelfarn hinter mich drücke, sieht mich niemand, es sei denn, er wüßte, daß ich hier bin.

Im ersten Jahr bist du nach Dänemark vorausgefahren. Ich bin dir nachgereist, zwölf Stunden durch die Hitze. Ich habe Herzklopfen, als ich dich sehe, an eine Säule gelehnt, in dem karierten Hemd. du hast meinen Koffer genommen, lange geschwiegen, und schließlich gesagt: „Daß du mir jetzt so fremd bist! Daß du mir so entsetzlich fremd bist!" Nachts bin ich aufgestanden. Es war Vollmond. Wie ein Hase habe ich mich in die warmen Dünen gehockt. Zweimal bist du vor die Terrassentür getreten und hast so getan, als sähest du mich nicht.

Noch einmal haben wir uns an einem Bahnhof getroffen. Ich kam von einer Tagung aus Köln, und du wolltest in Neckarelz auf mich warten. Ich sah dich, lief dir entgegen, konnte nicht mehr bremsen. „Paß doch auf", hast du gerufen. „Paß doch auf!"

Wir haben den Abschied gebraucht, die Trennung, das Wiedersehn und die Atemlosigkeit dazwischen.

„Ist Ihnen eigentlich schon das spanische Moos aufgefallen", hat mich der Botaniker gefragt. „Es erinnert an Zwergenhaar, aber es hat keine Wurzeln und hält sich nur durch die Luftfeuchtigkeit oder durch den Nebel am Leben."

Für einen Moment habe ich das Tropfen nicht mehr gehört im Farnhaus, so, wie man irgendwann ein Stauwehr nicht mehr hört, an dem man wohnt oder eine befahrene Straße. Die Farne waren keine einzelnen Gewächse mehr, nicht mehr der östliche Kletterfarn, der kletternde Tüpfelfarn, der gabelteilige Geweihfarn, der behaarte Aderfarn. Es ist ein Farnwald, der mich versteckt und schützt.

Ich konnte aufhören zu weinen. Ich habe ein Blatt Papier genommen und geschrieben: „Natürlich kannst du den Ring wiederhaben mit dem blauen Dreieck, der ein Haus bildet, wenn ich ihn an deinen mit dem blauen Viereck lege, aber die Erinnerung an Flavigny, die behalte ich, die gehört mir." Nachdem wir uns wochenlang nicht mehr gesehen hatten, hatten uns Freunde in ihr Ferienhaus nach Flavigny eingeladen. Wir sollten bloß die Blumen gießen und den Briefkasten leeren. Schon auf der Terrasse hatten wir die Kleider abgestreift. Wenn du Angst hattest, daß uns jemand beobachtet, standen wir auf der Holztreppe, die zum Schlafzimmer führt, und als wir nicht mehr stehen konnten, haben wir uns aufs Bett fallenlassen, aus dem mir der Atem und die Säfte von unzähligen Paaren in die Nase stieg, gemischt mit dem Geruch des alten Gemäuers und dem Moder der Wandteppiche. Ich erinnere mich an jeden Kuß, jede Umarmung gehört mir, jeder Schluck Wein. Ich erinnere mich an jeden Liebessatz, den du mir ins Ohr geflüstert hast, und es waren viele Sätze, an die wenigen Stunden Schlaf auf deiner Brust. Ich erinnere mich an die Übelkeit am nächsten Morgen. Alles drehte sich, ich dachte, ich müßte sterben, während du neben mir auf der Bettkante gesessen und gesagt hast: „Wir haben uns überfeiert. Ich liebe dich nicht mehr", aber die Erinnerung gehört mir, die ganze Erinnerung. Und diese Erinnerung ist eine Erinnerung an uns, auch wenn ich dich jetzt nicht mehr sehen will, und selbst, wenn du dich nicht mehr erinnern willst.

Ich habe gedacht, ich müßte sterben ohne dich, wie der Fisch ohne Wasser, die Pflanze ohne Erde, die Erde ohne Licht, denn du hast zugeschlagen mit der Axt.

Der Botaniker hat sich meinen Hocker angeschaut. Er hat gesagt, daß ich ihn ruhig da stehen lassen kann, wenn ich den Arbeitsbetrieb nicht stören, das Farnhaus während der Mittagszeit und abends rechtzeitig verlassen würde. Das gelte vor allem für die Sonntage, wo die empfindlichsten Arten mit Regenwasser und der Gießkanne gegossen werden.

Beim ersten Kuß standen wir in deiner Küche. Du hast gesagt: „Sieh mich an, mach die Augen nicht zu." Später fuhren wir am Neckar entlang. Wir führen in den Süden, sagtest du, wo es Urwälder gibt, wir würden ein neues Leben beginnen und in einem Farnhaus wohnen.

Der Botaniker hat mir erklärt, daß die Luft im Farnhaus so feucht ist wie in Nebel- oder Regenwäldern. Ich müßte aufpassen, daß meine Papiere nicht naß werden und daß ich mich nicht erkälte.

Manchmal hört man das Tropfen ganz stark, wie früher meinen Herzschlag gemischt mit deinem, den Regen auf dem Dach deines Hauses in Seckach, und wir mit dem Rücken am warmen Kamin, das Geniesel auf deinem Autodach, und wir auf der Fahrt nach Frankfurt, nach Wien, nach Paris; Pfützen, und wir springen darüber, Flüsse, und wir haben sie überquert, Regengüsse, und wir bleiben im Bett und hören vom nahen Sportplatz: „life ist live", immer wieder dieses Lied.

Ein Kuß wäre wie ein Platzregen auf den Zittersamenfarn. Die Blätter, die eingerollt und bräunlich waren, würden sich aufrollen und grün werden, nein, wie das oberste Becken eines Springbrunnens, aus dem das Wasser in ein unteres überläuft.

Ich bin ins Farnhaus gegangen, um mit der Erinnerung alleine zu sein, ehe ich sie wegschicke.

Ich sehe uns voreinander stehn, du knöpfst meine Bluse auf und streichelst die Linie zwischen meinen Brüsten. Ich sehe uns im Schlafwagen von Paris nach Mannheim. Wir fahren durch helle Bahnhöfe, an erleuchteten Fenstern vorbei, hinter denen Familien beim Abendessen sitzen. Die gleichmäßige Bewegung hält uns ineinander, der Luftzug von draußen zieht den Vorhang durchs Fenster. Er flattert wie eine Fahne. Ich sehe uns in Passau am Fenster, mich in dem weißen Spitzenhemd, das du mir gerade geschenkt hast, und dich hinter mir, die Hände über meinem Bauch, wir sind Bewegung inmitten von Bewegung. Ich sehe uns an der Nordsee, nachdem wir zugeschaut hatten, wie Männer in gelben Ölanzügen und mit großen Hämmern Bohlen in den Sand getrieben haben. Ich war ein Stück vorausgelaufen, hatte mich umgedreht, du standest da mit offenen Armen. Und später lagen wir hinter den Dünen, wo Kinder ihre Drachen steigen lassen mit den langen Schwänzen. Ich sehe uns während der Fahrt über den Zürichsee, meine Hand zwischen deinen Schenkeln, und dann, wie wir Hand in Hand ans Ufer springen, lachen, essen, lachen. Ich sehe uns durch Venedig laufen, wie wir uns in den Gassen verirren und uns küssen, wenn wir uns wiederfinden. Ich sehe uns in der Hütte am Roten Meer, durch die der Wind zieht. Ich fühle dich im Rhythmus der Wellen.

Je weiter wir wegfuhren, und je fremder die anderen waren, um so näher waren wir uns.

Der Botaniker hat mich gefragt, ob ich wüßte, daß die Farne im allgemeinen ungeschlechtlich sind. Aber unter den Palmfarnen gebe es männliche und weibliche, die gleichzeitig blühen, wunderbar blühen.

Mein Wunsch, dich zu küssen, ist so groß geworden, daß er mich nicht mehr auf meinem Hocker hält. Ich überlege, ob ich dich nicht einfach anrufen soll, während die Männer frühstücken. Wenn sie frühstücken, sehe ich ihre Schatten hinter einer Milchglastür. Ich könnte, ohne daß jemand es merkt, ins Büro gehn und dich anrufen. „Wenn du mich noch einmal küssen würdest, wäre alles gut." Aber was geschähe, wenn doch einer der Männer im Büro auftauchte, um seine Thermosflasche zu holen oder eine Zeitung? Wahrscheinlich bekäme ich sofort Hausverbot. Und wenn ich trotzdem weiter im Farnhaus bleiben dürfte, würde der Botaniker, der mich erwischt hat, seinen Kollegen von dem Telefongespräch erzählen, und alle würden mich für verrückt halten. Dabei habe ich mir noch nicht einmal überlegt, was du sagen würdest. Anstatt zu telefonieren, bin ich aufgestanden und habe die Moose gestreichelt, das Lebermoos und den gelblichen Moosfarn, die Moose ohne Namensschilder. Weich wie Haut fühlen sie sich an, wie die Haut über der Schulter, die Haut zwischen den Fingern, die Haut in der Rückenmitte.

Irgendwann muß ich auf dem Hocker eingeschlafen sein. Ich habe geträumt, daß ich in einem warmen See geschwommen bin und du auch. Hinterher war der See ausgetrocknet, voller Müll und Dreck, und da lagen Sterbende, von Haifischen angefressen.
Während ich geschlafen habe, habe ich gar nicht gemerkt, daß eine Schulklasse gekommen ist und mich entdeckt hat auf meinem Hocker. In meinem Regenmantel und mit dem feuchten Haar muß ich ein merkwürdiger Anblick sein. Jedenfalls haben vor allem die Mädchen hinter meinem Rücken gekichert und getuschelt. Ich schäme mich.

Du wolltest ein Kind von mir haben und ich eins von dir. Aber als ich am Strand von Dänemark ein Weidenkörbchen geflochten habe, hast du gesagt: „Wenn da ein Kind drinläge, müßte ich es aus Versehen tottreten." Jetzt ist die Erinnerung mein Kind. Ich muß zusehen, daß wir uns beide so gut füttern, daß wir am Leben bleiben.

Der Botaniker hat der Schulklasse eine fleischfressende Pflanze abgepflückt und aufgebrochen. Die Blütenkanne ist mit Wasser gefüllt, das Ameisen anzieht, Küchenschaben und sogar Mäuse. Sie werden von den Pflanzen bis zur Unkenntlichkeit verdaut. Die Eingeborenen, hat der Mann gesagt, trinken das Wasser als Magenbitter.

Ich weine nicht mehr so viel. Vielleicht, weil ich mich sicher fühle im Farnhaus. Vielleicht habe ich mich auch an den Schmerz gewöhnt. Manchmal bin ich sogar stolz auf ihn, wie jemand auf ein gutes Negativ stolz ist, aber diesen Vergleich halte ich für gefährlich. Jedenfalls lassen die Botaniker mich in Ruhe. Nur manchmal kommt der eine, er hat gesagt, daß er Seger heißt, lächelt mir zu oder zeigt mir etwas.
Die Bärlappgewächse sind uralt und sehr schwierig zu halten. Von der Keimung bis zur fertigen Pflanze dauert es acht bis fünfzehn Jahre, und die Stelle, an der sie stehen, darf nicht berührt werden.

Als wir zum ersten Mal nach Pernes gefahren sind, haben wir in Besan ? on übernachtet. Das Hotel aus Steinquadern war kalt und das Bett durchgelegen. „Woran denkst du", hast du mich beim Zähneputzen gefragt. „Daß wir über Wiesen laufen und uns verirren." „Und dann?" „Ich weiß nicht. Daß wir vielleicht kein Haus finden und verhungern müssen. Und du?" „Ich denke darüber nach, was ich täte, wenn du morgen früh tot neben mir lägest. Ich würde deine Leiche in eine Decke wickeln, wie ein Surfbrett auf dem Gepäckträger verschnüren und hoffen, daß kein Zöllner etwas merkt." Wir haben gelacht, aber damals hätte ich es wissen müssen.

Spätestens in Pernes wußte ich es, als du am Morgen nach der Liebesnacht zu mir gesagt hast: „Du mußt dir einreden, daß es nichts wird mit uns. Dann bräuchte ich nicht das Gefühl zu haben, unsere Liebe ist zum Erfolg verurteilt. Dann bliebest du immer neu für mich und ich für dich. Dann könnte ich dich weiterlieben, weil alles offenbleibt. Dann müßte ich niemals das Gefühl haben, ich hätte mich geirrt, oder ich hätte dich auf dem Gewissen."
Ich habe seine Sätze nicht gehört. Ich wollte sie nicht hören, diese Sätze. Ich wollte nur das hören, was mir gefällt. Ich wollte ihn nur so haben, daß er mir gefällt. Er wollte mich so haben, daß ich ihm gefiele. Ich wollte sein Lachen, seine Bewegungen, wenn wir tanzen oder wenn er sich abtrocknet, einen Fuß auf der Badematte, den anderen auf dem Wannenrand, und vor allem wollte ich, daß er mich wollte. Ich wollte dieses Gefühl, diese Lust, diesen Rausch, diese Erfahrung, dieses Glück, und er wollte nichts anderes. Ich wollte weit weg sein und nicht zu unterscheiden von ihm; ich wollte ganz ich sein und gleichzeitig nicht mehr so wichtig; ich wollte mich ausgelöscht fühlen und bis in die Haarspitzen lebendig; und er wollte das auch. Ich wollte die Welt umarmen, und daß mich die Welt umarmt. Er wollte, daß ihn die Welt umarmt, wenn ich ihn umarme. Und hinterher war der Friede zwischen den Schenkeln.

Ich muß mich doch erkältet haben, jedenfalls läuft meine Nase, und meine Augen tränen wieder.

Der nette Botaniker hat mir den Goldfarn und den Silberfarn gezeigt. „Von oben sehen diese Farne ganz gewöhnlich aus, beinahe unscheinbar, aber wenn Sie die Blätter umdrehn, sind sie golden, richtig golden oder wie Silber, ganz aus Silber."

Einmal hast du geweint: „Ich habe alles vergessen, nur gefühlt, dich gefühlt, und mich in dir, ich bin den Farben nachgegangen hinter den Lidern und den Tönen in meinem Ohr, einer Stimme, einer hellen Stimme." Dann hatte er die Augen geöffnet und mich lange angeschaut. „Was ist?" Er zögerte, aber ich wußte es. Mein Gesicht gehörte nicht zu seiner Erfahrung. Diese Erfahrung war vollkommen, sie war mehr als er und ich, mein Gesicht bloß ein Teil mit Spuren und Narben. Er begann, mir von Freundinnen zu erzählen, von den früheren Freundinnen, ihrer Schönheit, ihrer Jugend. Ich war eine Beleidigung. Am liebsten hätte er mich umgebracht.

Der Botaniker hat mich zum Frühstück eingeladen, aber ich habe abgelehnt. Er hat gesagt: „Was immer Sie da schreiben, Sie müssen doch zu einem Ende kommen." Zum ersten Mal, seitdem ich im Farnhaus bin, mußte ich lachen.
„Es gefällt mir, wenn Sie lachen", hat er gemeint. „Nehmen Sie sich ein Beispiel an den Auferstehungspflanzen. Nur weil sie sich während der Regenperiode vollsaugen bis obenhin, können sie die zwei Monate lange Trockenzeit überstehen." Ich habe wieder gelacht.

Nachdem mir immer öfter die Füße einschlafen und taub werden, habe ich mir angewöhnt, im Farnhaus spazierenzugehn. „Was suchen Sie denn?" Der Botaniker ist mir durch die Häuser gefolgt. Vielleicht fürchtet er, daß ich eine Pflanze berühre, die ich nicht berühren darf, oder irgend etwas abpflücke, aber das glaube ich nicht. „Ich suche Giftfarne", habe ich gesagt. „Die gibt es hier nicht, die gibt es bloß draußen, im Wald. Die Hinweise im Farnhaus gelten den Stacheln, den Säften, damit niemand daran hängenbleibt, sich verletzt oder beschmutzt."

Ich wußte, er würde uns beide töten, wenn dieser Rausch nachließe, oder mich, eher mich. Ich habe Angst vor ihm gehabt, fast immer Angst, daß er auf die Elster schießt oder die Taube, daß er den

Hasen überfährt, der am Straßenrand sitzt, daß er die Axt aus dem Schuppen holt. Aber meine Angst hat den Rausch noch verstärkt, als müßte ich es wagen, gerade deswegen. Ich wußte, wenn dieser Rausch nachließe, würde er mich umbringen wie ein Lustmörder, der sich an der Frau rächt, die ihm den Rausch nicht mehr gibt.

Wir haben in der Küche gesessen und gegessen, als er mich plötzlich gefragt hat: „Was würdest Du tun, wenn Du wüßtest, daß das Essen vergiftet ist?" Ich hatte die Gabel fallenlassen und ihn angeschaut, aber er grinste bloß. „Ich würde mir den Finger in den Hals stecken und den Notarzt rufen." „Du würdest also nicht mit mir sterben?" „Nein." „Und was ist, wenn wir morgen in einen Verkehrsunfall verwickelt werden und abends, anstatt gemeinsam im Bett, nebeneinander in der Leichenhalle liegen? Nein, so wird es nicht sein. Ich stelle mir vor, daß dich ein alter Freund umbringt und irgendwo verscharrt, wo dich niemand findet. Erst würde ich dich suchen, aber irgendwann würde ich aufhören zu trauern."
Er wollte, daß wir uns ganz weit voneinander entfernen, wir sollten uns aus den Augen verlieren, damit wir uns endlich wieder umdrehen, aufeinander zubewegen und uns in die Arme sinken könnten.

„Der Kletterfarn", hat mir der Botaniker im Vorbeigehn zugerufen, „ist eigentlich ein Wanderfarn. Die Jungpflanzen fallen ab und gehen allmählich ihrer Wege. Dasselbe geschieht mit den sogenannten Brotknospen, die eigentlich auch Ableger sind."

Ich werde die Erinnerung an dich wegschicken. Schon in dem Moment, wo ich merke, daß ich an dich denke und daß der Schmerz kommt, ein bohrender Schmerz im Magen, werde ich die Erinnerung wegschicken. Und wenn mir das nicht gelingt, werde ich alles in mein Gedächtnis rufen, was ich gehaßt habe an dir, und dann werde ich die Erinnerung an dich wegschicken.
Ich werde dich wegschicken und das Gefühl behalten. Ja, das werde ich tun. Ich behalte das Gefühl und schicke dich weg; aber nein, das geht nicht, weil dieses Gefühl, diese Erfahrung, dieser Rausch, dieses Glück von dir nicht zu trennen sind.

„Wissen Sie eigentlich", der nette Botaniker hat mich wieder besucht, „daß die Farne Pflanzen aus der Alten Welt sind? Schon vor dreihundert Millionen Jahren hat es Farne gegeben. Die meisten sind ausgestorben, aber viele Arten sind noch unbekannt, unbestimmt."

Selbst, wenn ich nicht mehr jeden Tag hier sein müßte, ich werde wiederkommen, um den behaarten Aderfarn zu sehen, den Gliedfarn, den grünen Steinbrechfarn, den wuchernden Doppelstreifenfarn, den weichen Lappenfarn, den Lammfellfarn. Ich werde die Tropfen hören wollen und die Grüntöne wiedersehn.

Ich habe mich entschlossen. Ich werde sowohl die Erinnerung an dich wegschicken, aus auch die Erinnerung an das Glück, an unser gemeinsames Glück. Ich denke, wenn ich die Erinnerung an dieses Glück behalten will, werde ich auch dich behalten. Wenn ich aber ein Glück wiederfinden will, diese Erfahrung, und ich will sie wiederfinden, dann kann ich dich nicht behalten, muß ich dich wegschicken, muß ich dich töten. Ja, ich bin entschlossen. Ich werde dich töten.

Herr Seger hat mir die Geweihfarne gezeigt. Das sind Pflanzen, die auf Bäumen wachsen. Er hat ausdrücklich betont, daß sie sich selbst versorgen, also keine Schmarotzer sind. Sie bilden Wurzeln, um sich irgendwo festzuhalten, und ernähren sich von abgestorbenen Pflanzen. „Und schön sind sie auch noch, wenn Sie sich den gabelteiligen Geweihfarn anschaun, den Andengeweihfarn, den Elefantenohrgeweihfarn oder den Äthiopischen Geweihfarn."

Ich bin gerne im Farnhaus. Manchmal denke ich, es ist ein Mantel, am ehesten ein grüner Mantel.

Herr Seger hat mir gesagt, daß er in Urlaub geht. Er hat mit dem Professor gesprochen. Ich könnte natürlich im Farnhaus bleiben. Aber eine Bitte hätte er doch an mich. Er würde mich gerne nach Dienstschluß zu einem Glas Wein einladen. Er möchte wissen, was ich die ganze Zeit geschrieben habe, und was ich getan hätte, wenn ich nicht geschrieben habe. Außerdem würde er mich bloß ein einziges Mal ohne diesen Regenmantel sehen wollen und ohne feuchte Haare. Ich habe gelacht. Für alle Fälle werde ich den Hocker im Farnhaus stehenlassen.

IM TODE SIND DIE NATURGESETZE AUFGEHOBEN

Rosmarie Thüminger

Zwei Kerzen zu Häupten, zwei Kerzen zu Füßen, in hohe Leuchter gesteckt, werfen ihre sanften Lichtkreise auf die dunklen Fliesen des Bodens. Man hat mir die Augen zugedrückt, aber der Tod verleiht die wunderbare Fähigkeit, durch geschlossene Lider, durch Bindegewebe und Materie zu sehen.
Der Raum ist dämmerig, ich kenne die neuromanische Architektur der Kapelle nur flüchtig, denn zu Lebzeiten machte ich um Gewölbe dieser Art einen weiten Bogen. Die zwei Angestellten des Beerdigungsinstitutes haben mich vor zehn Minuten aus dem Kühlraum hierher geschafft. Ich bin ja leicht, aber der Sarg wiegt schwer, und sie haben geflucht. Ihre Mühe hat sich gelohnt. Die immergrünen Gewächse an der Seite, die Kränze und Blumengebinde am Fußende, die dicken Kerzen ordnen das bevorstehende Begräbnis einer höheren Kategorie zu. Der Sargdeckel lehnt in der Ecke. Ein Schatten verdunkelt den Eingang. Es ist Robert, der, einen schweren Kranz schleppend, den Raum betritt. Er glaubt immer, daß alles, was er nicht selber macht, nicht ordentlich gemacht ist. Er placiert den Kranz an einer ins Auge fallenden Stelle, ordnet sorgfältig die Schleife, auf der in goldenen Lettern geschrieben steht: Letzte Grüße – Dein Dich ewig liebender Gatte Robert.
Sein Anzug ist neu, er hat ihn extra fürs Begräbnis gekauft. Seine Schuhe sind gebürstet, die schwarze Krawatte akkurat geknüpft. Doch er selbst schaut nicht gut aus. Schweißperlen stehen ihm auf der Stirn. Seine Wangen sind bleich und blutleer. Die Aufregungen der letzten Tage haben ihn hergenommen. Trotz der Schwitzerei jagen Schauer über seinen Körper. Außerdem hat er Hunger, sein Magen ist leer und knurrt. Wenn er friert, sich erschreckt oder wenn es ihm psychisch nicht gut geht, schrumpft sein Geschlecht. So auch heute.
Ein heißer Tee würde ihm gut tun, Kamillentee mit Honig, ein wenig

Fürsorge, ein bißchen Zärtlichkeit. Aber ich, die ich niemals seinen Ruf hatte überhören können, stehe, da ich tot bin, nicht auf, um in die Küche zu eilen und Tee zu kochen.
„Angelika", flüstert er, „Angelika". Er zieht ein Taschentuch aus dem Sakko und tupft sich die Stirn ab, fährt sich über die Augen. „Warum hast du mich verlassen? Warum diese Trennung?" Die Frage ist typisch. Obwohl er sehr stolz ist auf seinen analytischen Verstand, der ihn zeit unseres Zusammenlebens befähigte, die anfallenden Dinge viel besser zu verstehen als ich, scheute er sich niemals, im höchsten Grade unvernünftige Fragen zu stellen.
Da ich nicht antworte, tritt er näher, murmelt nochmals „Angelika", faltet die Hände. „Angelika".
Seine grauen Gehirnzellen beginnen zu arbeiten, Probleme tauchen ins Bewußtsein, seine Miene verdüstert sich noch mehr. Der Schmerz über den Verlust ist groß. Wir sind noch nicht sehr lange verheiratet, gerade drei Jahre, und er hat viel Freude an meinem Leib gehabt. Während ich ihn nur geliebt habe, also bemüht war, alles zu tun, was er liebt, was er erwartet, daß Frauen tun. Die Lust, die er durch meinen Körper empfand, hat es mir gestattet, meinen Körper lieb zu gewinnen. Der Spiegel verschwieg nicht gewisse Qualitäten: gutgewachsene Figur, zarte Haut, große, graugrüne Augen, helles Haar und ein ebenmäßiges Gesicht. Aber solange da nicht ein Mann war, der mir versicherte und handgreiflich bewies, daß es eine Freude für ihn war, mit mir zu schlafen, wurde ich von tausend Zweifeln heimgesucht. Bin ich wirklich liebenswert? Sind meine Oberschenkel nicht ein wenig zu kräftig? Paßt meine Nase überhaupt in mein Gesicht?
Seine Vorstellung von seinem Wissen über Frauen gestattete mir die eine oder andere Laune. Aber meist war ich sehr diszipliniert. Kaum vom Büro zu Hause, ging ich unter die Dusche, brachte dann die Wohnung in Ordnung, bemühte mich, ein kalorienarmes, eiweißreiches und schmackhaftes Essen zu kochen. Ein halbes Jahr, solange sich Robert dem natürlichen Leben verschrieben hatte, bereitete ich Körnerfutter zu.
Ein zweiter Herr betritt die Kapelle. Es ist mein Chef. Das Begräbnis beginnt erst in einer Dreiviertelstunde. Susanne, unsere erste Sekretärin, hat also vermutlich wieder einmal die Termine durcheinander gebracht. Als der Chef Robert erblickt, durchfaltet sein Gesicht tief-

ste Trauer. Robert seinerseits ringt nach Fassung. Auch im Schmerz muß Mann schließlich Mann bleiben. Es gelingt. Selbst die Tränen in seinem Gesicht sind verschwunden. Die beiden Herren drücken einander die Hände.
„Sie war eine wunderbare Frau. Und so jung, so schön."
Robert richtet sich etwas auf, zieht die Lippen auseinander. Er zeigt die Zähne. Der Chef kann nicht wissen, daß Robert immer auf ihn eifersüchtig gewesen war. Völlig grundlos übrigens. Der Chef erblaßt. So hat er es nicht gemeint.
„Immer war Ihre liebe Frau für andere da", sagt er und macht alles noch schlimmer. Endlich findet er die richtigen Worte. „Eine pflichtbewußte Mitarbeiterin, tüchtig, fleißig." Da kann Robert nicken. Sein Mund schließt sich.
„Immer bescheiden. Die ideale Sekretärin. Nie hätten wir uns von ihr getrennt. Wie wird sie uns fehlen!"
Er tastet mit den Augen mein Gesicht ab. Da ich innerhalb von wenigen Sekunden und sehr überraschend gestorben bin und bis dahin vor Gesundheit gestrotzt hatte, bin ich eine schöne Leiche. Das teure Bestattungsinstitut hat ein übriges getan. Seine Augen wandern über meine fromm gefalteten Hände, mein hochgeschlossenes, spitzengesäumtes Hemd, dessen weicher Stoff die Wölbung des Busens gefällig nachzeichnet. Er seufzt über die Vergänglichkeit des Lebens.
Auch Robert seufzt. Früher hat mich jede seiner Äußerungen veranlaßt, vielfältige Überlegungen anzustellen. In meiner Küchenschublade liegt das Tagebuch, voll mit Betrachtungen über seine Seele. Wie ist er wirklich? Manchmal erwische ich ihn bei der einen oder anderen Angeberei. Spreizt er die Federn, weil er mich liebt und mir gefallen möchte? Oder glaubt er selbst an seine Großartigkeit? Stundenlang habe ich über Probleme solcher Art gegrübelt.
Das Wichtigste im Leben einer Frau ist ihr Mann. Doch er konnte sich über Kleinigkeiten erregen. Er wollte das Hemd mit den schmalen blauen Streifen anziehen. Es war noch in der Wäsche. Aber das Hemd mit den etwas breiteren Streifen lag gestärkt und gebügelt bereit. Das wollte er nicht, es mußte das Hemd mit den schmaleren blauen Streifen sein. Und ich, die ich ihn nicht unglücklich sehen konnte, steckte morgens um sieben das Bügeleisen an. Es stand ihm dann auch sehr gut, das Hemd mit den schmalen blauen

Streifen, und er war wieder zufrieden. Ich auch. Obwohl die Sorgen um den Bestand seiner Liebe mich immer wieder quälten.
Er liebte mich. Schön. Aber liebte er mich auch noch nach einem Jahr des Zusammenseins? Oder nach zwei Jahren? Ich kaufte ein neues Kleid, verwendete ein neues Parfüm. Er sah das Kleid nicht, roch das Parfüm nicht. Zumindest nicht bewußt, denn er verlor nicht ein Wort darüber. Statt dessen verbreitete er sich über die Schwierigkeiten, die in der Beziehung zwischen ihm und dem Chef aufgetreten waren, und von denen er befürchtete, sie seien seiner Karriere abträglich. Ich litt. Meine Arbeit diente mir als Broterwerb. Wir hatten auch manchen Spaß im Büro, aber das Wichtigste in meinem Leben, ja das Leben überhaupt, das war die Liebe Roberts. Ich bemühte mich nach Kräften, so zu sein, wie Männer, also auch Robert, sich Frauen gemeinhin wünschen. Weiblich also, möglichst weiblich. Trotz Berufstätigkeit. Wobei mir zugute kam, daß ich als Sekretärin einen sehr weiblichen Beruf hatte und Robert bedeutend mehr verdiente als ich. So war ich sicher, daß ich seine Männlichkeit nicht bedrohte.
Langsam füllt sich der Raum mit Menschen. Manche tragen Blumen in ihren Händen. Manche betrachten Robert, den trauernden, in Schmerz aufgelösten Witwer, mit mitfühlenden Blicken. Es ist so offensichtlich, daß er leidet. Ich aber liege ungerührt in meinem Sarg. Im Tode sind die Naturgesetze aufgehoben. Den Kummer meines Mannes lasse ich ungetröstet und seinen Magen unversorgt. Ich streichle ihm nicht die Haare aus der Stirn, glätte nicht seine Brauen und tupfe nicht seine Tränen von den Wimpern. Ich liege still und ruhig. Ganz ruhig.
Der Pfarrer, angetan mit schlichtem Ornat, betritt die Kapelle. Seine Gedanken liegen offen vor meinen geschlossenen Augen. Er ist bemüht, sich nicht anmerken zu lassen, daß ihn die Begräbniszeremonien langweilen. Als er mich schöne junge weibliche Leiche erblickt, erwacht ein bißchen Mitleid in seinem Herzen und seine Stimme gewinnt an Wärme. „Staub zu Staub", sagt er, hebt den Wedel und benetzt mein Hemd mit Weihwasser.

TRENNUNGEN JEGLICHER ART. HIER: DIE GENUSS-ART.

Uta Bollow

wieso eigentlich trennen? jede trennt sich jeden tag – oft, um die andere den nächsten tag, den ohne trennung, kein drama ohne nächsten morgen wiederzusehen. guten morgen! keine wiedersehensfreude trennung, keine treue, harmonie, glückseligkeit ohne die immer wieder neu bevorstehende trennung – die trennung im kopf, im hinterkopf, im herzen verborgen unter schmerzen. dann ist sie da, ja.

ich trenne mich grad, wir trennen uns grad, aufgetrennt, wie der saum eines kleides – ein hohlsaum? – der sich auftrennen ließe, nur um doch wieder fein säuberlich stich an stich, das schiffchen klemmt den stoff zwischen arm und nadel, der fuß wippt auf dem pedal und die naht rattert und fertig, zu ist die naht. und dann wieder flugs aufgetrennt, aus eins mach zwei, dann drei und vier, fertig ist das neue. getrennt und wieder vereint, beweint und wieder erfreut. getrennt ist immer im partizip perfekt, es ist perfectum, facere, feci, factum, durch und durch fertig, erledigt. so der idealfall. aber, meine sehr verehrten damen, wir und sie und all die anderen. wir wissen doch. und so ist es dann auch. factum.
partizip ist wie partizipierend, daran teilgenommen habend, obwohl es doch grad um weggehen ging. getrennt eben. getrennte wege, wie abzweigungen im wald, im dickicht der gefühle, welch kitsch, welch schöner alter kitsch. jawohl.
nur ob denen wohl ist, die sich trennen, wer weiß es? aber trennen tut eine auch nicht, es hat nichts aktivisches, getrennt ist passiv, es passiert. wie ein wolkenbruch, ein platzregen, ein schneegestöber oder eine zerbrochene milchflasche. eine naturkatastrophe eben. punktum.
trennen sie sich noch heute, meine damen, schon morgen könnte es zu spät sein. und nur eine dramatische trennung ist eine wirklich

gute trennung; viele tränen, viele taschentücher, viel schwesterliche fürsorge und viel häme. letzteres nur im verborgenen hinter jeweils verschlossenen türen und fenstern, um dann erst später bei der nächsten dame, und allein nur mit ihr.
aber meine sehr verehrten damen, wir vergaßen die kollektiv-trennungen, die vor publikum, das dann tribunal spielen darf, eine zeugin der anklage gibt es hier nicht, marlene, auch hier ist niemand lauwarm, sondern entweder heiß oder eisig, wir lieben sie nicht, diese lauen zwischentöne, weder pieps noch paps und pieps kriegt ja inzwischen fast jedes telefon hin, verbunden mit diesen kleinen wundergeräten, die die trennung der fernsprechteilnehmerin vom postanschluß selbst überhaupt nicht mehr stattfinden läßt. hier wird nicht mehr getrennt. die stimme bleibt immerdar. die kann so zum tönenden, dröhnenden kontinuum der gegenwart werden, nicht mehr nur punktuell, ab und zu, erreich ich sie, ist sie da? nein, immer da, und das liebliche stimmchen ertönt vom band, ungetrennt, ungehemmt.
eine trennung läge nicht im trend. denn dann wäre es vorbei. stille träte ein, stille, bis es dröhnte; keine arbeit mehr, die beziehungsarbeit, meine damen, sie würden arbeitslos, welch gräßlicher gedanke. die trennung verdoppelte sich, was wohl auch eigentlich ihr wesentlicher charakter, die vervielfältigung. die trennung ist nicht nur ein akt, beziehungsweise ein passiv, sie ist mehr, sie ist immer wieder. die trennung mit der einen wird der nächsten und dann der übernächsten erzählt und jede trennt noch ein bißchen mit, sich selber von der vorherigen und die beiden auch noch ein wenig mehr. bis dann eine übergreifende, ergreifende trenn-situation vor ihnen liegt, meine damen, ein trendsetter gewissermaßen. die trennung setzt sich fort. darum ja auch plural: trennungen. die endungen sind das entscheidende. der schluß entscheidet über die bedeutung. nur – was bedeutet es schon?
eine trennung, das ist noch ganz viel, aber schon zwei lassen es weniger werden. dann drei und vier, meine damen, sie kennen das weitere, fünf und sechs. wer will dann noch einzeln nachzählen, nacherzählen?

der trend liegt im trend. solange nicht abgetrennt, weggepennt – oh pardon, welch wort – entschwunden ins reich der farbenfrohen

träume, der duftenden wiesen, weißer-sand-palmen-blaues-meer-gefühl, ins reiche land der ewigen.
und dann schwebt sie wieder, ein brillierender glanz um die augen. der federnde schritt ist ein hit. meine damen, sie ist da, abgetrennt von allem düstern dieser zeit, die traumfrau steht vor ihnen.
greifen sie zu!
trennen sie sich!

BIOGRAPHIEN

Brigitte Behrends, geboren 1949 in Kleve/Nordrhein; zahlreiche journalistische und literarische Veröffentlichungen. Mitautorin an Dokumentationen über Berlin-Kreuzberg. Lebt und arbeitet als Autorin und Mitarbeiterin der Künstlerhaus Bethanien GmbH.

Uta Bollow, geboren 1961, studierte Geschichte und anderes in Hamburg, wo sie auch heute noch lebt – zur Zeit von der Redaktionsarbeit bei einer lokalen Wochenzeitung. *„Appolonia, das Lesen, die Wissenschaft, das Fasten und das Reden über die Liebe. Eine Erzählung, die durch die Jahrhunderte springt"*, in: ihrsinn 4/91. *„Tippen und Tasten, wie Maschinen schreiben lernten"* in: hamburger rundschau 48/91.

Barbara Bongartz, geboren 1957 in Köln, Studium der Theater-, Film- und Fernsehwissenschaft, Germanistik, Philosophie, von 1976-1984 in Paris, München, Köln. 1984 M.A., 1989 Promotion. Zur Zeit Mitarbeiterin am Institut für Theater-, Film- und Fernsehwissenschaft der Universität Köln, lebt in Düsseldorf.

Barbara Büchner, geboren 1950 in Wien. Seit 1972 freischaffende Journalistin, Schriftstellerin und Illustratorin. Der Roman *Das Institut"* erschien 1988 in Stuttgart, *„Die Sterbehelfer"* 1990. Im Wiener Frauenverlag erschienen Beiträge in mehreren Anthologien und im Frühjahr 1990 ihr Erzählband *„Zwischenfall im Magic Land. Phantastische Erzählungen."* 1991 erschien ihr Jugendbuch *„Das Gasthaus zur Mitternacht"* (Ueberreuther, Wien).

Kathrin Burmeister, geboren 1964 in Rendsburg, Schleswig-Holstein. Abitur 1983 und Aufnahme des Studiums der Anglistik/Germanistik in Marburg. Studium in England 1985/86, Weiterführung des Studiums ab 1986 in Berlin. Veröffentlichungen: *„Metamorphose der Statuten"* in: Sylvia Treudl (Hrsg.): Drama Dreieck, Wiener Frauenverlag 1990, *„Flüchtige Begegnung und Gürteltiere"* in: Körperträume, Heyne 1991.

Bessie Brühl, geboren 1959, Sängerin, Komponistin und Autorin, lebt in Wien, Berlin, München, auf Tournee. Veröffentlichungen im Wiener Frauenverlag in: Sylvia Treudl (Hrsg.): „Domino mit Domina. Erotische Geschichten",1988; Eva Laber (Hrsg.): „Häm und Tücke. Skurriles, Heiteres und Bösartiges von Frauen;1989. Arbeitet an ihrem ersten Buch *„Zwei Augen für die Nacht"* und an der 3. LP „Gelee Royal"; Engagements als Schauspielerin und Kabarettistin (Brutal erotisches Komikertum).

Anne Dorn, geboren in Wachau bei Dresden. Dorfschule, Realgymnasium, Lehre bei einer Tageszeitung, Abendunterricht in der Kunstgewerbeschule in Dresden. Bei Kriegsende in Österreich, danach in Westfalen und am unteren Niederrhein. Zwei Ehen, vier Kinder. Seit 1969 freie Schriftstellerin in Köln. 1967 erschien die Erzählung *„Familie"* bei Kiepenheuer und Witsch. 27 Hörspiele/Hörbilder und 7 Autorenfilme, ca. 30 Erzählungen in literarischen Zeitschriften und Anthologien. *„hüben und drüben"*, Forum Verlag Leipzig, 1991.

Hannelore Fischer-Knuth, geboren im Krieg in Wien. Mit siebzehn Jahren Beginn der Ausbildung am Reinhardt-Seminar. Nach dem Abschluß Tourneen nach Berlin, München (Residenztheater), Linz, Düsseldorf (Schauspielhaus), Hamburg, Zürcher Schauspielhaus. Frühe Ehe mit dem Schauspieler Klaus Knuth, Tochter Nicole. Lebt seit 1965 in Zürich.

Margit Hahn, geboren 1960 in Wien, lebt in Klosterneuburg. Veröffentlichungen in Literaturzeitschriften. Präsidentin der Literaturgesellschaft Klosterneuburg, Mitglied der Arbeitsgemeinschaft Autorinnen. Im Wiener Frauenverlag ist für Herbst 1992 ein Erzählband mit Margit Hahn geplant.

Roswitha Hamadani, 1978 Dissertation in Graz. 1979 *„Zeitbomben"* Gedichte, Baden bei Wien. *„Ein Mann kauft einen Sessel"*. Roman, Wien 1981. *„Ein Jäger trat aus einem Strauch"*. Roman, 1984 Zürich. Veröffentlichungen in: Jesus N., 1972, Zürich. Dichtung aus der Steiermark, 1971 Graz. Neue Zürcher Zeitung, TagesAnzeiger. Zahlreiche Hörspiele im ORF und DRS.

Elfi Hartenstein, Studium Germanistik, Geschichte. 1974-1989 Sek.-II-Lehrerin in Bremen. 1980-1989 beim Frauenliteraturverlag Zeichen und Spuren in Bremen. Mitherausgeberin der Frauenliteraturzeitschrift „Schreiben". Freiberuflich als Lektorin tätig. Veröffentlichungen: *„Glücklich oder nicht? Frauen im goldenen Käfig"*, Bremen 1980, *„Allerlei Frau"*, Bremen 1980, *„Wenn auch meine Paläste zerfallen sind"*, Bremen 1983, *„Otto von Bismarck an Johanna von Bismarck"*, (Hrsg.), Berg 1990, *„Heimat wider Willen. Emigranten in New York"*, Berg 1991, Außerdem als Übersetzerin tätig.

Christa Hein, geboren 1955, Studium Amerikanistik, Germanistik, Sport. Lebte ein Jahr in England, neun Jahre in USA. Unterrichtete dort mehrere Jahre Creative Writing am College. 1990 Stipendium der Fabrikschreiberin der Romanfabrik Frankfurt. Seit 1989 Veröffentlichung literarischer Texte in Anthologien und Zeitschriften.

Margarete Herzele, geboren in St. Veit/Glan, wohnt in Wien und in Kärnten. Abgeschlossenes Studium der Malerei und Kunsterziehung an der Akademie der Bildenden Künste in Wien. Freiberufliche Tätigkeit als Malerin und Mitarbeiterin bei Tageszeitungen und beim ORF. Veröffentlichungen: Beiträge in zahlreichen Anthologien in Europa, Indien, Kanada, Australien, USA. Erzählband *„O Glanz des m(w)ilden Mondes"* Wiener Frauenverlag 1989. Mehrere Literaturpreise. Mitglied bei PEN-International.

Ingeborg Jaiser, geboren 1960 in Tübingen. Nach dem Abitur Studium des Bibliothekswesens. Seit 1986 Bibliothekarin an einem Forschungsinstitut. Zahlreiche Veröffentlichungen in Zeitschriften und Anthologien. *„Samstagsliebe und andere Tagträume"* Erzählungen. Stuttgart 1988. Erster Preis für Prosa bei den Fellbacher Autorentagen 1987.

Doris Kloimstein, Doktorat; Dramaturgin am St. Pöltner Stadttheater, hat mit originellen Ideen Bewegung in das Repertoire dieser Bühne gebracht.

Heidelore Kluge, geboren 1949, Abitur, Englandaufenthalt, Dokumentarin und Übersetzerin in der Raumfahrtindustrie, Landwirtin, heute freie Autorin und Journalistin. Zahlreiche Veröffentlichungen, Einzelbände und Kurzgeschichten in Zeitschriften und Anthologien des In- und Auslandes.

Felicitas Kohring, geboren 1940, Schauspielerin, Sozialpädagogin, Soziologin, zwei Kinder, geschieden. Kleinere Veröffentlichungen. 1990 Fabrikschreiberin in Frankfurt am Main. 1990/91 Texte in der Frankfurter Allgemeinen Sonntagszeitung. Zur Zeit tätig in der Kulturwerkstatt Lemgo und am ersten Buch.

Helga Laugsch, geboren 1955 in München, 1975 Abitur, Ausbildung zur Diplombibliothekarin, Studium der Philosophie und Theaterwissenschaften, 1986 Magister, seit 1989 Arbeit an der Dissertation über „Die Matriarchatsdebatte infolge der zweiten Frauenbewegung"; Stipendium der Hans-Böckler-Stiftung. Artikel und Rezensionen u.a. in der Münchner Philosophen-Zeitschrift „Widerspruch", zahlreiche Vorträge.

Martina Marie Liertz, geboren 1962 in München, erste Veröffentlichung im Gemeinderundbrief 1973, Aufnahme des falschen Studiums, Abschluß desselben 1988. Währenddessen mangels Auslastung Schauspielerei und Nachtleben. Mitarbeit am Institut für kreatives und therapeutisches Schreiben, Berlin. Versuche, mit anderen Frauen gemeinsam zu schreiben, Fortbildungsdozentin, Auseinandersetzung mit dem Thema sexuelle Gewalt, Veröffentlichungen im Lesbenstich und in der Hvidlogspressen.

Babette Loppacher, geboren 1952 in Berlin, Pädagogische Hochschule in Berlin, ein Jahr an der Sorbonne, Paris, seit 1975 in Zürich verheiratet, Ausbildung an der Uni Zürich zur Sekundarlehrerin, nach längerer Kinderpause als solche praktizierend. Seit 1980 Erzählungen, Kurzprosa, Gedichte, ein Roman, zum Großteil unveröffentlicht.

Christa Nebenführ, geboren 1960 in Wien, Schauspielerin, Philosophie-Studentin, Veröffentlichungen in Anthologien und Zeitschriften, im Wiener Frauenverlag in: Barbara Neuwirth (Hrsg.): „Eisfeuer. Erotische Gedichte", 1986; Karin Ivancsics (Hrsg.):

„Schräg eingespiegelt", 1987; Sylvia Treudl (Hrsg.): „Domino mit Domina", 1988. Beiträge beim ORF und in der Kino-Werbung.

Regina Nössler, geboren 1964, lebt in Bochum/Ruhrgebiet. Veröffentlichungen in Zeitschriften, Anthologien und im Hörfunk. Im Wiener Frauenverlag in: Sylvia Treudl (Hrsg.): „Fell aus Titan. Gedichte zu Thema Schmerz", 1989; Eva Laber (Hrsg.): „Häm und Tücke. Skurriles, Heiteres und Bösartiges von Frauen", 1989; Sylvia Treudl (Hrsg.): „Drama Dreieck", 1990.

Jutta Sauer, geboren 1944 in Westpreussen, lebt als Schriftstellerin, Kulturjournalistin und Literaturdozentin in Osnabrück. Veröffentlichungen: *„Abgeschminkt. Gedichte"*, Frankfurt 1982, *„Walpurgiszeiten. Lyrische Weibsbilder"*, Göttingen 1988, *„Das Mädchen, die Liebe und der Tod"*, Hannover 1990, *„Etwas zwischen Männern und Frauen. Die Sehnsucht der Marieluise Fleisser"*, Köln 1991, sowie zahlreiche Beiträge in Anthologien, Zeitschriften und im Rundfunk.

Anneliese Schodl, geboren 1941 in Wien, Matura 1959, unter der Haube seit 1965, Geburt von Tochter Barbara 1971. Vor 10 Jahren bei einer Amateurtheatergruppe begonnen. Viele Theaterseminare besucht. Vor 5 Jahren eine Kindertheatergruppe „Mamas Mottenkiste" gegründet. Im Rahmen dieser Arbeit schreibt sie moderne Märchen. Beitrag im Wiener Frauenverlag in: Sylvia Treudl (Hrsg.): „Drama Dreieck", 1990.

Edith Schreiber-Wicke, geboren 1943 in Schärding, Matura, Studium Theaterwissenschaften, Kunstgeschichte in Wien, Ehe, zwei Töchter, Werbetexterin, Lyrik und Kurzgeschichten in Anthologien und Zeitschriften. Erster Einzelband: *„Der Tag, an dem Anton nicht da war."* Erzählungen für Kinder. Seither 14 weitere Kinderbücher. Zahlreiche Preise und Auszeichnungen.

Angelika Stein, Kriegskind, Flucht, lange Suche nach einem Zuhause, Studium der Germanistik, Philosophie, Psychologie, Promotion über Else Lasker-Schüler. Veröffentlichungen: Zahlreiche Hörspiele, *„Die Tanzmaus"* 1970, Erzählungen in Zeitschriften und Anthologien, *„Das Testament des Abiturienten Markus Brunner"*, 1990. 1989 1. Preis im Lyrikwettbewerb der Stadt Mannheim.

Rosmarie Thüminger, geboren 1939 in Südtirol, lebt in Innsbruck, Dipl. Krankenschwester, drei erwachsene Kinder. Veröffentlichungen seit 1972 in Zeitschriften, Anthologien, Rundfunk. Schreibt für Kinder und Erwachsene. *„Burgl – Ferien sind anstrengend"*, Wien, 1984. *„Andrea"*, Berlin 1985. *„Zehn Tage im Winter"*, Wien 1988. Dieses Buch wurde ins Dänische und Flämische übersetzt und bekam den Kinderbuchpreis der Stadt Wien und den Österreichischen Jugendbuchpreis. *„Resümee"*, Innsbruck 1990. *„Bis der Herbst kommt"*, Wien 1991.

Bettina Wagner, geboren 1960 in Oberösterreich. Studium Englisch/Publizistik in Wien. Von 1989 bis 1991 Assistentin am Institut für Anglistik in Wien. Zur Zeit Arbeit in einem Baubüro. Veröffentlichungen in Zeitschriften, Anthologien und im Rundfunk. Preis beim Mattseer Kurzgeschichtenwettbewerb 1990. Nachwuchsstipendium für Kinder- und Jugendliteratur des BMUK. Talentförderungsprämie des Landes Oberösterreich für Literatur 1991.

Antje Weyss, geboren 1949 in Rotterdam, lebt seit 1952 in Wien. Beruf: Maskenbildnerin, vereinzelte Veröffentlichungen, kleinere Prosaarbeiten, Lyrik in Anthologien und im ORF.

DIE ILLUSTRATORIN

Mikela Hill-Willmann, geboren 1959 in Kärnten, lebt seit 1977 in Wien. Autodidaktische Grafik-Designerin & Malerin.

© Gottfried Zeininger

DIE HERAUSGEBERIN

Sylvia Treudl, geboren 1959 in Krems, lebt seit 1977 in Wien. Studium der Politikwissenschaft, Promotion 1984, seit 1985 Verlegerin im Wiener Frauenverlag. Herausgeberin der Anthologien „Domino mit Domina. Erotische Geschichten von Frauen" 1988, „Fell aus Titan. Gedichte zum Thema Schmerz" 1989, „Drama Dreieck" 1990, und, gemeinsam mit Karin Rick, des wissenschaftlichen Sammelbandes „Frauen – Gewalt – Pornographie" 1989 in der Reihe Dokumentation des Wiener Frauenverlages. 1990 erschien ihr Buch „Sporenstiefel halbgar. Liebesgeschichten"; 1991 der Lyrikzyklus „Heimat" in: Barbara Neuwirth (Hrsg.): „Die fremden Länder mein eigenes Leben".

Sie erhielt zahlreiche Arbeitsstipendien und Förderungspreise für Literatur, unter anderem ein Rom-Stipendium, 1987 den Förderungspreis für Literatur der Theodor-Körner-Stiftung, 1990 den Anerkennungspreis für Literatur des Landes Niederösterreich, 1989/90 das Staatsstipendium für Literatur, 1991/92 das Hans-Weigl-Stipendium des Landes Niederösterreich und den Literaturpreis der Ernst-Koref-Stiftung Linz.

AUS DEM PROGRAMM DES WIENER FRAUENVERLAGES

WEITERE TITEL, HERAUSGEGEBEN VON SYLVIA TREUDL

DOMINO MIT DOMINA

Erotische Geschichten von Frauen
Mit einem Vorwort der Herausgeberin
ALLGEMEINE LITERARISCHE REIHE
180 Seiten, öS 198.–/DM 29.–
ISBN 3-900399-20-4

Mit diesen Texten schreiben die Autorinnen gegen die „neue Moral" an, die mit dem Korsett alter Zwänge droht, und sie schreiben auch gegen die „neue Unmoral", deren Klammergriff auf besonders hinterhältige Art darin besteht, zu fordern, daß es keine Probleme mehr zu geben hat.
Auch in den pornographisch gefärbten Texten dieser Sammlung behalten die Frauen den Überblick über die Situation; und wenn sie sich in gefährliche Grenzbereiche begeben und „die guten Sitten" hinter sich lassen, sind die Protagonistinnen niemals hilflose Opfer, die gegen ihren Willen gezwungen werden. Sie provozieren, reizen aus, bekommen auch manchmal Angst vor der eigenen Courage, aber sie bleiben souverän.

Sylvia Treudl/ Karin Rick (Hrsg.)

FRAUEN – GEWALT – PORNOGRAPHIE

Mit 4 Abbildungen und einem Vorwort von Karin Rick
REIHE DOKUMENTATION
192 Seiten, öS 198.–/DM 29.–
ISBN 3-900399-32-6

Der Inhalt: Sigrid Schade: Das Fest der Martern. Zur Ikonographie in der bildenden Kunst; Ursula Kubes-Hofmann: Die 120 Tage von Sodom und/oder ein Schritt nach Gomorrha. Versuch einer Entmystifizierung; Karin Rick: Huren, Bilder, Schrift. Der weibliche Blick auf Sexualität und Macht; Sylvia Treudl: „Man könnte sagen, ich habe eine Berufung". Ein Versuch zum Tabu; Ulrike Zimmermann: Die erregte Frau in der Videothek; Birge Krondorfer: Pornographie und Homosexualität; Ruth Eiselsberg: Der Pornographie-Begriff in der österreichischen Rechtsordnung. Kritische Überlegungen zum EMMA-Gesetz; Gisela Breitling: Pornographische Gesellschaft mit beschränkter Haftung; Gerburg Treusch-Dieter: Göttliche Schnitte ins eigene Fleisch. Die Antike in der modernen Reproduktionstechnologie.

ERZÄHLBAND VON SYLVIA TREUDL

SPORENSTIEFEL HALBGAR

Liebesgeschichten
mit 7 Illustrationen von Karin Ivancsics
175 Seiten, öS 198.–/DM 29.–
ISBN 3-900399-46-8

Geigenklänge sind nicht zu erwarten, in diesem Band. Die Liebe, von der hier die Rede ist, meint Spannung, Leidenschaft, Erotik. Manchmal tut der Blick auf das Verhältnis zwischen Liebenden weh; das gehört dazu. Ausgehend von der erwachenden Sensibilität eines ganz jungen Mädchens in der ersten Erzählung, präsentiert die Autorin eine Frau, die versucht, mit den unterschiedlichen Szenen der Liebe zurecht zu kommen. Eigensinnig besteht sie auf ihrer Forderung nach Intensität, auf der Suche nach Glück.

Die Autorin, passionierte Motorradfahrerin, zeigt sich fasziniert von Maschinen, Geschwindigkeit, Ledermonturen, und viele Ihrer Texte handeln von der diesem Sujet innewohnenden Erotik.

Treudl bedient sich eines unbekümmerten Tons, der aber nichts mit jener zeitgeistigen Pseudo-Lockerheit zu tun hat, die einem so schnell auf die Nerven geht. Sie beobachtet genau, zieht überraschende Vergleiche und ist oft amüsant scharfzüngig in ihrer Schilderung der kaputten Verhältnisse zwischen Mann und Frau. Es ist die alte Hölle der verletzten Seelen, ein Inferno, das sich trotz aller Lobpreisungen des Single-Daseins nicht geändert hat. Kollektive Enttäuschungen, oft durch einen gängigen Schlagertext anschaulich gemacht, ergeben ein Zeit-Panorama mit lauter tückischen, kleinen Momentaufnahmen.

Der Standard

ANTHOLOGIEN IM WIENER FRAUENVERLAG

Sylvia Treudl

DRAMA DREIECK

Anthologie

Mit einem Nachwort der Herausgeberin und Zeichnungen von Barbara Holub

ALLGEMEINE LITERARISCHE REIHE

224 Seiten, öS 240.–/DM 34.–

ISBN 3-900399-41-7

Autorinnen aus Österreich und Deutschland stellen sich im Rahmen dieses Sammelbandes einem Thema, das nach wie vor – entgegen gängiger Praxis – zu den Tabus zählt.
Das Spiel mit dem Verbot, die Inszenierung und das Ausloten von Grenzsituationen sind Komponenten des Dreiecks. Komplizierte Verhältnisse und ebensolches Verhalten, oft unter dem Deckmantel einer schäbigen Heimlichkeit, die der bestimmenden Moral Vorschub leisten soll, kennzeichnen das Drama Dreieck ebenso wie der offensive Schritt in Richtung eines gehätschelten Verbotes einer betrogenen und betrügenden Gesellschaft. Das klassische Dreieck in Liebesbeziehungen wird angesprochen, ebenso wird aber auch der Versuch unternommen, sich einer Dreieckskonstellation unter Individuen auf abstrakter Ebene zu nähern. Auch die Familie wird unter dem Aspekt Dreieck beleuchtet – und besonders bei dieser Sichtweise beweisen die Autorinnen Mut. Natürlich treten bei diesen Texten das Verbot und der Geruch des Skandälchens immer wieder als Ingredienzien des Schreibens zutage.

Sylvia Treudl

FELL AUS TITAN

Gedichte zum Thema Schmerz

Mit einem Vorwort der Herausgeberin

REIHE PHASETTEN Band 5

112 Seiten, öS 98.–/DM 14.–

ISBN 3-900399-27-1

Eine feine Trennlinie grenzt den Schmerz gegen das Selbstmitleid ab, Schmerz und Liebe bilden einen vollkommenen Januskopf, Schmerz kann die Vorstufe zur Trauer sein, oft ist er ein jäher Riß, er begegnet uns häufig und ist uns immer unwillkommen – behaupten wir...
Vielleicht ist Schmerz auch: Erstaunen über Veränderung, ein scharfes Erkennen, das uns unvorbereitet überfällt. (Oder nach einer anderen Leseart: scheinbar aus dem Blauen über uns hereinbricht, weil wir lange genug gut genug weggeschaut haben, nach dem Prinzip: Vorsicht, könnte weh tun.)
Schmerz ist möglicherweise auch: Konturieren von Empfindungen, ist vielleicht Wollust, Schutz, Anklage und mildes Leiden im Herbst.
Zynisch formuliert: Schmerz ist interessant.

Erna Pfeiffer (Hrsg.)

AMORICA LATINA

Mein Kontinent – mein Körper
Erotische Texte lateinamerikanischer Autorinnen
Mit 4 Illustrationen von Emma Piuliro und einem Vorwort der Herausgeberin
ALLGEMEINE LITERARISCHE REIHE
352 Seiten, öS 298.–/DM 43,–
ISBN 3-900399-50-6

Wir kennen Sie alle, die Texte der Nobelpreisträger, der Träger des Exotik- und Machismo-Booms, die der lateinamerikanischen Literatur speziell im nüchternen, coolen Mitteleuropa zu einem sagenhaften Höhenflug verholfen haben. Texte, wo Männer eben noch richtige Männer sind und Frauenherzen noch gekonnt gebrochen werden. Doch die erotische Literatur lateinamerikanischer Autorinnen war bislang weitgehend unbekannt.
Dabei mögen nicht alle der vorgestellten, in Deutschland zumindest noch unbekannten Schriftstellerinnen so weit gehen wie die aus Costa Rica stammende Lyrikerin Ana Istarú, die in „Liebesfieber" zur sexuellen Revolution auffordert; doch ein literarisches Tabu brechen sie wohl allemal, ob sie nun über Inzest schreiben oder über Prostitution.

Der Spiegel

Barbara Neuwirth (Hrsg.)

BLASS SEI MEIN GESICHT

Vampirgeschichten
Mit 6 Illustrationen von Isabel Sandner
ALLGEMEINE LITERARISCHE REIHE
203 Seiten, öS 168.–/DM 24.–
ISBN 3-900399-24-7

Bei der Lektüre dieses Sammelbands von Erzählerinnen beschleicht uns alsbald die Erkenntnis, daß es nicht nur um den Vampir und dessen Blutdurst geht, sondern sehr wohl um den Vampirismus, der Grundlage unseres Lebens ist. Einer saugt den anderen aus, um nicht zu sterben. Vampirismus als denaturierte Form der Liebe: die Einsamkeit des Vampirs kann niemals gestillt werden, seine Begierden sind totalitär. Die Autorinnen zeigen in ihren verschiedenartigen Geschichten, wie sehr die Struktur der Mythen in der Unterhaltungsliteratur sich mit der Struktur der sozialen Beziehungen unseres Lebensraumes deckt. Die Grausamkeiten werden teils ritualisiert (immer wiederkehrt das Blut, das Schloß, verriegelte Türen, das Kreuz), um die in der alltäglichen Wirklichkeit erfahrenen Grausamkeiten bewältigen zu können und um mit entfremdeten Beziehungen „fertig werden zu können". Die Konsumgesellschaft ersetzt nämlich lebendige Begegnungen zwischen Menschen durch überdimensionierte Repräsentationssysteme, die ihrerseits Menschlichkeit in sich aufsaugen.

an.schläge

KRIMIS IM WIENER FRAUENVERLAG

Barbara Neuwirth (Hrsg.)

IM KLEINEN KREIS

Kriminalgeschichten
Mit einem Nachwort der Herausgeberin
REIHE PHASETTEN Band 4
121 Seiten, öS 198.–/DM 14.–
ISBN 3-900399-19-0

Dieser Band enthält Kriminalgeschichten österreichischer Autorinnen, die elegant, vielleicht auch witzig, jedenfalls aber unbarmherzig Schwächen unserer Gesellschaft aufdecken. Von der Verbrechensentstehung, der psychologischen Entwicklung und dem Umfeld der in Kriminelles verwickelten Personen erzählen die Geschichten. „Im kleinen Kreis" ist die programmatische Zusammenfassung der Orte des täglichen Verbrechens in Österreich: die meisten Gewalttaten werden im persönlichen, im familiären Kreis verübt.

Edith Kneifl

ZWISCHEN ZWEI NÄCHTEN

Kriminalroman
ALLGEMEINE LITERARISCHE REIHE
180 Seiten, mit 8 Abbildungen von Rainer Wölzl
öS 198.–/DM 29.–
ISBN 3-900399-49-2

Einfühlsam und mit einer präzisen Technik im Umgang mit Sprache und Szenenwechsel schafft Edith Kneifl ein changierendes Muster, das an Spannung und subtiler Erotik nichts zu wünschen übrig läßt.

Helga Anderle (Hrsg.):

DA WERDEN WEIBER ZU HYÄNEN

Kriminalgeschichten von Autorinnen aus Dänemark, Mexiko, Algerien, Rußland, England, Österreich und anderswo.
ALLGEMEINE LITERARISCHE REIHE
267 Seiten, öS 268.–/DM 39.–
ISBN 3-900-399-53-0

In dieser Anthologie finden Sie 21 Geschichten über die unendlichen Variationen von Verbrechen und Mord. Subtil mit Goldlack. Brutal mit Äxten, Scheren, Messern und Revolvern. Wenn's hart auf hart geht, kennen die mörderischen Schwestern kein Pardon. Mord und Totschlag international.
„In collecting this truly international anthology of short stories by women crime writers, Helga Anderle has been a powerhouse behind her own women's movement."
Sisters in Crime, USA

ROMANE IM WIENER FRAUENVERLAG

Dorothea Macheiner

DAS JAHR DER WEISEN AFFEN

Mit 18 Illustrationen von Christine Gutgsell
ALLGEMEINE LITERARISCHE REIHE
185 Seiten, öS 148.–/DM 21.–
ISBN 3-900399-23-9

Herma, die mit ihrem eigenen Leben hinter dem Berg hält, aber mit voyeuristischem Interesse die Deformationen der anderen betrachtet, ist die Protagonistin dieses Romans. Abgewidert und fasziniert von den „Kaputten" – die immer die anderen sind – steht sie am Rand einer oszillierenden Halbwelt, die plastisch wird in einer seismographisch verwendeten Sprache, reich an bösen Bildern und bizarren Blickpunkten. Dieses Buch ist die Chronologie des Zögerns und Sich-Distanzierens von einem Sog, der schließlich die Voyeurin selbst zu verschlingen droht.

Karin Rick

BÖSE SPIELE

Mit 8 Illustrationen von Gerburg Hohenbruck
ALLGEMEINE LITERARISCHE REIHE
185 Seiten, öS 248.–/DM 36,–
ISBN 3-900-399-54-9

Die Geschichte ist vordergründig simpel, das Ambiente bekannt: Eine Frau beginnt ihre Karriere aufzubauen, nimmt sich und ihre Identität ernst. Als unvermeidlicher „Berater" steht ihr ein Mann zur Seite – oder doch eher im Weg? –, der seiner eigenen, wichtigen Meinung nach längst dort im Wissenschaftsbetrieb angelangt ist, wo sie (vielleicht – oder auch nicht?) hin will. Mit Schmeicheleien und Drohungen versucht Johann, der ganze Mann, Teresa, die ihn nun nicht mehr nur durch ihre offensive Sexualität bedroht, zu beeinflussen und zu behindern. Teresa rächt sich, indem sie „böseSpiele" mit ihm treibt – auf intellektueller wie auf sexueller Ebene. Die Obsession wird zur aufregenden Inszenierung – in der allerdings Teresa stets den Überblick bewahrt, was Johann weder realisieren noch zugeben kann…

Eine neue Variante des klassischen Pygmalion-Themas: Diesmal bleibt die Frau allerdings nicht folgsam auf einem Sockel stehen, bis ihr Leben eingehaucht wird. Helene läßt sich vom durch und durch neurotischen Johann zwar gerne Tips geben, wie sie beruflich am besten vorankommt, sie nützt auch seine Verbindungen aus, aber deshalb ist sie noch lange nicht seine gefügige Geliebte. Zu Beginn hat es den Anschein, als ob Johann wegen seiner Unfähigkeit zu Gefühlen der Stärkere bleiben würde, aber Helene erweist sich als die Überlegene, die psychische Überlebende in einem destruktiven Zweikampf.

Der Standard